L'enfance du crime

[illegible]

cet engagement.

L’enfance du crime

Avocat au barreau de San Francisco, chargé d’instruire pour le président de la cour suprême les dossiers des accusés passibles de la peine de mort, Michael Nava mène depuis de longues années un combat résolu contre l’exclusion, le racisme et l’homophobie. « J’essaie, dit-il, de peindre la réalité d’une Californie multi-ethnique, multi-raciale et multi-sexuelle. J’évolue dans un monde d’une grande et riche diversité et je m’efforce de le décrire avec le plus de réalité possible. » Son double de fiction, Henry Rios, incarne à l’évidence la réussite de cet engagement.

DU MÊME AUTEUR
AUX ÉDITIONS DU MASQUE

La mort à Frisco

Un garçon en or

La loi cachée

Adieu aux amis chers

Sous une pluie de flammes

Collection de romans d'aventures
créée par Albert Pigasse

www.lemasque.com

Michael Nava

L'enfance du crime

Traduit de l'anglais (États-Unis) par Pascal Loubet
et révisé par Marie-Caroline Aubert

ÉDITIONS DU MASQUE
17, rue Jacob 75006 PARIS

Titre de l'édition originale

How Town

publié par Harper & Row

Pour Sasha Alyson

1

La route menant chez ma sœur serpentait dans les collines au-dessus d'Oakland, découvrant brièvement à chaque virage la vue sur la baie qui scintillait dans le soleil matinal, bordée de maisons blotties sur des terrains boisés. Elles aussi étaient du genre bois, de l'école poutre et solive, et évoquaient plus des affleurements naturels que des constructions. Au passage de la voiture, les fragiles petites roses sauvages qui mouchetaient le flanc des collines ondoyaient faiblement. Rien d'autre ne bougeait. Le ciel était sans nuages, le temps limpide et la route devant moi, déserte.

En quittant Bay Bridge, m'étant trompé de chemin, je m'étais retrouvé dans un quartier rempli de petites maisons pastel. Les murs lacérés de graffitis et le calme surnaturel qui y régnait indiquaient le territoire d'un gang. Il n'était question dans les journaux que de tueries entre bandes rivales, ce mois-ci. Une gamine qui marchait seule sursauta quand je la dépassai, prête à décamper. Mais depuis les collines, nul ne se serait douté que cela existait.

Songeant que c'était comme habiter un jardin, d'autres associations d'idées me vinrent à l'esprit : Eden, le paradis, un vers de *Sunday Morning* que je murmurai : *Rien ne change jamais au paradis ?* J'avais oublié la suite. Elena s'en souviendrait. Et elle en apprécierait l'ironie. Elle et moi avions grandi dans un quartier appelé Paradise Slough, à Los Robles, à environ une heure de voiture d'ici.

Notre enfance n'avait pourtant rien eu de paradisiaque. Notre alcoolique de père était soit brutal, soit taciturne et maussade. Notre mère y réagissait par un fanatisme religieux. Quand elle s'agenouillait devant les statuettes en plâtre des saints, à la lueur tremblotante de chandelles votives, ses marmonnements furieux évoquaient moins la prière que des invectives. Leur folie occupant considérablement nos parents, Elena et moi avions plus ou moins dû nous élever seuls.

Cela aurait dû faire de nous des alliés, mais le résultat avait été tout autre. Nous avions chacun notre chambre et parfois, allongé dans mon lit, écoutant les divagations d'ivrogne de mon père et les geignements de ma mère qui priait, je sentais qu'Elena ne dormait pas non plus et les écoutait elle aussi. Jamais il ne m'est venu à l'esprit d'aller chercher refuge auprès d'elle, alors que de cinq ans mon aînée, elle était pour moi presque une adulte. Que pensait-elle de tout cela ? Je n'en ai aucune idée, puisque nous n'avons jamais parlé de ce qui se passait à la maison. Elena et moi n'étions unis que par notre détermination tacite à ne rien laisser voir aux autres de l'existence pénible que nous imposaient nos parents. Et nous y avions réussi. Pour l'extérieur, nous étions simplement des enfants calmes, bons élèves, pas très liants, un peu tendus.

C'est pourquoi ses amies et professeurs furent totalement pris de court quand elle annonça sa décision d'entrer dans un ordre de religieuses enseignantes après avoir quitté le lycée. En revanche, moi, je compris parfaitement. Elle n'avait pas la vocation. Notre mère nous avait perdus l'un et l'autre pour la religion. Seulement, notre père l'avait forcée à ne pas donner suite à son admission à Berkeley sous prétexte qu'elle avait fait assez d'études pour une femme. L'Église lui offrait l'unique moyen de le défier. Après la mort de notre père, Elena quitta les ordres, passa sa maîtrise de littérature et eut un poste au St Winifred's College, un établissement pour filles où elle enseigne depuis maintenant presque vingt ans. Jamais elle ne reparla des quatre années où elle vécut en tant que Sister Magdalan, son nom d'épouse du Christ, et comme tout cela m'avait quelque peu gêné — je l'appelais « ma bonne sœur de sœur », mais jamais en face —, je ne soulevai jamais le sujet.

Du temps de notre mère, nous entretenions un semblant de vie familiale et je voyais Elena une ou deux fois l'an. Puis mère mourut, il y a dix ans de cela, et nous retournâmes à Los Robles pour les obsèques. Je fus frappé de voir combien Elena avait vieilli. Durant ces cinq ans, elle semblait en avoir pris vingt. Si c'était dû à son chagrin, c'est qu'il était excessif. Ma mère était morte d'un cancer de l'estomac et ses derniers jours avaient été épouvantables.

Aussi ne comprenais-je pas pourquoi Elena semblait insensible à la douleur. En revenant du cimetière, tentant de jouer mon rôle de frère, je lui pris la main et murmurai les consolations et les platitudes d'usage. Elle se dégagea, alluma une cigarette et me répondit de ne pas me comporter comme un idiot. Nous fermâmes la maison et je retournai terminer mon droit.

Quelques mois plus tard, je l'appelai pour son anniversaire. Une femme qui se présenta comme la colocataire d'Elena décrocha. Quand je posai la question à Elena, elle se montra tour à tour évasive, puis péremptoire, mais il était évident que son humeur s'était considérablement allégée depuis les obsèques. Par la suite, au téléphone, il ne fut plus jamais question de la colocataire, mais de temps en temps, Elena glissait du « je » au « nous », et au bout d'un moment, je compris que cette femme était son amante.

Je n'aurais pas déduit cela aussi rapidement si je n'avais été de mon côté en train d'accepter ma propre homosexualité. Tour à tour terrifié, puis euphorique, en me rendant compte que je n'étais pas fou, mais simplement pédé, je fus incapable de garder le secret. Pour moi, c'était merveilleux si Elena était lesbienne : nous jouions un bon tour à nos parents. Quand je me confiai à elle, je fus accueilli par un silence consterné à l'autre bout du fil, puis elle se lança en bafouillant dans un sermon véhément sur le vice de l'homosexualité, citations bibliques comprises. Furieux, je l'accusai d'hypocrisie sans déguiser ma pensée. Elle me raccrocha au nez. Je ne lui reparlai pas pendant un an et demi, jusqu'au jour où je tombai sur elle à San Francisco.

Après cela, nous avions conclu une sorte de trêve, prenant soin de nous appeler juste assez souvent pour que rien de trop néfaste ne puisse être interprété dans les silences entre chaque coup de fil. Pendant des années, nous avions vécu à quarante kilomètres l'un de l'autre, elle à Oakland et moi sur la péninsule. Nos coups de téléphone se terminaient dans un brouillard de promesses de nous retrouver pour des dîners ou des déjeuners que nous ne faisions jamais. Depuis mon emménagement à Los Angeles l'an dernier, je n'avais plus eu de nouvelles d'elle en dehors d'une carte à Noël et d'un petit mot à mon anniversaire. Puis il y avait eu cet appel pressant deux jours plus tôt, au moment même où je m'apprêtais à partir pour assister à un mariage à San Francisco.

Je ralentis, cherchant de quoi m'orienter. Sur le trottoir, une vieille boîte aux lettres portait le nom de la rue, et d'après le numéro, j'approchais de chez ma sœur. La crispation que j'éprouvai à l'estomac en était un signe encore plus certain. Bien que très attentif aux émotions de mon entourage, ce n'était jamais qu'un don que j'avais cultivé pour me défendre contre les mensonges de mes clients. Rares étaient les gens qui pouvaient lire en moi. Elena était de ceux-là. Envers elle, j'éprouvais... quoi ? du regret ? Non, rien d'aussi déterminé. Pour tout dire, je ne savais pas ce que j'éprouvais, mais c'était suffisamment fort pour que j'accepte de répondre, contre mon gré, à sa mystérieuse convocation.

Je n'étais jamais venu chez elle. Je traversai un petit pont de bois qui enjambait une rivière, dépassai une rangée de pins et m'arrêtai devant une maison en brique et séquoia bâtie à flanc de colline. En descendant de voiture, je me rendis compte de tout le temps qui avait passé depuis cet après-midi d'été à San Francisco où je l'avais croisée. Elle allait avoir quarante-deux ans à présent, et moi, qu'elle avait laissé tout jeune homme de vingt-huit ans, fraîchement émoulu de la faculté de droit, j'en avais désormais trente-sept, j'avais fréquenté quelques sales endroits entre-temps — et cela se voyait.

Je sonnai. Un carillon mélodieux résonna dans la maison. Puis je me retrouvai face à ma sœur. Nous nous observâmes, et l'espace d'un instant, je crus que nous allions nous embrasser. Il n'en fut rien.

— Bonjour, Henry. Entre.

— Bonjour, Elena.

J'entrai dans la fraîcheur du hall. Sur une petite table en bois trônaient des marguerites dans un pot en terre cuite, sous un miroir où je vis sa nuque bien coiffée et mon visage sans expression.

— Tu as bonne mine, Henry, me dit-elle en fermant la porte.

— Toi aussi.

— Je ne change pas, sourit-elle. Je vieillis, c'est tout.

— Cela faisait longtemps, dis-je, alors que nous descendions le couloir. Nous nous ressemblons de plus en plus.

— Oui, j'ai remarqué, moi aussi.

Enfants, nous partagions une sorte d'air de famille : le teint mat de notre père, ses cheveux noirs, ses yeux bruns brillants, et nous avions les mêmes pommettes saillantes qui nous avaient valu au lycée notre surnom : *los chinitos*. Nous n'avions plus l'air de Chinois. En s'émaciant avec les années, nos visages révélaient leur structure et une ressemblance plus profonde, plus précise.

— Tu préfères du café ou autre chose ? demanda Elena en m'entraînant dans une pièce chichement meublée qui donnait sur un patio.

— Du café, ça ira.

Je ne lui avais pas dit que je ne buvais plus, car je préférais éviter de lui avouer en même temps cette faiblesse.

Pendant qu'elle préparait le café dans la cuisine, je m'approchai de la fenêtre. Les voiles d'une régate glissaient sur la mer comme un nuage. Je balayai la pièce du regard et remarquai les meubles nets, anguleux, nordiques qui composaient l'environnement d'Elena. Même ici, chez elle, elle se donnait du mal pour ne rien révéler d'elle-même en dehors d'un bon goût conventionnel, mais il restait quelques indices de son passé. Un crucifix. Un morceau de verre moulé en forme de vague qui, de plus près, se révélait être une Madone stylisée.

Au-dessus de la cheminée, un tableau représentait une femme desséchée, nue, avec un visage plat d'Indienne, debout, les mains sur les seins, comme pour se protéger. Il n'y avait pas la moindre douceur dans cette nudité : sa clarté obscène et douloureuse évitait toute sensualité. C'était une Madone pour qui donner la vie avait été un sacrifice. Je me demandai si elle ne représentait pas notre mère pour Elena.

Je me retournai en entendant un tintement derrière moi et je vis Elena disposer tasses, soucoupes, sucrier, pot de lait et cuillers sur la table basse.

— C'est l'œuvre de Joanne ? demandai-je en désignant le tableau.

L'une des rares choses que je savais de la colocataire d'Elena, c'est qu'elle enseignait l'art à St Winifred's.

— Oui, en effet, répondit-elle d'un ton qui refermait le chapitre. Tu le veux sans lait ?

— Oui.

Je m'assis sur un fauteuil en cuir et chrome et la regardai verser une cuillerée de lait dans sa tasse comme ce personnage du poème de T. S. Eliot qui mesurait chaque instant de sa vie. Cela me rappela le poème qui m'avait traversé l'esprit en venant.

— C'est tellement joli, ici, repris-je. Tout à l'heure, je pensais au poème de Stevens, *Sunday Morning*. Qu'est-ce que c'est, après *Rien ne change jamais au paradis ?*

— Ce n'est pas la citation exacte, Henry.

Elle se leva et alla à la bibliothèque à l'autre bout de la pièce, puis revint avec un livre qu'elle feuilleta en connaisseuse. D'une voix claire et grave, elle lut :

Rien ne meurt jamais au paradis ? Le fruit mûr tombe-t-il jamais ? Ou les branches ploient-elles toujours dans ce ciel parfait...

Elle referma le livre et me regarda.

— À le lire, ce doit être tellement morne.

— Ça doit l'être, tu ne crois pas ? Tout le monde assis en rond à regarder Dieu pour l'éternité comme des journalistes à une conférence de presse présidentielle. Même Dante n'a pas réussi à s'enthousiasmer autant pour le paradis.

— Tu es aussi cynique que mes étudiantes, Henry. Mais au moins, elles ont l'excuse de la jeunesse.

Le café sentait la noisette. J'en bus une gorgée.

— Délicieux, dis-je. Tu es devenue très élégante, Elena.

— Et toi tu es avocat depuis trop longtemps. On a toujours l'impression qu'il y a des sous-entendus dans ce que tu dis. — Elle sortit d'un coffret en argent posé sur la table une longue cigarette brune. — Qu'est-ce que c'était, ce mariage où tu allais ? demanda-t-elle en la portant à ses lèvres.

Je la lui allumai avec le briquet en cristal.

— Deux amis. Un officier de police et un avocat pénaliste. C'est un peu comme le mariage d'un chien et d'un chat.

— Il est dans la police de San Francisco ?

— Elle, répondis-je. Elle est commissaire adjointe. C'est l'homme, l'avocat. Et c'est moi qui les ai présentés.

— C'est une cérémonie religieuse ? demanda-t-elle en tirant paresseusement une bouffée de sa cigarette.

— Non, civile. Ils ont loué un *bed-and-breakfast* sur Alamo Square. Josh et moi y sommes descendus.

En entendant le nom de mon amant, elle baissa les yeux vers sa tasse.

— Vous restez longtemps ?

— Jusqu'à lundi. Josh doit retourner à l'université, ajoutai-je délibérément. Il est à l'UCLA.

— Oui, il me semble que tu me l'avais dit, répondit-elle en secouant délicatement sa cendre. Tu aimes Los Angeles ? demanda-t-elle, comme pour éviter de continuer à parler de Josh.

— La plupart du temps, oui. Nous habitons sur une colline, comme toi. Je vois les lettres d'Hollywood depuis la cuisine. L'autre jour, Josh a aperçu un couple de cerfs dans les fourrés. Ce n'est pas du tout ce à quoi je m'attendais.

— Des cerfs, répéta-t-elle. C'est intéressant.

— Tu descends parfois à L.A. ?

— Non, je n'ai aucune raison d'y aller.

Je réfléchis un instant à sa réponse, mais je ne relevai pas. Les remarques dépourvues de tact faisaient partie du prix que nous payions pour rester des étrangers l'un à l'autre. Cela et un répertoire restreint de phrases creuses. J'avais épuisé le mien.

— Tu m'as dit vouloir me voir pour une question professionnelle. Il t'arrive quelque chose ?

— Pas à moi, dit-elle en posant sa cigarette. Tu te rappelles Sara Bancroft ? On l'a connue quand on était petits.

Dans ma tête se forma l'image incertaine d'une grande blonde antipathique.

— Vaguement.

— Elle a épousé Paul Windsor. Je crois que tu connaissais son frère, Mark.

Je me souvenais bien de Mark Windsor, un peu moins de son frère Paul. Les Windsor étaient des notables de Los Robles. Mark et moi avions fait partie de l'équipe d'athlétisme au lycée. Le Marathonien, c'était son surnom. J'étais amoureux de lui. Quant à Paul, c'était surtout celui qui se mettait en travers de mon chemin quand je voulais être seul avec Mark. Pour ce que cela avait servi.

— Je me souviens d'eux.

— Paul a été arrêté pour meurtre.

— Vraiment ? m'étonnai-je.

— Apparemment, il lui faut un avocat, répondit-elle sans la moindre ironie. Je lui ai dit que je t'en parlerais.

— Ils habitent toujours à Los Robles ?

— Oui.

— Il n'y a pas une seule ville de Californie assez petite pour avoir trop d'avocats, dis-je. Los Robles y compris. Ils devraient commencer par voir ça sur place.

Elle se caressa la gorge, de ce geste inquiet qui remontait à notre petite enfance.

— Sara a tenu à ce que ce soit toi.

— Pourquoi ?

Elle posa sa cigarette d'un geste décidé.

— Je ne sais pas grand-chose, Henry. Elle était bouleversée et elle avait bu quand elle m'a appelée. L'homme que Paul est censé avoir tué était mouillé dans la pornographie pédophile. La police dit que c'est parce qu'il faisait chanter Paul. Sara nie. Elle...

— Attends. Revenons en arrière. Quel est le rapport entre Paul Windsor et la pornographie pédophile ?

Elle se tripotait toujours le cou.

— Il y a quelques années, Paul a été arrêté pour... je ne sais pas comment on dit — abus sur mineur ? La fille avait quinze ans, je crois, mais cela durait depuis un certain temps.

— Tu es en train de me dire que Paul Windsor est pédophile ?

— Je ne sais pas ce que signifie ce mot.

Je lui avais déjà entendu ce ton-là. Il signifiait que son ignorance était fondée sur une moralité supérieure.

— C'est un terme technique qui qualifie un individu sexuellement attiré par les enfants. Plus couramment, on dit « violeur de gosses ».

— C'était mesquin, Henry, se rembrunit-elle.

Je haussai les épaules.

— Il a été inculpé ?

— Je ne sais pas, mais il n'est pas allé en prison.

Manifestement mal à l'aise, elle tripota sa tasse. Elena avait organisé sa vie avec autant de goût que cette pièce. Toute cette conversation portant sur un meurtre et un viol de mineur avait dû être aussi déplaisante que si elle avait découvert un étron au milieu de sa table basse. J'éprouvai un petit plaisir à constater sa gêne. Peut-être que j'étais avocat depuis trop longtemps, comme elle disait. En tout cas, j'avais l'habitude de ramasser la merde des autres.

— Quand est-ce arrivé ? demandai-je.

— Il y a une semaine, dix jours.

— Il est incarcéré ?

— Oui.

— C'est donc qu'il est mis en accusation. Pour cela, il fallait qu'il ait un avocat.

Elena semblait dubitative.

— Je ne connais pas vraiment les détails, Henry. Sara m'a appelée il y a trois jours, disant qu'elle avait entendu parler de toi dans les journaux l'an dernier, lors de cette affaire avec le serveur de restaurant.

Jim Pears, songeai-je. Un garçon qu'on avait accusé du meurtre d'un condisciple qui menaçait de dévoiler son homosexualité. L'affaire n'était jamais passée en justice, car Jim s'était suicidé, mais j'étais parvenu à faire la preuve de son innocence. Je compris brusquement pourquoi Sara Windsor devait tant tenir à ce que je défende son mari.

— Elle pense que parce que je suis gay, j'ai une meilleure connaissance des pédophiles ?

Elena me lança un regard glacial.

— Tout le monde ne juge pas autrui d'après ses pratiques sexuelles. Elle te considère peut-être simplement comme un bon avocat.

— Et qu'en penses-tu, toi ? C'est ton amie.

— Je ne lui avais pas parlé depuis des années avant ce coup de fil.

J'ai l'oreille, pour les mensonges. Je venais d'en entendre un. Apparemment, Elena était gênée par cette vieille amitié avec la femme d'un violeur d'enfants. Elle descendit dans mon estime.

— La déviance sexuelle n'est pas un virus, Elena, dis-je d'un ton acerbe. Ça ne s'attrape pas.

— Qu'est-ce que tu me racontes, Henry ?

— Je te parle de ta loyauté envers une amie.

Elle rougit.

— Pour quelle autre raison t'aurais-je fait venir ?

— Bien vu.

Je pris mon café qui avait refroidi entre-temps. Le léger parfum de noisette avait tourné à l'aigre.

— Je ne défends pas les violeurs d'enfants.

— Ce n'est pas ce dont on l'accuse, fit-elle remarquer.

— D'après ce que tu m'as dit, il y a de très fortes chances qu'il en soit question au tribunal.

Elle reprit une autre fine cigarette brune dans le coffret en argent et l'alluma avec agacement. Cette marque était appréciée dans les ghettos, parce qu'on pouvait la tremper dans le PCP sans laisser de trace.

— Tu pratiques toujours ce genre de subtil distinguo moral ? demanda-t-elle d'un ton sarcastique.

— La moralité n'a pas grand-chose à voir là-dedans. J'essaie de ne pas alimenter la croyance populaire selon laquelle tous les homosexuels sont des pédophiles, en évitant de les défendre.

— Tu ne veux pas être éclaboussé, c'est cela ?

— Ne sois pas condescendante avec moi, Elena. Je me fiche bien de ce que tu penses de moi, de ma vie, ou de mes principes.

— Tu ne m'as jamais donné cette impression. — Nous nous fixâmes, fulminants, prêts à frapper. — Et Sara ? demanda-t-elle. Tu vas la mettre dans le même sac ?

— C'est touchant à entendre, étant donné que tu ne lui as pas parlé depuis des années.

— Et que dirais-tu si Mark Windsor entrait et te suppliait de l'aider, Henry ? demanda-t-elle calmement. Il y a de vieilles amitiés que l'on ne refuse pas.

Je fus désarmé. Jusque-là, Elena n'avait jamais exprimé qu'elle comprenait ce que j'avais éprouvé pour Mark. C'était encore plus ahurissant par ce que cela laissait entrevoir de ses sentiments envers Sara. Je scrutai son visage, cherchant si cette implication était intentionnelle, mais son expression ne me révéla rien.

— Très bien, Elena, je la contacterai.

— Merci.

Elle se leva, alla à un petit bureau consulter un agenda et griffonna une adresse sur un papier. Elle me le tendit et je jetai un coup d'œil au nom et à l'adresse.

— Je ne t'ai jamais rien demandé, dit-elle, manifestement ennuyée à l'idée de contracter cette dette.

— Ce n'est pas grand-chose, la rassurai-je en m'extirpant de mon fauteuil. C'était un plaisir de te voir, Elena.

— Je te raccompagne à ta voiture.

La chaleur était devenue plus lourde et la lumière plus voilée à mesure que s'évaporait cette matinée parfumée. Des oiseaux chantaient dans les arbres voisins et l'eau murmurait doucement depuis la rivière qui traversait le terrain d'Elena. Dans ce paysage flou et languide, elle semblait déplacée : trop précise, trop nette.

— C'est un paradis, dis-je en ouvrant la portière.

Son sourire creusa les rides autour de sa bouche.

— Tu as déjà lu Primo Levi ?

— Non.

— Il y a un passage dans son livre sur les rescapés des camps de concentration qui dit que ceux qui ont été torturés une fois le sont pour le reste de leur vie. Le paradis n'est pas possible pour ces gens.

Je fus frappé par la violence de l'analogie — si c'en était bien une — avec notre enfance.

— Tu as la mémoire longue.

— Je suis plus âgée que toi. J'ai plus de souvenirs. Au revoir, Henry.

— Au revoir, dis-je en descendant l'allée.

Elle me fit un petit signe, puis croisa les bras et regarda ma voiture s'éloigner.

2

Josh n'était pas dans la chambre quand je retournai en ville, mais il restait des signes de son passage récent : vêtements épars sur le sol, robinet mal fermé dans la salle de bains, un livre ouvert et posé à l'envers sur le lit. Il était intitulé *Guérir du sida grâce à la visualisation.* Je le ramassai et lus un passage. L'auteur conseillait vivement à ses lecteurs d'imaginer leur système sanguin rempli de commandos anti-VIH lancés dans une traque sans merci. Personnellement, je trouvais qu'il lisait un peu trop ce genre de choses. Je préférais placer ma confiance dans la science. Mais étant donné les lamentables états de service du corps médical concernant le sida, j'étais parfois forcé d'admettre que ma foi en lui était peut-être aussi mal placée que la sienne dans la naturopathie New Age. Je me morigénai d'avoir des pensées aussi négatives. Josh n'était pas malade, après tout, même si, l'été précédent, son taux de T4 avait chuté au point de devoir passer à une multithérapie comprenant de l'AZT.

Son état de santé avait précipité notre départ de la Bay Area et ce retour à Los Angeles pour lui permettre de se rapprocher de ses parents. Cela ne nous avait été facile ni à l'un ni à l'autre. J'avais renoncé à un cabinet qui marchait bien et à des racines qui remontaient à mes dix-sept ans, époque où j'avais quitté mes parents pour m'installer à San Francisco. Ce que Josh abandonnait n'était pas aussi tangible, mais tout aussi important. Pour lui, revenir ici était un recul par rapport à une indépendance d'adulte qui, à vingt-cinq ans, signifiait tellement pour lui. Cela avait aussi réveillé pour nous deux le cauchemar de la mort. Il n'aurait pas bougé si ses parents n'avaient pas été âgés et si le lien qui les unissait à leur fils n'avait pas été aussi fort. C'est donc pour eux que nous avions déménagé et pourtant, je savais que nous nous demandions l'un et l'autre si c'était la bonne décision.

Comme toujours quand il n'était pas là, j'éprouvai un petit pincement d'appréhension, pareil à un second battement de cœur, plus faible, mais qui ne semblait jamais devoir s'arrêter.

Je me forçai à penser à Elena. Je lui avais dit que j'appellerais Sara, mais j'avais maintenant des réticences. Même si Los Robles, Sara, et aussi Elena, appartenaient au passé, le passé était une mince couche de cendres sur des braises qui pouvaient encore brûler. Surmontant ma résistance, je m'assis sur le rocking-chair devant la baie vitrée, pris le téléphone sur mes genoux et composai le numéro de Sara Windsor. Après quelques grésillements, j'entendis la sonnerie, quelqu'un décrocha et une voix hésitante hasarda un « allô ? ».

— Madame Windsor ?

— Oui, répondit la voix, prudente, lointaine.

— Henry Rios. Je viens de voir ma sœur. Elle m'a dit que vous souhaitiez me parler.

— Bonjour, Henry. Merci d'appeler. Je ne savais pas combien de temps il faudrait à Elena pour vous joindre. — Elle marqua une pause. — Vous a-t-elle exposé la situation ?

Ma joute verbale avec Elena avait épuisé toute ma délicatesse.

— Votre mari est en prison pour meurtre, répondis-je brutalement, et vous voulez m'engager pour le défendre.

— Oui, c'est cela, répondit-elle sur le même ton brusque.

Je posai les pieds sur le lit et jetai par la fenêtre un coup d'œil sur Alamo Square, le petit parc dont l'hôtel tire son nom. Un couple de joggeurs ralentit sa course et s'arrêta. L'un d'eux était Josh, et l'autre, Kevin Reilly, le futur marié. Josh ôta son débardeur bleu, et malgré la distance, je vis combien il était amaigri.

— Henry ?

— Excusez-moi, madame, je ne vous ai pas entendue.

— Je vous demandais si vous étiez disponible.

— Je suis établi à Los Angeles, à présent, dis-je en me détournant de la fenêtre. À moins que vous n'ayez de raison particulière de m'engager, ce ne serait commode ni pour vous ni pour moi.

— Aucun avocat d'ici ne veut s'occuper de cette affaire.

— Pourquoi ? Les Windsor ne sont pas vraiment de pauvres gens.

— Ce n'est pas une question d'argent, répliqua-t-elle, méprisante. C'est qu'ils n'ont pas le courage d'affronter le scandale.

— C'est à ce point ? J'aurais cru que la famille serait capable de le contenir.

— Vous vous exagérez l'influence de la famille, dit-elle avec aigreur. Et vous ne comprenez pas ce qui se passe ici.

— Dans ce cas, vous feriez mieux de me l'expliquer, dis-je, agacé par son ton péremptoire.

— Je ne sais pas très bien par où commencer, se radoucit-elle. Paul a déjà été arrêté, Elena vous l'a dit ?

— Oui, pour abus sur mineur.

— C'est exact, dit-elle vivement. L'inculpation a été levée parce que la... fille ne voulait pas témoigner. Tout le monde a cru que nous avions fait pression sur elle, mais c'est faux. Quoi qu'il en soit, cela a été un grand scandale. Quand Paul a été arrêté, cette fois, tout est remonté à la surface. Mais c'est encore plus compliqué que cela.

— Qui y a-t-il d'autre ? demandai-je, entendant les voix de Josh et Kevin dans le couloir.

— Le père de Paul possédait une entreprise de bâtiment.

— Oui, je me souviens.

Windsor Development était une grosse entreprise dans notre petite ville.

— Mark a pris la succession et s'est diversifié dans l'immobilier. Vous n'imaginez pas comme la ville s'est agrandie, ajouta-t-elle. C'est l'œuvre de Mark, en grande partie. Il y a toujours eu des rumeurs sur la stricte légalité de ses activités.

— Mark ? demandai-je, incrédule.

— Vous êtes parti depuis longtemps, ironisa-t-elle. Les gens d'ici commencent à se demander si cette croissance est une bonne chose. Mark est un promoteur important et cela fait de lui l'ennemi de pas mal de monde, y compris le rédacteur en chef du *Sentinel*.

La porte s'ouvrit brusquement, Josh entra d'un bond, vit que j'étais au téléphone et se figea une seconde, puis s'avança sur la pointe des pieds pour m'embrasser sur le front, répandant des gouttes de sueur sur ma chemise. Il s'écarta, mais je le pris par le bras. Il se retourna, sourit et désigna la salle de bains. Je le laissai y aller. Un instant plus tard, j'entendis la douche couler.

— Quel est le rapport avec Paul ?

— Comme je vous le disais, le rédacteur en chef est contre cette croissance, répondit-elle. Il a mené une campagne sur le thème de l'arrêt de l'expansion pour les élections de novembre. Je crois qu'il pense que la meilleure manière de les remporter, c'est d'en faire un vote anti-Windsor, mais avant, il faut faire de nous des monstres. À croire, ajouta-t-elle, méprisante, que nous sommes des Marcos ou des Duvalier.

— Et Paul est pris dans la bataille.

— Oui, le plus drôle, c'est que Mark et Paul ont chacun leurs problèmes. Vous saviez qu'ils se détestaient ?

— Ce que je sais des Windsor est périmé depuis vingt ans.

— Nous avons besoin de votre aide, Henry. Vous le comprenez ?

J'entendais la lassitude dans sa voix, et je voyais poindre à l'horizon un chaos de premier ordre.

— Il a déjà été mis en accusation, n'est-ce pas ? Qui était son avocat, à ce moment-là ?

— Un certain Robert Clayton. C'est l'avocat de l'entreprise.

— Je ne me rappelle personne du nom de Robert Clayton.

— Il n'est pas d'ici, expliqua-t-elle. Il a déjà dit à Paul qu'il ne le défendrait pas s'il y avait procès — non que Paul en ait envie. Bob dit qu'il n'est pas spécialiste du pénal.

— Vous ne le croyez pas.

— Je suis devenue une experte en excuses, dit-elle amèrement. Comme la vôtre, comme quoi c'est trop loin de chez vous.

Au fur et à mesure de notre conversation, mes souvenirs de Sara revenaient. C'était l'une des filles brillantes, à la langue bien pendue, dont Elena semblait s'entourer au lycée. Elle se comportait toujours comme un serpent ramassé sur lui-même et prêt à frapper. Pas vraiment le genre de Paul Windsor, qui devait être plus jeune qu'elle. Mais après tout, si Paul était pédophile, personne n'aurait été son genre. Je voulais en savoir plus.

— Je suis à San Francisco pour quelques jours. Pouvez-vous descendre me voir ?

— Dites-moi quand.

— Après-demain, pour déjeuner. Vous connaissez la ville ?

— Nous avons une maison à Pacific Heights, dit-elle, goguenarde.

— Retrouvez-moi devant St Francis à midi et demi.

— Oui, très bien. Merci.

— Je n'ai donné mon accord sur rien, Sara.

— Alors vous vous rappelez mon prénom, persifla-t-elle. Au revoir, Henry. À lundi.

— Qui c'était ? demanda Josh en sortant de la salle de bains, une serviette autour des reins.

— Une amie de ma sœur. Tu es allé courir avec Kevin ?

— Aïe, dit-il devant l'armoire à glace, en démêlant ses boucles avec un peigne africain.

De ma place, je le voyais simultanément de profil et en reflet dans le miroir, et les deux angles racontaient une histoire différente. Dans la glace, c'était le visage avec lequel il était né, un peu rond, sans rides, d'une douceur juvénile, mais de profil, les os saillaient sous la peau et je voyais l'homme qu'il était en train de devenir : beau, entêté, intrépide. J'aimais le garçon comme l'homme, mais je ne savais jamais très bien auquel j'avais affaire. Cela amenait des complications dont je n'avais pas l'habitude, et ayant vécu seul avant de le rencontrer, parfois, j'avais envie de fuir ces complications. Parfois j'essayais, mais comme il était entré au cœur de ma vie, mes efforts restaient inutiles.

— Tu te remets à peine d'un coup de froid, Josh. N'en fais pas trop.

Il se raidit.

— Je me sens très bien, Henry.

— Tu as pris tes médicaments ?

— Merde, lâcha-t-il en tirant ostensiblement sur une longue mèche emmêlée. Il faut que j'aille chez le coiffeur.

— Tu as couru jusqu'où ? demandai-je en me levant.

Je ramassai son jean, ses sous-vêtements et sa chemise qui traînaient par terre, les pliai sur le lit et m'allongeai en le regardant.

— Jusqu'à la jetée, répondit-il. J'allais les ramasser. Qu'est-ce que ta sœur voulait ?

Je lui racontai ma visite à Elena. Il termina de se coiffer, balança la serviette et enfila un pantalon en velours côtelé gris. Il fouilla dans sa valise, en sortit une chemise en Oxford rose que je reconnus comme l'une des miennes.

— Tu vas prendre l'affaire ?

— Je ne sais pas. Cela impliquerait probablement que je m'absente de Los Angeles pendant de longues périodes d'affilée.

Josh se laissa tomber sur le lit à côté de moi et fourra les oreillers sous sa tête.

— Pourquoi pas, Henry ? Tu n'as pas l'air trop occupé.

C'était vrai. J'avais limité le nombre d'affaires dont je me chargeais pour pouvoir passer le plus de temps possible avec Josh. D'ailleurs, j'avais envisagé d'enseigner à la faculté de droit et de fermer mon cabinet pour de bon.

— Ce n'est pas à cause de moi, si ? demanda-t-il. Tu as peur de me laisser seul.

— Ça a un rapport, oui, dis-je en me tournant vers lui.

— Il existe une invention très intelligente qui s'appelle le téléphone. Tu le décroches, tu appuies sur des boutons et comme ça, tu peux parler à une autre personne au bout du fil.

Je posai la main sur l'étoffe rose de l'épaule.

— Le sarcasme n'est pas ton point fort.

— Plus on lui cède, plus il s'incruste. (Lui. Le sida.) On a déjà emménagé à L.A. à cause de lui. Maintenant, je ne veux rien d'autre qu'une vie normale.

— Je comprends.

— Alors, pourquoi tu as peur de me laisser seul ? demanda-t-il brusquement.

J'étais acculé. Je ne pouvais qu'avouer la vérité.

— Parce que je me fais du souci.

— Eh bien, dans ce cas, arrête. — Il repoussa ma main. — Arrête, c'est tout. Je sais ce que j'ai à faire pour me débrouiller tout seul. — Il croisa les bras sur la poitrine. — Comment tu crois que je me sens, quand tu me traites comme si j'étais déjà mort ?

— C'est cruel, de dire ça, Joshua.

— Mais j'ai raison, insista-t-il. Je suis vivant, en ce moment, Henry. Là, maintenant. — Il tendit la main. — Tu vois ?

Je refermai ma main sur la sienne.

— Il y a une différence entre vivre avec une maladie et la nier.

Il retira de nouveau sa main.

— Eh bien, c'est toi l'expert sur la question.

— Qu'est-ce que tu racontes ?

— Tu sais très bien.

C'était vrai. Six mois plus tôt, alors que j'étais sobre depuis quatre ans, j'avais pris une cuite après une querelle particulièrement venimeuse avec lui, et j'avais passé un mois dans une clinique de désintoxication. À présent, chaque fois que je soulevais la question de sa santé, il avait une réponse toute prête. Et cela ne me plaisait pas.

— Dis-tu que parce que j'ai pris une décision stupide concernant ma santé, tu devrais avoir le droit d'en faire autant concernant la tienne ? Dans ton cas, les conséquences sont autrement plus graves.

— Mon cul ! cracha-t-il en sautant du lit. Tu serais tout aussi mort à force de boire, que moi à cause du sida. Et pour qui tu te prends, pour penser que les seules décisions que je sais prendre concernant ma santé sont idiotes ? Pourquoi tu ne me laisses pas une malheureuse chance, merde !

— Et pourquoi tu n'arrêtes pas un peu avec ça ? Tu vas me laisser avec cette épée de Damoclès toute ma vie ? Écoute, je suis désolé de t'avoir obligé à voir que j'étais humain, Josh, dis-je en me levant du lit.

— Où tu vas ?

— Me promener.

— On peut pas faire la paix, là ?

— Mais écoute-toi, dis-je en ouvrant la porte.

— Attends, Henry...

Je lui claquai la porte au nez et le regrettai aussitôt, mais, trop honteux pour m'excuser, je ne pus me résoudre à faire marche arrière.

Je m'adossai au mur du couloir et repris mon souffle. Dans ma tête, des voix familières m'assaillaient, me disaient que j'étais un connard de me disputer avec lui. Aussitôt, une autre voix m'accusa de ce sentiment de culpabilité, disant que je ne l'éprouvais que parce qu'il avait raison, que je le traitais comme s'il risquait de mourir d'une minute à l'autre. Et derrière ces voix régnait le silence de la peur. La peur qu'il meure et que je reste seul. Jusqu'à notre rencontre, je ne l'avais jamais éprouvée, parce que je n'attendais rien d'autre de la vie que de rester seul.

— Arrête de t'apitoyer sur toi-même, dis-je à voix haute.

Oui, mais si tu ne le fais pas, qui le fera pour toi ? m'entendis-je répondre intérieurement. Qui d'autre se soucie assez de toi ?

Lui.

Eh bien, voilà tout le problème, non ? La première fois que tu aimes quelqu'un, et non seulement il a treize ans de moins que toi, mais...

Mais quoi ?

Il va mourir.

Un bruit à l'autre bout du couloir me fit lever la tête. Terry Ormes, la future mariée, était sortie sur le seuil de sa chambre. Elle avait une brosse à la main et ses cheveux roux tombaient en cascade, à moitié peignés, de chaque côté de son visage intelligent et anguleux. Ses yeux gris et froids se posèrent sur moi et elle haussa un sourcil interrogateur.

Je l'avais connue cinq ans plus tôt quand elle était inspectrice à la Criminelle dans la petite ville de la péninsule où j'exerçais. À présent, elle était capitaine dans la police de Los Angeles, commissaire adjointe et, à tous égards, une grosse pointure. Je l'avais présentée à Kevin Reilly, un confrère, lors d'une soirée de Noël quelques années plus tôt, et maintenant, il allait l'épouser. Comme marieuse, j'étais champion.

— Je croyais que cela portait malheur de voir la future mariée avant la cérémonie, dis-je en balayant les voix dans ma tête et en allant la rejoindre.

— Seulement pour le futur mari, répondit-elle en domptant ses cheveux en trois rapides coups de brosse. J'ai entendu des éclats de voix dans ta chambre. Ça va ?

— Josh et moi nous disputions.

— Viens avec moi prendre une tasse de café, tu me raconteras. J'ai besoin de penser à autre chose, sinon je vais paniquer.

Je la suivis dans sa chambre, version plus vaste et plus élégamment meublée que la mienne. Un paon en bronze faisait la roue devant la cheminée. Le manteau était en marbre vert. Près du lit à baldaquin, un service à café en argent et une assiette de viennoiseries attendaient sur un plateau couvert d'une serviette blanche. Je pris un feuilleté à la cannelle et une tasse de café, et nous nous assîmes dans les deux fauteuils à oreillettes devant la cheminée.

— J'ai cru qu'il allait falloir que j'enfonce la porte et que j'arrête tout le monde, dit-elle en penchant ses cheveux roux vers moi.

— Je ne m'étais pas rendu compte qu'on faisait autant de bruit.

— C'était grave ?

— Non, pas du tout.

Elle eut un sourire hésitant qui révéla le diastème entre ses incisives.

— Tu avais l'air un peu pâle, tout à l'heure, dans le couloir.

— Crois-moi, tu n'as pas envie que je te raconte ce qui se passe après le « ils vécurent heureux et eurent beaucoup d'enfants ».

— Essaie toujours.

Je tentai de formuler une explication compliquée de ce que j'éprouvais, mais tout ce que je réussis finalement à dire fut :

— Et s'il meurt ?

— Si tu vis en pensant aux « et si », tu l'as déjà perdu, répondit-elle vivement, aussi peu indulgente envers ses amis qu'elle l'était vis-à-vis d'elle-même.

— C'est un peu ce qu'il a dit, oui.

— Ses « et si » doivent être encore plus effrayants que les tiens, dit-elle, plus gentiment.

— Il a du courage.

— Toi aussi. Tu es une personnalité gay connue, un avocat et un Chicano ; toi non plus, tu n'as pas choisi une voie facile.

— Je n'ai pas eu le choix, Terry.

— Mais bien sûr que si, dit-elle d'un ton définitif. Tu aurais pu rester dans le placard et palper des fortunes comme associé dans un cabinet de Montgomery Street.

— Et je me serais bourré la gueule à en crever avant mes quarante ans. Tu vois : pas le choix.

— Arrête de te diminuer, Henry, s'impatienta-t-elle. Josh ne t'arrive pas à la cheville, question courage. Maintenant, mange un peu. Tu te sentiras mieux.

Je mangeai le feuilleté pendant qu'elle me racontait que Kevin et elle avaient passé la matinée à essayer d'organiser le placement des invités pour éviter des drames entre flics et avocats.

— Qu'est-ce que vous avez décidé ?

— Qu'on s'en foutait, dit-elle en riant. Qu'ils se disputent. Dieu merci, nous avons préparé tout le reste. Tu imagines ce qui se passerait au cas où la juge demanderait si quelqu'un voit une objection à ce que nous nous mariions ?

— Cinquante avocats se lèveraient comme un seul homme.

— Et autant de flics. Où étais-tu, aujourd'hui ?

— Chez ma sœur à Oakland. Elle a une affaire pour moi.

— Je ne savais pas que tu avais une sœur. Elle a des ennuis ?

Je secouai la tête et lui expliquai la raison de ma visite à Elena.

— Comment connaît-elle ces gens ?

— Amis d'enfance, répondis-je, avant de lui raconter ma conversation avec Sara Windsor.

— Quand es-tu retourné à Los Robles pour la dernière fois ?

— Pour les obsèques de ma mère, il y a dix ans. Tout ce que j'attendais de cette ville, c'était d'en filer le plus vite et le plus loin possible.

Elle me resservit du café et un autre feuilleté.

— C'était à ce point-là ?

— Abrutissant, répondis-je. Tu sais, il y a un poème d'e.e. cummings intitulé *Tout le monde a grandi dans une jolie ville.* Il parle de deux amants dans une petite ville peuplée de gens tellement étroits d'esprit et pour qui la passion est une notion si étrangère qu'ils ne se rendent même pas compte qu'une histoire d'amour se déroule devant eux.

Je fermai les yeux et tentai de me rappeler des vers que j'avais appris au collège.

Hommes et femmes (tous petits et mesquins)
Ne se souciaient de personne
Semaient leurs n'est-ce pas récoltaient les mêmes
Soleil lune étoiles pluie...

— C'est joli, dit-elle. Ça continue ?

— Oui, il est question de... *les Quelqu'un épousaient les Tout-le-monde* — qu'est-ce que c'est, la suite ?

Riaient de leurs larmes et faisaient leur danse
(dormir s'éveiller espérer et puis) ils
disaient leurs jamais et endormaient leurs rêves.

— Quel est le rapport avec toi, Henry ? Tu étais amoureux ?

Je repensai à Mark Windsor.

— À l'époque, j'ai cru, oui, mais ce n'était pas réciproque. Non, ce n'était pas parce que j'étais amoureux que je détestais cette ville. C'est parce que j'étais rempli de tant de... — je me tus et me demandai de quoi j'étais donc rempli — de sentiments qui restaient inexprimés. — Je souris et haussai les épaules. — Je me consumais intérieurement et personne ne s'en rendait compte.

— Eh bien, si tu ne t'es jamais donné la peine de le dire à quiconque, tu ne peux pas leur en vouloir de n'avoir jamais rien remarqué.

— Tu es sans pitié, dis-je en souriant.

On frappa à la porte et une voix de femme annonça :

— Service.

— Je partais faire un tour, dis-je. Tu veux venir ?

— Tu penses ! C'est ma dernière matinée de femme libre. Peut-être qu'on pourra rendre Kevin jaloux.

3

Le mariage était prévu pour 20 heures, ce soir-là. Alors que les autres invités prenaient un verre dans la salle à manger avant la cérémonie, Josh et moi avions fait la paix et inspections le grand salon. Tous les sièges de l'hôtel avaient été réquisitionnés : chaises de cuisine, en bois, fauteuils Art déco, fauteuils de bibliothèque en cuir à rivets de laiton, jusqu'à une ottomane et un tabouret de piano. Le tout était disposé en une demi-douzaine de rangs de part et d'autre d'une large allée recouverte d'un tapis en soie blanche qui allait du salon à une petite antichambre éclairée par un triptyque d'étroits vitraux. Devant celui du milieu se dressait un vieux pupitre, flanqué de chaque côté d'un grand vase rempli de glaïeuls blancs. Dans les vitraux se reflétaient les flammes des bougies allumées disposées sur le moindre espace libre dans les deux pièces et la lumière de lampes anciennes en bronze et porcelaine.

Sur le manteau de la cheminée, les roses d'une coupe en cristal répandaient leur parfum suave et vif dans le salon.

— On dirait la salle d'attente du paradis, dis-je.

Josh s'installa dans un somptueux fauteuil à haut dossier qui ressemblait à un trône.

— C'est là que s'assoit Dieu, dit-il.

Avec son smoking, sa cravate légèrement de travers, il évoquait moins Dieu qu'un séraphin égaré. Je me baissai pour la rajuster.

— Je n'ai pas assisté à un mariage depuis celui de ma sœur. La tienne a toujours été célibataire.

— Oui, dis-je en m'asseyant. Nous autres Rios, nous ne sommes pas du genre qui épouse.

Il me donna un coup de coude.

— Et je suis quoi, moi, alors ? Du foie haché ?

— Tu sais très bien ce que je veux dire.

D'autres personnes commencèrent à entrer dans la pièce. La liste des invités semblait équitablement répartie entre flics et avocats, leurs animosités temporairement mises de côté. Un monsieur bourru aux cheveux blancs et son épouse menue — qui faisaient partie du contingent policier — prirent place à côté de nous, tout sourires et eau de Cologne. Rapidement, tout le monde fut assis et, comme le public d'un théâtre qui attend le lever de rideau, nous nous préparâmes, mains croisées sur des genoux au pli impeccable, mouchoirs dans les manches et regards fixés sur le centre de la salle. De quelque part retentit une musique enregistrée — classique, mais plus enjouée que solennelle — et Kevin vint discrètement se poster à sa place avec son témoin, tous deux en smokings croisés style années trente, et beaux comme des stars de cinéma. La juge que Kevin et Terry avaient choisie pour la cérémonie vint également prendre sa place. Petite, les cheveux blancs, elle portait une robe ivoire et un rang de perles rosâtres au cou. Elle sourit chaleureusement à Kevin qui réglait le pupitre à sa hauteur, mais dans ses yeux brillait cette lueur reptilienne qui n'est pas si rare chez les juges : les stigmates du pouvoir.

La musique passa à l'hymne nuptial traditionnel et nous entendîmes dernière nous un froufrou de soie. Tout le monde se tourna dans un concert de *Aah* ! et de *Ooh* ! pour voir Terry remonter la travée, accompagnée de sa mère, son père étant décédé. Sa robe, que j'avais pu voir quand nous étions revenus de notre promenade matinale, était d'un vert pâle, taille très haute sous la poitrine, garnie de dentelle au cou et aux manches. Ses cheveux roux, habituellement tirés en arrière, se répandaient sur ses épaules et luisaient dans la lumière des bougies. Elle rejeta son voile, comme pour affronter le mariage les yeux grands ouverts. Sur le passage des deux femmes, je remarquai sa main qui tremblait dans celle de sa mère. Son étrange petit sourire était, pour autant que je sache, destiné à Kevin et rien qu'à lui. Kevin, qui arborait habituellement une expression légèrement ironique, était hébété.

— Magnifique, magnifique, murmura la femme à côté de moi, comme tirée d'un rêve.

Je jetai un coup d'œil à Josh, dont le regard était un peu humide, et passai un bras autour de ses épaules.

La cérémonie en elle-même fut courte. La juge nous souhaita la bienvenue, puis Kevin récita une poésie de Donne. Terry y répondit avec l'un des *Sonnets de la Portugaise* qu'elle récita avec une gravité d'écolière qui me rendit brièvement, mais intensément, jaloux de Kevin. Ils échangèrent leurs vœux, puis il y eut un petit instant comique quand le témoin chercha les anneaux dans sa poche, puis la juge, invoquant son autorité civile, les déclara mari et femme.

La musique retentit de nouveau et ils descendirent l'allée. C'est seulement lorsqu'ils furent presque sortis que j'y reconnus une version orchestrale de *Respect* par Mantovani et je dus me mordre la lèvre pour ne pas éclater de rire.

Cette nuit-là, Josh et moi étions allongés dans le désordre des draps et regardions les rideaux blancs flotter dans la brise comme des spectres. Il était tard et nous nous assoupissions quelques minutes, puis nous nous réveillions, bavardions un peu, buvions une gorgée d'eau, nous embrassions et nous rallongions, immobiles.

— Je suis content d'être venu avec toi, dit Josh en posant une main sur ma poitrine. Je veux t'épouser, ajouta-t-il un instant plus tard.

— Chéri, je n'espérais plus que tu me le demandes, plaisantai-je en étouffant un bâillement.

— Je suis sérieux.

— Je sais, dis-je en lui caressant les cheveux. Mais au bout du compte, c'est du pareil au même, tu sais. Pour eux comme pour nous.

Il se redressa sur un coude et me considéra gravement.

— Mais s'il m'arrive quelque chose...

Je posai la main sur ses lèvres.

— Laissons de côté les « mais si », pour l'instant.

Il m'embrassa la paume, et ma main descendit le long de son cou.

— Quand je pense à ce qui pourrait arriver, j'ai peur.

— Je m'occuperai de toi.

Il baissa son visage vers le mien. Son souffle m'emplit tandis que sa langue se glissait dans ma bouche. Ma main descendit jusqu'à ses reins et je sentis son sexe durcir contre ma cuisse. Je fermai les yeux.

Un peu plus tard, son bipeur sonna et je le réveillai pour qu'il prenne son AZT, ce qu'il fit en se plaignant du froid et d'avoir sommeil.

— Ne fais pas le bébé comme ça, dis-je en tirant la couette sur nous.

— Bébé, bébé, murmura-t-il en m'attirant contre lui tandis que nous nous rendormions.

Le lendemain matin, après avoir mis Josh dans un avion pour Los Angeles, je retournai en ville. Une fois garé sur Union Square, je pris place devant St Francis pour attendre Sara Windsor. Après deux journées d'un temps dégagé inhabituel, l'été était revenu à San Francisco, couvert et froid. Les touristes qui sortaient de leurs hôtels en chemises légères et shorts jetaient un coup d'œil au ciel et rentraient aussitôt, ou filaient de l'autre côté du square acheter des pulls chez Macy's. J'étais bien content d'avoir apporté mon costume en laine bleue : non seulement il avait un effet apaisant sur mes clients, mais il était bien chaud. Alors que midi et demi approchait et que la foule se faisait plus dense, me rendant compte que je n'avais pas vu Sara Windsor depuis vingt ans et que je n'avais aucune idée de son allure actuelle, je fis en sorte d'être le plus repérable possible malgré mon costume bleu.

— Henry ?

La voix venait de derrière moi et appartenait à une femme de haute taille au visage rougeaud. Sa robe trop petite pour elle était distendue aux coutures. Deux profondes rides en forme de parenthèses encadraient sa bouche et d'autres sillonnaient son front, lui donnant l'air agacé — ce qui était apparemment le cas.

— La circulation était incroyable, se plaignit-elle.

— Bonjour, Sara.

Je tendis la main. Elle la fixa en hésitant, puis la prit. La sienne était moite.

— Un verre de vin me ferait du bien, dit-elle.

— L'endroit que j'avais en tête pour déjeuner est juste de l'autre côté du square, répondis-je en m'essuyant discrètement la paume sur mon pantalon.

— Maiden Lane ?

— Oui. Ça ira ?

— Peu importe.

Les lèvres pincées, Sara zigzaguait rapidement et sans le moindre égard dans la foule qui envahissait le square. Dans sa jeunesse, elle était mince, mais ce n'était plus le cas. Elle n'était pas vraiment grosse, mais ses quelques kilos en plus brouillaient ses traits. Des poches de chair gonflaient ses yeux et son menton. Elle avait des auréoles de transpiration sous les aisselles et l'arrière de sa robe était complètement chiffonné. Elle s'était maquillée à la va-vite et donnait l'impression de quelqu'un qui ne se soucie plus guère de son apparence.

Nous arrivâmes à Maiden Lane, une petite voie piétonne bordée de boutiques de luxe, et entrâmes chez un traiteur italien. Une fois que nous fûmes installés et servis, elle me toisa du regard.

— Vous avez embelli, dit-elle, comme si c'était difficile à imaginer.

— Merci.

— Vous étiez si maigre étant gamin qu'on aurait eu du mal à deviner comment vous seriez plus tard. — Elle me dévisagea. — Vos yeux n'ont pas changé. Ils gardent toujours leurs secrets.

— Non, je m'en suis débarrassé quand j'ai quitté Los Robles. Saviez-vous que Paul était pédophile, quand vous l'avez épousé ?

— Vous ne prenez pas de gants, vous, hein ?

Je ne répondis pas. L'approche directe prenait les gens de court et les amenait souvent à dire la vérité. Elle beurra un morceau de pain, lentement, pour gagner du temps.

— Paul, reprit-elle, comme si elle annonçait le titre d'un livre. Je savais que Paul était riche, plus jeune que moi et impatient de se marier, mais, non, je ne savais pas que Paul était pédophile.

— Quand l'avez-vous découvert ?

— La veille du jour où la police est venue l'arrêter. — Elle prit une bouchée de pain. — La première fois, je veux dire. Pourquoi me questionnez-vous sur cela ?

— D'après ce que j'ai compris, la police pense que la victime faisait chanter Paul.

Elle leva son verre et le fit osciller dans sa main en regardant le vin tapisser les parois.

— Les policiers sont des imbéciles, dit-elle calmement, avant de redresser le verre. Tout le monde était au courant, pour Paul. Il n'y avait aucune raison de le faire chanter.

— Alors, pourquoi le pensent-ils ?

Elle vida son verre.

— Il avait beaucoup d'argent sur lui le soir où il est allé voir — McKay, c'est le nom de ce type — la victime, dit-elle, méprisante. Naturellement, la police en a déduit que c'était pour le lui remettre.

— Et c'était pour quoi ?

Elle appela le serveur.

— Un autre. C'était du chardonnay. — Son regard revint sur moi. — On ne peut pas me demander de témoigner contre lui, n'est-ce pas ?

— Non, la clause d'exclusion conjugale prévaut.

— Et si je vous le dis ?

— C'est une autre clause qui prévaut : celle du secret professionnel.

— L'argent était destiné à acheter quelque chose, dit-elle après un silence. Il y avait une petite fille. — Elle se tut et me fixa. D'un regard vide. — Cela vous choque ?

Le serveur lui apporta son vin et posa le verre si brusquement qu'il éclaboussa la table. Nous levâmes les yeux vers lui, mais il était déjà à la table suivante, l'air dépassé, en train de débiter les plats du jour.

— Je ne comprends pas très bien.

— Je ne peux pas avoir d'enfants, dit-elle. C'est l'une des raisons pour lesquelles j'ai tardé à me marier. Je n'en voyais pas l'utilité. Au début, nous avons envisagé l'adoption, mais après l'arrestation de Paul, c'était devenu hors de question, évidemment. Il y a quelque temps, Paul m'a dit qu'il avait entendu parler d'un marché noir des enfants. Il s'était renseigné et il était possible d'acheter des enfants qui avaient été abandonnés ou simplement vendus par leurs parents. Bien sûr, j'ai trouvé l'idée folle. — Elle but rapidement une gorgée de vin. — Je l'ai oubliée, mais Paul en reparlait régulièrement de temps en temps.

— Dans quel contexte ?

— Oh, quand il y avait des enfants autour de nous, il se mettait à dire qu'il aurait tellement voulu fonder une famille.

— Cela manque de tact, je trouve.

— J'ai essayé de ne pas relever, dit-elle avec un sourire amer. Ne pas faire attention est mon grand talent, dans le mariage. Quoi qu'il en soit, après son arrestation, il m'a dit que cet homme, McKay, lui avait proposé de lui vendre un enfant. C'est pourquoi il était allé dans ce motel cette nuit-là en emportant autant d'argent sur lui.

— Vous l'avez cru ?

— Si cela peut l'aider, répondit-elle, glaciale.

— Pourquoi est-il allé là-bas, en réalité ? demandai-je en fronçant les sourcils.

— Je vous l'ai dit, Henry, j'essayais de ne pas faire attention.

— Pourquoi ne pas l'avoir tout simplement quitté ?

La question semblait lui être familière.

— Pour faire quoi ?

— Vous disiez vous être mariée sur le tard. Vous avez dû avoir une vie avant lui.

— J'enseignais au lycée, répondit-elle d'un ton las. Je ne pouvais pas reprendre mon poste après ce scandale. Vous oubliez à quel point c'est petit, Los Robles.

— On peut aller ailleurs.

— On peut aller ailleurs quand on est un homme, répliqua-t-elle. Ou qu'on a de l'argent. — Elle serra le pied du verre entre ses longs doigts pâles. — Ne me jugez pas trop hâtivement.

— J'essaie simplement de comprendre.

— Est-ce absolument nécessaire ? demanda-t-elle d'un ton acide.

— Revenons au meurtre. Racontez-moi comment cela s'est passé.

Ses doigts se détendirent sur le verre.

— Il est allé retrouver McKay dans un motel en dehors de la ville la nuit où McKay a été tué. Quelques jours plus tard, la police est venue avec un mandat de perquisition pour fouiller la maison et la voiture de Paul. On a trouvé l'argent et il a été arrêté. C'est après qu'il m'a raconté où il était allé et pourquoi.

— Comment l'a-t-on découvert ?

— D'après Bob Clayton, on a trouvé ses empreintes dans la chambre.

— C'est tout ?

— Ça ne suffit pas ? s'étonna-t-elle.

— Pour affirmer qu'il était dans la chambre, peut-être, mais ce n'est guère suffisant pour l'inculper de meurtre. A-t-on retrouvé une arme ? A-t-il déclaré quoi que ce soit à la police ?

— Non. Il a demandé à appeler Bob, qui lui a enjoint de ne rien dire. Je ne sais pas s'il a été question d'une arme.

Je réfléchis un moment.

— En d'autres termes, pour autant que vous sachiez, la seule preuve qui relie Paul au meurtre de McKay, pour la police, est qu'il est allé le voir ce soir-là avec de l'argent, et qu'ils partageaient un intérêt commun pour les... enfants.

— Oui, dit-elle, dubitative.

— Et la police aurait eu encore moins de preuves si elle n'avait pas perquisitionné, continuai-je, plus pour moi que pour elle. Elle n'aurait pas su pour l'argent.

Nous restâmes sans rien dire. Je ne savais pas ce que pensait Sara, mais moi je me demandais surtout quel genre de juge pouvait signer un mandat de perquisition sur la base d'indices aussi faibles.

— Bob Clayton est l'avocat qui représentait Paul lors de la mise en accusation ? demandai-je. — Elle hocha la tête. — Vous me rappelez qui c'est ?

— Il représente l'entreprise, Windsor Development. C'est l'avocat de Mark, en fait. À quoi pensez-vous, Henry ?

— Sauf si vous avez omis de me dire quelque chose, ou que vous l'ignorez, dis-je lentement, il ne me semble pas y avoir grand-chose comme charges qui pèsent sur Paul pour le moment.

— Je vous ai dit tout ce que je savais, répondit-elle avant de terminer son vin. Peut-être devriez-vous contacter Bob.

— Oui, c'est certain. Au téléphone, vous m'avez paru ne pas avoir tellement confiance en lui.

Elle eut un sourire déplaisant.

— Il a un... comment dites-vous, déjà ? Un conflit d'intérêts.

— Que voulez-vous dire ?

— Il y a quelques années, Mark a racheté les parts de Paul dans l'entreprise. Juste après, les affaires se sont mises à décoller. Je ne connais pas tous les détails, mais Paul pense que Mark ne lui a pas tout dit quand il a racheté les parts et qu'il les a payées beaucoup moins qu'elles ne valaient réellement.

Elle leva son verre, vit qu'il était vide et chercha le serveur du regard. Ne le voyant nulle part, elle continua :

— La dernière fois qu'ils ont abordé le sujet, cela a fait un drame, et Paul a menacé Mark d'un procès s'ils ne réglaient pas la question.

— Et dans ce procès, achevai-je, Bob Clayton défendrait Mark.

— Oui, précisément. Paul, évidemment, est convaincu que c'est Mark qui est derrière cette arrestation.

— Ils s'entendent si mal que cela, tous les deux ?

— Oh ! oui. C'est pour cela que c'est une telle ironie du sort que le journal se serve de l'arrestation de Paul pour atteindre Mark. C'est probablement le seul détail dans cette histoire qui la rende supportable pour Paul.

— C'est simplement à cause de cette querelle sur la vente des parts ?

— Non, dit-elle en levant son verre à l'intention du serveur. Ils se haïssent depuis des années.

— Oui, vous me l'avez dit au téléphone, mais sans me préciser la raison.

— Je ne connais que la version de Paul : que Mark le maltraitait et l'humiliait quand ils étaient gosses, parce que Mark pensait...

Elle marqua une pause par délicatesse.

— Parce que Mark pensait quoi ?

— Que Paul n'était pas tout à fait un homme.

— Je vois.

— Je ne veux pas dire par là qu'il pensait que Paul était homosexuel, dit-elle en soufflant vers moi une haleine qui empestait le vin. Il trouvait simplement que Paul n'était pas assez viril. Apparemment, la virilité est une question dont Mark fait grand cas, mais vous le savez sans doute mieux que moi.

Je ne répondis pas. C'était nouveau pour moi.

4

Alors que j'entrais dans Los Robles Valley, les collines brunes et nues cédèrent la place à de longues portions monotones de terres agricoles qui s'étendaient à l'est jusqu'aux lointaines montagnes bleutées de la Sierra Nevada. Le ciel était terne et bas. Des rangées de peupliers indiquaient çà et là des cours d'eau, et des fossés d'irrigation argentés scintillaient dans la calme lumière. Je passai devant un groupe d'ouvriers agricoles qui buvaient de l'eau d'un bidon à l'arrière d'un vieux camion, devant un vaste champ de tomates. Sur un panneau d'affichage clignotaient l'heure et la température : 8 h 30, 26 °C. Rien ne bougeait, pas un oiseau ne passait dans le ciel, pas un souffle de vent n'agitait les rouvres dont la vallée tire son nom, et ce calme immobile était pesant, comme si tout, jusqu'au dernier brin d'herbe, avait été fixé à sa place pour l'éternité à l'instant où la terre avait été créée.

Cependant, en approchant de la ville, je remarquai que peut-être, une ou deux choses avaient changé depuis la Création et même depuis mon dernier passage sur cette route : des zones résidentielles avaient surgi dans le paysage comme des furoncles géologiques, des rangées et des rangées de cubes pastel bordaient de larges rues qui gagnaient les champs environnants ou serpentaient dans un labyrinthe annoncé par un panneau voisin comme « un paradis ». Clarendon Estate, les Oaks Condominiums, La Vista — ces noms sonores promettaient une existence luxueuse, sans souci, pré-câblée, moyennant des facilités de crédit. Mais derrière ces pelouses d'un vert irréel, la plupart des maisons semblaient inhabitées. Apparemment, le marché du paradis s'était réduit, ou bien il exigeait du consommateur moyen trop d'efforts pour s'imaginer vivre ici, dans ces maisons, au milieu de nulle part, sous ce ciel étouffant.

De nombreux panneaux identiques clamant leurs promesses portaient également le nom de Windsor Development comme promoteur. Puis, une fois que j'eus traversé un pont qui enjambait des rizières, là, devant moi, scintillante dans la chaleur, se dressa Los Robles.

Tous les Californiens savent que la vraie Californie se trouve dans Central Valley, une vaste plaine au sud de l'État, semée d'austères villes de campagne qui grillent sous le soleil l'été et gèlent l'hiver. Los Robles est l'une des plus grandes. Deux larges et calmes rivières, la Los Robles et l'Oeste, la traversent et s'y rejoignent. Leurs cours vagabonds marquent les frontières nord et ouest de la ville. Au sud et à l'est s'étend la campagne. Et dans ce quadrilatère se trouve une ville de cent cinquante mille âmes.

L'histoire de la ville est sans surprise. Le seul événement durant ses cent quarante ans d'existence a été la ruée vers l'or, qui eut lieu dans les collines à l'est. Cette folie en décupla la population, faisant de la ville la plus grande concentration humaine entre San Francisco et la frontière de l'Oregon. Quand la ruée vers l'or se tarit, de nombreux prospecteurs restèrent sur place. Nostalgiques des villes du Midwest dont ils étaient originaires, ils en construisirent ici une plus grande version, avec de larges avenues bordées d'arbres et de maisons victoriennes couleur pain d'épices, de cottages style Queen Anne, demeures coloniales à volets, lugubres églises romanes et néo-gothiques et bâtiments publics de style fédéral. Bref, une très jolie ville qui n'avait plus rien à voir du tout avec ce qu'elle avait connu durant le siècle précédent sous la férule des Espagnols puis du Mexique.

Il est vrai que la férule s'y faisait peu sentir, mais le peu de traces qu'elle y avait laissées avaient été totalement effacées, ne laissant que des noms de lieux espagnols pour informer le curieux que le temps n'avait pas commencé avec l'arrivée du premier résident du Midwest. Outre cela, restaient encore bon nombre des familles mexicaines originelles. Avec le temps, elles et leurs descendants, ainsi que ceux qui avaient fait le long trajet pour les rejoindre au nord depuis le Mexique, avaient été relégués dans un quartier au sud de la ligne du Southern Pacific, appelé Paradise Slough.

Un bateau passait sur la Los Robles quand j'arrivai au pont qui menait en ville. La circulation était arrêtée le temps que le pont s'ouvre pour lui. Juste en face de moi s'étendait River Parkway, la rue principale menant à la ville. Des bâtiments tout neufs s'élevaient de part et d'autre, dans ce style que j'ai fini par qualifier de néo-administratif, la seule différence étant le type de verre, noir, vert ou miroir, utilisé dans leur construction. Le bord de la rivière, autrefois négligé, était en pleine restauration ambiance Old Town. Les hangars en brique et les anciens hôtels miteux abritaient désormais boutiques et restaurants. Les chênes omniprésents bordaient la promenade qui longeait la rive.

Le nord du centre-ville était une ancienne banlieue huppée appelée River Park. Les Windsor y habitaient autrefois dans une demeure d'avant-guerre. Construite par le père de Mark et Paul, elle laissait deviner de gracieuses racines dans le Sud, mais Herb Windsor était originaire des Grandes Plaines. Sa femme, en revanche — « née Lydia Smith », comme on le disait dans la page mondaine du *Sentinel* —, était la fille d'un banquier de la ville. J'avais une dent contre elle, car elle m'avait chassé de sa piscine en apprenant un été que j'habitais Paradise Slough. Les Mexicains et les Anglo-Saxons ne se mélangeaient pas. Les uns et les autres se méprisaient. Tout cela me revint clairement en mémoire alors que le pont se rabaissait et que j'entrais en ville.

Ma première visite fut pour le cabinet Clayton & Cummings. J'avais prévenu Robert Clayton que je viendrais lui parler de l'affaire Paul Windsor ce matin-là et il m'avait proposé un rendez-vous à neuf heures et demie. L'adresse qu'il m'avait donnée se révéla être l'un des cubes de verre de Parkway. Aux accents de *Scarborough Fair*, un ascenseur à l'éclairage tamisé m'emmena jusqu'au quatrième et me déposa à l'entrée d'un long couloir étouffant. Murs beiges, moquette vert foncé, lumières discrètes et plaques en laiton sur les portes en acajou — le type même de l'usine pour prolétariat en col blanc.

— Je m'appelle Henry Rios, dis-je à la réceptionniste du bureau de Clayton. J'ai rendez-vous avec Me Clayton.

— Un instant.

Je m'assis dans un fauteuil en cuir à oreillettes et tentai de m'intéresser à un numéro de *Business Week* vieux de trois semaines. Un article s'inquiétait que les Japonais achètent l'Occident. Qu'on leur laisse, pensai-je, ça ne pourra pas être pire avec eux qu'avec nos gouvernants actuels. Cela me rappela la réponse de Gandhi, à qui on demandait ce qu'il pensait de la civilisation occidentale : « Je pense que ce serait une bonne idée. »

— Maître Rios ?

Le petit barbu grassouillet rayonnait, prenant manifestement mon sourire au souvenir de l'humour de Gandhi pour de l'amabilité.

— Maître Clayton ? demandai-je en tendant la main.

J'étais surpris, m'attendant à tomber sur un yuppie soucieux de sa ligne.

Il secoua la tête avec autant d'enthousiasme qu'il me serra la main.

— Non, je suis Peter Stein.

Je me rappelai avoir vu le nom à l'extérieur, en bas de la liste. Un associé junior.

— Bob a dû aller assister à une déposition à la dernière minute. Il devrait rentrer bientôt. Il a pensé que vous aimeriez examiner le dossier en attendant.

— « Bientôt », c'est dans combien de temps ?

— Eh bien, à midi au plus tard. Venez.

Je le suivis dans un couloir qui menait à son bureau encombré. Il se glissa péniblement dans son fauteuil et me tendit un dossier. Je jetai un coup d'œil à l'étiquette : WINDSOR, PAUL / ÉTAT DE CALIFORNIE, suivi d'une série de chiffres qui devaient correspondre au classement interne du cabinet.

— Voilà. Asseyez-vous. Désirez-vous un café ?

— Pourquoi pas ? Noir.

Il commanda deux cafés par téléphone et continua de me regarder avec son sourire rayonnant.

— C'est un grand plaisir de vous rencontrer, dit-il. J'ai lu votre portrait le mois dernier dans le *Daily Journal.*

Je hochai la tête. Le bulletin légal de Los Angeles avait publié mon portrait en première page après une victoire inespérée à la Cour suprême de l'État pour annuler une condamnation à mort. Inespérée simplement parce que le gouverneur actuel, réactionnaire, avait réussi à faire siéger des juges de droite durant cette session.

— Vous vous intéressez au pénal ? demandai-je.

— Bob m'a débauché du bureau du DA, répondit-il.

Nos cafés arrivèrent, apportés par un jeune chicano qui me sourit, connivence d'un *vato loco* à un autre. Je lui rendis son sourire.

— Vraiment, répondis-je à Stein. Vous n'avez pas de mal à faire la transition entre pénal et civil ?

— Bob m'a été d'une grande aide. Son cabinet ne marchait pas très bien avant qu'il décroche les dossiers des Windsor.

Il sourit en hochant la tête comme un ballon bondissant.

J'eus de la peine pour lui. On aurait dit l'un de ces gros que l'on qualifie d'enjoués quand ils sont pourtant déjà âgés.

— Y a-t-il un endroit calme où je puisse le consulter ? demandai-je en indiquant le dossier.

— Au bout du couloir, il y a un bureau inoccupé, répondit-il. Celui de mon prédécesseur. Il n'a pas supporté la pression, me confia-t-il.

Je sentis un rien d'angoisse dans sa voix. Peut-être que la transition n'était pas aussi facile que cela, finalement.

— Merci, Peter, dis-je en me levant. Vous préviendrez Me Clayton de ma présence ?

— Aucun problème.

Le malheureux prédécesseur de Stein n'avait laissé qu'un caoutchouc agonisant en souvenir de sa présence dans un bureau par ailleurs sinistre. Je laissai tomber le dossier sur la table et regardai par la fenêtre. La vitre teintée atténuait la lumière éblouissante, mais d'après le peu de mouvements dans la rue, je devinai qu'il faisait déjà une chaleur écrasante. Il n'était pas rare que la température monte dans les trente-sept degrés vers midi et ne redescende qu'au soir aux alentours de vingt-cinq, vingt-six, plus supportables. Et durant ces chaleurs, la ville était prise dans un glacis, blanche et immobile, et simplement respirer était épuisant. Dans mon enfance, je trouvais refuge soit au bord de la rivière, soit à la bibliothèque. La rivière n'offrait guère d'échappatoire, car on ne pouvait rester sous l'eau toute la journée et, de toute façon, elle était tiédasse et vaseuse. En revanche, la bibliothèque était climatisée et offrait la distraction supplémentaire des livres, grâce auxquels je connus l'existence d'un monde au-delà de la vallée.

Je repérai le toit de la bibliothèque, non loin de là. J'avais parfois du mal à me rappeler l'allure de ma mère, mais j'étais capable de me représenter, jusqu'au dernier poil sur son menton, la bibliothécaire. Mme...

Mme... Arrête, me dis-je, avant de retourner au bureau et à WINDSOR, PAUL / ÉTAT DE CALIFORNIE.

Robert Clayton me déplut dès la première seconde et c'était apparemment un sentiment réciproque. Il était aussi svelte et élégant que ses confrères de Montgomery Street ou Wilshire Boulevard, son costume en seersucker de bonne coupe étant sa seule concession à la chaleur. Ce n'était pas tant cela qui m'agaça que son air fermé. C'était une boîte hermétiquement close et il en était fier. Je ne pus m'empêcher de déclencher les hostilités.

Nous étions dans son bureau meublé avec goût.

— Oui, j'ai regardé le mandat de perquisition, disait-il, haussant les épaules. Je suis spécialiste des transactions immobilières, donc le pénal n'est pas vraiment mon élément.

— Mmm, répondis-je. Je ne veux pas vous vexer, Bob, mais même un étudiant de première année aurait reconnu l'absence de motifs dans le procès-verbal. — Je sortis l'épais document du dossier. — La moitié est constituée d'un panégyrique des talents d'investigateur du déclarant, un inspecteur du nom de Morrow. S'ensuit une longue digression sur la précédente arrestation de Paul pour abus sur mineur, et d'un récit tout aussi interminable du porno infantile découvert dans la chambre du motel de McKay. — Sans prêter attention au pli qui barrait le front de Clayton, je continuai : — Après quoi, il en arrive au cœur de l'affaire : les empreintes de Paul ont été trouvées dans la chambre. Donc, conclut-il, Paul y était. Eh bien, pas besoin d'être un génie pour déduire cela. Et de là, il saute à la spectaculaire conclusion : de fortes probabilités permettent de lier Paul au meurtre, ce qui justifie une perquisition de son domicile et de sa voiture, pour y retrouver, entre autres, l'arme du crime. — Je levai les yeux. — Ce genre de raccourci est tolérable, disons, au Chili...

— Je ne suis pas un juré, Henry. Qu'essayez-vous de me dire ?

— Je ne vois là-dedans aucune demande d'annulation du mandat.

— Eh bien, c'est de votre ressort, non ? Il n'y a pas encore eu d'audience préliminaire. Vous avez tout le temps que vous voulez de demander vos annulations.

Je le fixai droit dans les yeux.

— En attendant, Paul est incarcéré. Si on avait attiré l'attention du juge des inculpations sur le fait que Paul était détenu sur la base de ce document, dis-je en frappant le dossier d'un index accusateur, il ne se serait peut-être pas empressé de refuser la mise en liberté sous caution.

— Le juge des inculpations était le même que celui qui a signé le mandat.

— Eh bien, il n'y a qu'une personne qui tient les rênes, dans cette ville.

— Et, ajouta-t-il, c'est également lui qui siégera à l'audience préliminaire.

— C'est illégal, répondis-je. Je vais demander sa récusation.

Clayton se pencha légèrement en avant, empoignant son bureau de ses doigts minces.

— Nous ne sommes pas à Los Angeles, Henry. Il n'y a que quatre juges municipaux, ici, et ils n'aiment pas qu'un avocat envoie des sommations à l'un d'entre eux.

— Ils n'aiment pas ? Jusqu'à quel point ?

— Je ne crois pas que vous ayez envie d'en faire l'expérience, dit-il en relâchant le bureau et en tentant un sourire narquois. Vous avez raison concernant le mandat, bien sûr, mais Paul m'avait déjà dit qu'il voulait être représenté par quelqu'un d'autre. Je n'ai pas vu l'utilité de me mettre le juge Lanyon à dos. J'ai pensé vous en laisser ce soin. D'après ce que j'ai vu, vous êtes probablement plus doué que moi pour énerver les juges.

— D'après Sara, c'est vous qui avez refusé l'affaire.

— C'était une décision mutuelle, dit-il en haussant les épaules.

— Et le fait que vous représentiez Windsor Development n'a bien entendu rien à voir, je suppose ?

— C'est une accusation ?

— Le fait que Paul reste en prison sert quels intérêts, au juste ?

Clayton sourit pour dissimuler sa colère.

— Même pour un avocat, vous êtes bien soupçonneux, Henry. La raison pour laquelle je ne souhaite pas défendre Paul est simple : je crois qu'il est coupable. Je crois que la police a raison. Il est allé voir McKay dans l'intention d'acheter son silence, mais McKay a dû dire quelque chose qui a fait comprendre à Paul qu'il devrait payer pendant toute sa vie, et il l'a tué. C'est tout à fait conforme au personnage de Paul de paniquer et d'agir bêtement, ajouta-t-il d'un ton indifférent.

— Et l'explication que donne Paul de sa visite à McKay ?

— Quelle explication ? me demanda-t-il en ouvrant des yeux ronds.

Apparemment, il n'était pas dans la confidence de Paul.

— Il doit bien en avoir une, feintai-je.

— Pas que je sache. — Il dodelina lentement de la tête pour se détendre le cou. — Écoutez, Henry, vous ne pensez tout de même pas qu'il soit innocent ?

— Je ne me suis pas formé une opinion, répondis-je, mais je sais que le moindre avocat, même peu expérimenté au pénal, agirait avec beaucoup plus d'agressivité que vous pour tenter au moins de le faire libérer sous caution.

— Épargnez-moi vos sermons, aboya-t-il. Paul me parle à peine. On ne peut pas aider quelqu'un qui ne vous fait pas confiance.

— Et pourquoi ne vous ferait-il pas confiance ?

— J'ai reçu de Mark l'instruction de coopérer avec vous, répondit-il avec raideur, mais vous me rendez la tâche affreusement difficile. Vous pouvez utiliser notre cabinet, ma secrétaire, les clercs. Stein, si vous voulez. Mais ne me traitez pas comme un péquenot. Et ne vous mêlez pas de mes affaires.

Je battis en retraite.

— C'est généreux de votre part. Désolé de m'être montré brutal. Je suis comme ça.

— Je suis en train de m'en rendre compte.

— Quand a lieu l'inculpation ?

— D'ici à deux semaines. De quoi avez-vous besoin ?

— D'après ce que m'a dit Sara, l'affaire a causé un peu de scandale.

— C'est le moins qu'on puisse dire, répondit-il en souriant tristement.

— Expliquez-moi tout.

— Paul n'a jamais comparu pour l'accusation d'abus sur mineur.

— Oui, Sara m'a dit que la fille ne voulait pas témoigner.

— Exact. Bien des gens pensent que les Windsor ont acheté son silence. La mère était la bonne de Paul et Sara.

— Je l'ignorais.

— Elle travaillait pour eux depuis des années. Cela fait déjà une chose. Ensuite, le *Sentinel* harcèle Mark depuis des années sur la légalité de ses contrats immobiliers. Depuis toujours, nous sommes à deux doigts de la diffamation. Ils n'ont jamais pu affirmer clairement qu'il avait commis quoi que ce soit d'illégal, mais c'est tout comme.

— Et qu'en est-il ?

— Dans ce domaine, tout le monde est toujours en porte-à-faux vis-à-vis d'un règlement quelconque. C'est le prix de ce métier.

— Je vois.

— J'en doute, dit-il d'un ton aigre. Quoi qu'il en soit, le *Sentinel* est contre le développement immobilier. Ils ont vainement tenté de demander un référendum. Puis Gordon Wachs a brillamment raisonné qu'il était plus facile de s'attaquer à un individu qu'à une idée.

— Wachs ?

— C'est le nouveau patron. Il a racheté l'affaire à la famille Storey il y a dix ans. Il n'est pas d'ici. (« Pas d'ici » : l'insulte suprême, à Los Robles.) Quand Paul a été arrêté, ils ont monté en épingle l'accusation d'abus sexuel, tout comme la moindre infraction dont Mark avait été reconnu coupable, et transformé les élections en référendum contre les Windsor.

— J'aimerais bien lire ces articles.

— Pas de problème, mais pourquoi ?

— Je commence à avoir des doutes sur la qualité de la justice rendue à Los Robles, dis-je en tapotant le dossier. Peut-être que le mieux pour Paul serait de demander qu'il soit jugé ailleurs.

— Une demande de renvoi de l'affaire devant un autre tribunal ? demanda-t-il, sceptique. Bon courage. — Il griffonna un mot et demanda : — Pour quand les voulez-vous ?

— Je reprends l'avion pour Los Angeles dès que j'aurai vu Paul et je ne reviens pas d'ici à la semaine prochaine. Je peux les avoir pour ce soir ?

— Mon personnel n'a pas l'habitude des horaires des métropoles, dit-il en haussant un sourcil. Je vais confier cela à Peter. C'est un bourreau de travail.

— Merci, dis-je en me levant.

— Henry, dit-il en m'arrêtant sur le seuil, j'ai un petit conseil.

— Je vous écoute.

— Ne tirez pas trop sur la corde des anciennes amitiés.

— Cela vient de Mark ?

— Je crois que je peux m'exprimer en son nom.

Trop d'années passées sous des climats tempérés avaient entamé ma tolérance à la chaleur. J'ôtai veste et cravate et retroussai mes manches en retournant à ma voiture. Parkway était autrefois bordé d'arbres. On les avait apparemment arrachés pour élargir la rue. Du coup, les mornes rangées de bâtiments s'étendaient sans un coin d'ombre jusqu'en ville. Je montai dans ma voiture de location et le Skaï des sièges vint se coller à mon pantalon et à ma chemise. Je gagnai ma seconde étape : un déjeuner avec Sara Windsor.

L'adresse qu'elle m'avait donnée était dans River Park, mais ce n'était pas la pièce montée blanche qu'Herb Windsor avait construite pour sa famille. Les

Windsor de moindre condition se contentaient d'une bâtisse basse qui évoquait une ferme normande sous anabolisants. Je me garai dans la rue, descendis, traversai une vaste pelouse, passant devant des massifs de fleurs, des haies basses et les trois chênes qui ombrageaient la façade de cette maison en forme de L. À la jonction des deux ailes s'élevait une sorte de tourelle où s'ouvrait une lourde porte munie d'un heurtoir en forme de tête de lion. Je laissai retomber le lion sur la porte. Un instant plus tard, une femme au teint mat, cheveux tressés, vêtue d'une blouse de domestique, me lorgnait d'un air soupçonneux.

Sans réfléchir, je m'adressai à elle en espagnol :

— *Quiero ver la Señora Windsor, por favor* [1].

Elle me fixa d'un regard aigu et je m'imaginais tel qu'elle me voyait : un grand Mexicain en nage avec une chemise blanche plus très nette et un pantalon fripé, demandant en espagnol à voir *la Señora*.

— Je suis l'avocat de M. Windsor, Henry Rios, dis-je en anglais.

— Qui est-ce ? entendis-je Sara demander. Carrie ? — Elle arriva derrière la domestique. — Oh, Henry, entrez. Tout va bien, Carrie.

La femme me laissa passer. Carrie ? me dis-je en fixant ce large visage à la peau mate.

— Carrie ? demandai-je à Sara qui me faisait entrer dans un opulent salon.

— Caridad, dit-elle en gagnant une crédence ancienne chargée de verres étincelants. Vous voulez boire quelque chose avant de déjeuner ?

— Non, merci.

1. J'aimerais voir la Señora Windsor s'il vous plaît. (NdT).

Elle se servit un bourbon et me fit signe de m'asseoir.

— Ce sera prêt dans un instant. Avez-vous vu Paul ?

— Non, j'ai été retenu chez Clayton.

Je me laissai tomber dans un grand fauteuil blanc. Sara prit place en face de moi dans un canapé long comme une piscine olympique. Nous étions séparés par une table en laque sur laquelle j'aurais pu faire la sieste. C'était une sacrée maison pour un couple sans enfants, mais étant donné ce que je savais d'eux, peut-être pas si grande que ça.

— Il s'est montré utile ?

Son ton ironique contenait toute la réponse.

— Je ne sais pas très bien.

— Je vois ce que vous voulez dire. Il est tout à fait convaincant, jusqu'au moment où on essaie de se rappeler ce qu'il vous a dit.

Je souris. Elle semblait être de bonne humeur et l'explication en était toute trouvée. L'odeur d'alcool que je sentis dans l'air conditionné semblait émaner de ses pores. Pourtant, avec sa robe ample, elle paraissait plus détendue que la veille à San Francisco.

— Vous êtes sûr que vous ne voulez rien boire ? demanda-t-elle en portant le verre à ses lèvres.

— De l'eau.

— Excusez-moi. Carrie ? appela-t-elle. — Caridad / Charité / apparut. — Voudriez-vous apporter un verre d'eau glacée à M. Rios ?

En la voyant ressortir, je me demandai si c'était de sa fille dont Paul avait abusé. Quand elle revint avec l'eau, elle me regarda sans expression visible, mais je sentis une hostilité dans ses yeux. Ou bien c'était moi qui me sentais coupable de me mélanger avec de riches Anglo-Saxons.

— Qu'avez-vous pensé de Bob ? demanda Sara.

— J'imagine qu'il est dans une situation vraiment délicate. D'un côté, l'arrestation de Paul pour meurtre l'affaiblit clairement dans le conflit qui l'oppose à Mark. De l'autre, cela n'arrange pas la réputation de la famille. Si Clayton est le loyaliste qu'il prétend être, il doit avoir du mal à décider s'il doit m'aider ou freiner des quatre fers. Aujourd'hui, il a fait un peu des deux. — Je pris une gorgée d'eau. — Il ne semble pas très pressé de faire sortir Paul de prison.

Elle vida son verre. Je la vis tenter de décider si elle allait en reprendre un tout de suite ou attendre. J'avais connu moi aussi ce genre de dilemme.

— Il semble convaincu de la culpabilité de Paul, dis-je, pour la faire penser à autre chose.

D'un air décidé, elle se leva, gagna la crédence et en revint avec un autre bourbon.

— C'est absurde.

— Ah bon ?

D'un pas vif, elle s'approcha des fenêtres à l'autre bout de la pièce.

— Venez voir, Henry.

Je la rejoignis. Elle écarta les lourdes tentures, découvrant des rangées et des rangées de roses.

— C'est Paul qui a fait cela.

Comme une peinture impressionniste, les roses immobiles semblaient mêler leurs couleurs dans la chaleur de l'après-midi et j'en sentais presque le capiteux parfum dans l'air immobile. Elle laissa retomber le rideau.

— Une aptitude pour le jardinage n'est pas incompatible avec une aptitude pour le meurtre, objectai-je.

— Ne dites pas de sottises, répondit-elle en retournant au divan.

— Très bien, dis-je en la suivant. Qui a fait le coup, selon vous ?

— Le frère de la fille, dit-elle, pincée.

— Quelle fille ?

Elle fixa son verre.

— Ruth Soto. Sa mère travaillait pour nous. Pas Carrie, celle d'avant. Ruth venait souvent l'aider. Elle aimait les roses. — Elle serra le verre contre sa poitrine. — Je trouvais attendrissant que Paul lui apprenne comment les soigner. Vraiment touchant. — Elle but une gorgée et s'essuya les lèvres du bout des doigts. — Si vous voulez les détails, il faudra lui demander, dit-elle en haussant un peu trop la voix. Cela a duré trois ans, puis elle est tombée enceinte. Elle avait quinze ans, ajouta-t-elle vivement. Évidemment, sa famille a compris et est allée trouver la police.

— L'accusation a été levée parce qu'elle refusait de témoigner. Savez-vous pourquoi ?

— Tout le monde pense qu'on l'a payée. Ce n'est pas vrai. Nous...

— Vous... ? la pressai-je.

— Elle a décidé seule. Le jour où le procès a été annulé, son frère est arrivé au tribunal avec un revolver en menaçant de tuer Paul. La police l'a arrêté. C'est lui qui s'est retrouvé en prison.

— Qu'est devenue Ruth ?

— Je ne sais pas. Sans doute qu'elle habite encore par ici, à Paradise Slough.

— Et l'enfant ?

— Je n'en sais rien non plus.

— Pourquoi son frère aurait-il tué McKay ?

— Peut-être qu'il s'est trompé, dit-elle d'une voix rendue hésitante par l'alcool. Peut-être qu'il voulait tuer Paul.

— Il me manque quelques épisodes.

— Demandez à Paul de vous les raconter.

Avant que j'aie pu répondre, Caridad apparaissait sur le seuil et annonçait que le déjeuner était servi.

Après le repas, Sara me pria de l'excuser en disant qu'elle avait besoin de faire une sieste et que je pouvais aller et venir à ma guise dans la maison. Je fis un brin de toilette avant de me rendre à la prison. En sortant, je trouvai Caridad dans la roseraie, en train de couper au sécateur des fleurs qu'elle jetait dans un sac de toile. La chaleur et leur parfum m'étourdirent.

— *Señora*, l'appelai-je.

Elle se retourna lentement et me regarda. Malgré la chaleur, elle ne transpirait pas.

— *Señor ?*

— Connaissez-vous une famille du nom de Soto, à Paradise Slough ? demandai-je en espagnol. Leur fille s'appelle Ruth.

Elle me dévisagea longuement.

— Non, dit-elle finalement. *Con su permiso*, ajouta-t-elle avant de retourner à sa tâche.

Je la regardai s'accroupir parmi les roses, en me disant que l'espagnol était une merveilleuse langue, pour pouvoir exprimer autant de mépris avec une simple petite phrase polie.

5

La prison municipale était située près de la gare, dans une rue ombragée occupée par des prêteurs sur gages pour les cautions et les vitrines couvertes de mouches de cabinets d'avocats aux enseignes en anglais et espagnol. C'était nouveau, ce bilinguisme. Dans ma jeunesse, il n'y avait qu'une seule langue officielle, ce qui créait une sorte d'apartheid linguistique. L'un de mes premiers souvenirs d'enfance : j'accompagne ma grand-mère à la fin du mois pour lui servir d'interprète aux bureaux de la Sécurité sociale et des compagnies de gaz, d'eau et d'électricité. À mesure que passaient les années, j'avais perdu mes facilités en espagnol, même si je me faisais encore comprendre, malgré des fautes de grammaire. En outre, pour moi, certaines choses n'existaient qu'en espagnol, des questions personnelles, des détails : les mains seraient toujours des *manos* et Dieu, pour autant qu'il existât pour moi, me serait toujours connu sous l'affectueux diminutif de ma grand-mère, *Diosito.*

Cette nostalgie n'allait pas sans une certaine amertume. Quand j'étais parti d'ici, j'avais balayé Los

Robles de mon esprit, car je ne pouvais y penser sans affronter le fantôme furieux de mon père. Pourtant, dans ces moments où le présent ouvrait une crevasse sous moi et où je n'avais plus la moindre idée de qui j'étais, c'était parce que j'avais choisi d'avancer dans la vie sans souvenirs.

Je m'étais arrêté. Je me secouai et passai les portes de la prison, heureux pour une fois d'entendre le vacarme et l'agitation habituels : les flics en tenue et leurs prisonniers menottés, les lumières crues et le lino vert éraillé, le cliquètement des machines à écrire et les cris de la cellule de dégrisement. Il faisait à peine plus frais à l'intérieur qu'au-dehors.

J'expliquai à l'accueil la raison de ma visite au policier de service, un noir maigre du nom de Robertson. Pendant qu'il faisait le nécessaire pour que je puisse voir Paul, je feuilletai le rapport de police et le signalement de la victime. John McKay, blanc, quarante-huit ans, permis de conduire à une adresse à Glendale, propriétaire d'une Honda Civic de sept ans. Je tournai les pages, cherchant son extrait de casier judiciaire, dont la présence aurait été logique, étant donné sa profession, et je fus un peu surpris de ne pas le trouver. Les flics avaient peut-être jugé qu'il avait joué son rôle dans l'affaire en se faisant tuer. Je notai mentalement de m'en occuper plus tard.

— Maître.

Je levai le nez et vis Robertson me désigner du menton un autre policier attendant près d'une porte métallique dont il déclencha l'ouverture. Nous descendîmes un couloir jusqu'à une petite pièce. À l'intérieur, Paul Windsor, en combinaison orange, était assis devant une table en bois. Le policier me fit entrer et retourna se poster devant la porte.

Contrairement aux croyances répandues, il n'existe pas de physiognomonie du crime. Paul en était la preuve. Son visage doux et osseux n'aurait absolument pas été déplacé au-dessus d'un col de prêtre ou d'une salopette de pompiste. Évidemment, il n'était ni l'un ni l'autre, mais un pédophile accusé de meurtre. Je tirai une chaise et m'assis.

— Bonjour, Paul.

— Bonjour, Henry. — Une lueur passa dans son regard. De l'amusement ? — On dirait que tu es allé te baigner tout habillé.

Je jetai un coup d'œil à mes poignets de chemise crasseux.

— En nage, c'est plutôt ça.

— Tu devrais porter ce genre de truc, dit-il en pinçant le col de sa combinaison. C'est frais et léger, et toujours dans le vent.

— Mais tout le monde n'y a pas droit.

— En effet, sourit-il. Merci de te charger de mon affaire.

— Comment t'en sors-tu ?

— Ça va. La prison n'est pas une nouveauté pour moi, ajouta-t-il d'un ton léger. On m'a même donné mon ancienne cellule. Je suis dans ce qu'ils appellent haute surveillance. Tu sais ce que ça veut dire, n'est-ce pas ?

— Isolement ?

— Oui. Les violeurs d'enfants ont une espérance de vie d'environ cinq minutes, ici. Même ceux qui se sont amendés, badina-t-il.

— Je n'irais pas trop m'en vanter par ici.

— Tout le monde est au courant, Henry. Cachez les gosses, tonton Paul est dans les parages.

Son calme m'inquiétait.

— Ce n'est pas pour cela que tu es ici, cette fois, bien sûr.

— Non, pas du tout, dit-il, plus grave. Enfin, pas directement, en tout cas, mais nous savons tous les deux que si je n'avais pas déjà été arrêté, je ne serais pas là en ce moment.

— Je ne comprends pas ce que tu veux dire.

— C'est évident, non ? Quelqu'un tue un trafiquant de pornos infantiles et les flics coffrent les suspects habituels.

— Tu étais sur les lieux la nuit du crime, fis-je observer.

— Ce n'est pas un crime, répondit-il sans émotion.

— C'est ta ligne de défense ?

— Le véritable crime, c'est que je sois obligé de me défendre.

— La police pense que tu avais un mobile pour tuer John McKay. Le chantage.

— « La police pense », c'est une absurdité, sourit-il, goguenard. Les policiers ne pensent pas plus qu'un filet de bœuf.

— Tu avais cependant beaucoup d'argent sur toi.

— Je pensais que Sara t'aurait déjà tout expliqué, s'irrita-t-il.

— Elle m'a répété ce que tu lui avais dit, répondis-je. Que tu étais allé voir McKay pour acheter un enfant.

Il éclata de rire.

— Et tu trouves que ça fait inventé ?

— Je ne te connais pas assez bien pour répondre à cela, Paul.

— Tout ce dont je suis coupable, c'est d'être différent, dit-il, de nouveau sérieux.

Pour le moment, je voulais éviter cette question.

— Tu avais réellement l'intention d'acheter cet enfant, Paul ? préférai-je demander.

— Pourquoi sommes-nous obligés d'en parler ?

— Il en sera question au procès.

— Seulement si je dépose. Tu ne vas pas m'appeler dans le box des témoins, tout de même ? demanda-t-il, caustique.

— Il est encore un peu tôt pour en décider, répondis-je. Après l'audience préliminaire, nous aurons une meilleure idée de la teneur du dossier d'accusation.

Il n'écoutait pas.

— Tu ne veux pas en parler, c'est tout, n'est-ce pas ? bafouilla-t-il.

— De quoi, Paul ?

— C'est à croire que tu penses qu'il y a un peu de vérité dans ce qu'ils racontent. Je me suis fait piéger pour une seule et unique raison : à cause de ce que je suis. — Il me fusilla du regard. — C'est n'importe quoi.

Je laissai passer un moment avant de répondre, pour ne pas lui donner l'impression que je n'étais pas d'accord.

— Tu as peut-être raison, Paul, je ne sais pas. Ce ne serait pas la première fois que des flics choisissent la facilité dans une affaire délicate. Mais tu es en prison et, que cela te plaise ou non, il n'y a à ma connaissance qu'une manière d'en sortir. Nous passons devant le tribunal, nous écoutons les arguments de l'accusation, nous montrons qu'ils sont insuffisants pour étayer l'inculpation. — Je m'autorisai un petit haussement d'épaules indifférent. — C'est fastidieux. Tu ne te sentiras pas vengé. Mais tu seras libre.

— Tu fais ce petit discours à tous tes clients ? demanda-t-il calmement, d'un ton acerbe.

— Sous une forme ou une autre. Pour remettre les pendules à l'heure.

— C'est différent, dit-il en se frottant les yeux.

— En quoi ?

— Tu pars du principe que je serai traité équitablement, ici. Ce n'est pas le cas. Mark s'en chargera.

Malgré son intelligence et son calme apparents, je me rendis compte que Paul était vraiment paranoïaque. Cela n'allait vraiment pas simplifier sa défense.

— Paul, c'est trop me demander de croire que Mark a organisé ce meurtre pour te piéger.

Il secoua la tête, moqueur.

— Ce n'est pas ça. Je n'ai pas dit qu'il avait fait tuer McKay. Il a appris le meurtre et a passé quelques coups de fil. Peut-être qu'il aura fallu verser de l'argent — ce ne serait pas la première fois qu'il achète un bureaucrate —, et je me suis fait arrêter.

— Personne n'a inventé tes empreintes dans la chambre de McKay, fis-je remarquer.

— Je ne nie pas leur présence, se fâcha-t-il. C'est cela qui a donné l'idée à Mark. Mais je n'ai pas tué McKay.

— Quelqu'un l'a fait.

Il se détourna, méprisant.

— Je veux que tu me parles de McKay, dis-je. Comment tu l'as connu, ce qui s'est passé cette nuit-là. Tout.

Les lèvres pincées, il me fixa un moment, puis il commença :

— Je ne connais pas vraiment McKay, en fait, pas au sens où tu l'imagines. Je veux dire que nous n'avons jamais discuté de *Lolita* en prenant un verre, ni quoi que ce soit de ce genre. Je lui ai parlé sur un forum Internet destiné aux gens qui partagent mes centres d'intérêt. Il vendait des articles qui m'attiraient, et je lui en achetais de temps en temps.

— De la pornographie.

— Si tu préfères.

Il marqua une pause, balayant la pièce du regard avant de revenir sur moi.

— Toi, mieux que personne, Henry, tu devrais comprendre que la sexualité ne se réduit pas à une simple question de mécanique.

— Tu devrais savoir depuis longtemps que j'ai les mêmes préjugés que quiconque à l'égard de la pédophilie.

— Je peux peut-être te faire changer d'avis, dit-il avec un sourire distrait.

— J'en doute.

— Je veux quand même que tu comprennes. La société raconte des tas de mensonges sur les enfants, mais le plus gros, c'est qu'ils n'ont pas de sexualité. Ils en ont une, et c'est la plus pure, parce qu'ils n'ont pas encore appris que c'était sale.

Il pointa un index sur moi et continua son petit sermon.

— Quand on a un rapport sexuel avec un enfant, on redevient aussi un enfant. Tout est immédiat, chaque sensation est pure. Je ne saurais même pas te décrire ce que cela fait. — Son visage semblait sincère. — Ils ont une saveur, une odeur, différentes...

— Arrête, dis-je, surpris de ma véhémence.

Surpris, il resta bouche bée, puis :

— Tu me déçois, Henry, dit-il d'un ton réprobateur.

— Cela m'honore, je pense.

— Henry, Henry..., fit-il en secouant tristement la tête. Vas-tu me dire qu'un enfant ne peut pas consentir à des rapports sexuels ? Que tu penses qu'ils n'ont pas de fantasmes ?

— Les fantasmes d'un enfant de treize ans sont différents de ceux d'un adulte de trente. Un enfant ne peut pas imaginer un acte sexuel adulte. On ne peut pas parler de consentement dans ce genre de situation.

— Un jour, tu tomberas sur un très joli petit garçon, Henry, et tu changeras radicalement d'avis.

— Nous parlions de McKay.

— Tu es pressé de changer de sujet. Peut-être ai-je dit quelque chose qui a touché un point sensible.

— Peut-être aussi que tu déconnes complètement, Paul.

Il haussa les épaules.

— McKay n'était pas un type bien. Il manquait de raffinement, et ses goûts le portaient plutôt vers les garçons. — Il fit une grimace. — Il fallait toujours qu'il parle de sa dernière conquête de douze ans. Ce n'est pas que je lui en voulais d'aimer les garçons, mais, sourit-il, je suis hétéro. Quoi qu'il en soit, on discutait de temps en temps, puis, il y a quelques mois, il m'a parlé d'une fille. Apparemment, elle avait été vendue par son père à l'âge de neuf ans, mais elle était trop âgée pour l'homme qui l'avait achetée.

— Quel âge avait-elle ?

— Treize ans. Un âge délicieux, pour une fille.

— Nous ne sommes pas là pour parler de ça. Tenons-nous-en à McKay. Il s'est proposé de faire quoi ? Jouer les intermédiaires ?

— Oui, exactement. Tout était arrangé. Elle lui serait amenée et il me la vendrait. Il en demandait vingt mille dollars. J'ai trouvé le prix raisonnable. Je suis donc allé au motel. Pas de fille. Juste un type malsain dans une chambre sordide. Il m'a dit qu'il y avait eu un problème de livraison, mais qu'elle serait là dans un ou deux jours. En attendant, il voulait la moitié de la somme, comme preuve de bonne foi.

Il éclata de rire à ce souvenir.

— Évidemment, tu ne l'as pas cru.

— Il suffisait de le regarder pour voir qu'il mentait. C'était un gros tas de graisse avec le cerveau dans les couilles.

— Que s'est-il passé ensuite ?

— Je suis parti.

— À quelle heure ?

— Je suis arrivé à la maison vers une heure, donc j'ai dû partir de là-bas pas plus tard que minuit.

— La police a estimé l'heure du décès entre minuit et trois heures.

— Il était encore en vie quand je suis parti, dit Paul. Peut-être qu'il est sorti et qu'il a levé quelqu'un. C'est un des autres inconvénients, quand on aime les garçons. Parfois, ils se battent.

— D'après le coroner, on a frappé McKay à la tête. Et on lui a écrasé les testicules, probablement alors qu'il était encore en vie. Quelqu'un était très déçu par lui. Tu l'étais aussi quand tu as compris qu'il n'y avait pas de fille ?

Son sourire s'évanouit aussitôt.

— Tu ne peux pas croire que je l'ai tué.

— Si je te détestais suffisamment, je pourrais. Si j'étais un juré avec un enfant, une fille, je pourrais me convaincre, même devant des preuves aussi faibles.

— Tu es comme les autres, dit-il d'un ton amer.

— Pour le moment, ce n'est pas de moi que nous parlons. Mais du juge qui va siéger à ton procès et des jurés qui vont décider. Ils ne vont pas considérer la pédophilie comme normale, encore moins comme une activité dont on peut tirer de la fierté, et ils devront lutter contre leur sens moral pour te remettre en liberté. Alors ne rendons pas la situation plus difficile qu'elle n'est.

— Mais quel genre de pédale es-tu ? riposta-t-il.

— Une pédale sans illusions, Paul, souris-je. Je tiens le même discours à mes clients gays qu'à toi. Et à mes clients noirs ou latinos aussi, pour le coup. Tu n'as pas besoin d'inventer que Mark complote contre toi. La société est un vaste complot, et tous ceux qui sont différents en sont la cible.

— Tu admets donc que toi et moi nous sommes pareils.

— J'admets seulement que les gens du commun ne font pas de distinction aussi poussée entre des gens comme toi et des gens comme moi. Moi, si.

— De manière à te sentir supérieur à moi ? demanda-t-il dédaigneusement.

— Non, répondis-je avec agacement. Ce sont mes erreurs et mes tentatives qui m'ont permis de me forger mes valeurs. Il ne reste guère de marge pour se sentir supérieur, quand on procède ainsi. À présent, remettons-nous au travail.

— Que veux-tu que je fasse ?

— Je veux que tu la fermes concernant les petites filles et les joies de la pédophilie. — Il s'empourpra, mais ne dit rien. — À présent, l'audience préliminaire est dans deux semaines. Je retourne ce soir à Los Angeles régler quelques affaires et me libérer. Tu as des questions ? — Il secoua la tête, maussade. — Très bien. Au fait, quand as-tu vu Ruth Soto pour la dernière fois ?

— Quoi ? demanda-t-il, surpris.

— Sara pense que le frère de Ruth pourrait être mêlé à cette histoire.

— Je ne l'ai pas revue depuis le jour où elle a refusé de témoigner au tribunal.

Il mentait.

— Tu en es sûr ?

— Je viens de te le dire, non ?

Je me levai.

— Eh bien, si tu changes d'avis, fais-le-moi savoir. Au revoir, Paul.

Mes pensées étaient mitigées quand je quittai la prison. La longue journée d'été semblait interminable. Je traversai la rue pour aller dans un Winchell's, commandai une tasse de thé et me glissai dans une alcôve inconfortable et gluante. La table était jonchée de sucre glace et de petites paillettes multicolores, comme des confettis. À une autre table étaient assis les inévitables flics, un grand blond et un petit brun costaud. Ils me jetèrent un regard et retournèrent à leurs cafés et à leurs beignets.

Je repensai à Paul Windsor. L'intelligence et le charme qu'il avait montrés au début de notre entretien servaient manifestement des desseins plus noirs. De toute évidence, il appartenait à cette espèce de pédophiles qui non seulement défendent leurs penchants, mais font du prosélytisme. Cette obsession agressive avait-elle pu le conduire à assassiner McKay dans un accès de fureur et de désir frustré ? Ou bien me laissais-je influencer par mes préjugés ?

Une femme pour qui j'avais autrefois travaillé — une excellente avocate — disait que les meilleurs d'entre nous sont guidés par l'éthique, pas par la moralité. Ce qu'elle voulait dire, c'était que, comme les jugements moraux sont par nature absolus, une fois que l'on en a choisi un, on est coincé et on n'a plus guère de marge de manœuvre pour accomplir sa tâche. L'éthique, en revanche, ce sont des limites, pas des jugements. Ils permettent d'être impersonnel sans pour autant devenir inhumain.

Tout en buvant un thé tiède et amer, je songeais aux limites du sexe. J'entendais de nouveau Paul me dire : « Ils ont une saveur, une odeur, différentes... » Puis un autre fragment de conversation me revint à l'esprit, une phrase que m'avait dite le premier homme avec lequel j'avais couché : « Il faut être un homme pour savoir ce qu'aime un homme. » Ces deux déclarations sexistes étaient-elles comparables ? Je me surpris à fixer le flic brun. Malgré son physique de culturiste, il avait un joli visage rond, de grands yeux d'enfant. Je me détournai précipitamment. *Ils ont une saveur, une odeur, différentes...* Ce que j'avais voulu dire quand j'avais déclaré que c'étaient mes erreurs et mes tentatives qui m'avaient permis de me forger mes valeurs, c'est qu'elles étaient apprises, pas inculquées, et qu'elles provenaient de mon expérience personnelle. Je n'étais pas un pédophile, et je n'avais jamais eu de tels fantasmes, mais j'étais un individu sexuel et pendant un moment, dans la prison, j'avais éprouvé l'excitation de Paul et cela m'avait terrifié.

6

Ma journée n'était pas encore terminée. Il fallait encore que je passe au bureau du DA. Je gagnai le bâtiment du comté et un gardien m'indiqua le troisième étage. Une fois là, j'annonçai à la réceptionniste que je souhaitais parler au DA chargé de l'affaire Windsor. Elle disparut un moment et me dit de m'adresser au bureau de M. Rossi.

Dominic Rossi était l'un des deux noms peints sur la vitre dépolie d'une porte à mi-chemin du couloir. Je frappai.

— Entrez.

J'ouvris et jetai un œil à l'intérieur. C'était une pièce administrative typique : carrée, sans fenêtre, murs peints d'une couleur pâle indéterminée. Deux bureaux en faux bois, des téléphones sur tourniquet, un calendrier de pin-up sur un mur et une photo d'autopsie sur l'autre, des néons au plafond et un lino élimé par terre. L'unique occupant était un homme imposant en chemise bleue froissée, cravate mince à moitié dénouée. Un grand gobelet de café en polystyrène trônait devant lui, entouré de sachets de sucrettes.

— Monsieur Rossi ?

— Dom, dit-il en prenant la carte que je lui tendais. Son visage rond et pâle était barré d'une épaisse moustache et de grosses lunettes et ses cheveux clairsemés luisaient de sueur.

— Henry Rios. J'ai entendu parler de vous.

— Je reprends l'affaire Windsor, dis-je en m'asseyant dans un fauteuil en Skaï.

— Je parie que Bob Clayton est content d'être débarrassé de cette ordure, dit-il en jetant ma carte sur une pile de paperasses. Alors, en quoi je peux vous être inutile ?

— Je voulais vous parler de communication de pièces.

— De communication de pièces ? répéta-t-il sans comprendre.

— Vais-je devoir déposer une demande officielle, ou pouvons-nous traiter entre nous ?

— Vous trouvez que j'ai l'air d'un procureur typique ? demanda-t-il avec un petit sourire en empoignant un bloc. Dites-moi ce que vous voulez et je vous l'obtiens.

— J'ai la plainte, le rapport de police, le mandat de perquisition et la déposition sous serment. Il me manque l'intégralité du rapport du coroner...

— OK, dit-il en griffonnant.

— J'aimerais aussi une liste de vos témoins, les notes de l'officier chargé de l'enquête et tout autre rapport rédigé sur l'affaire, ainsi que...

— Attendez une seconde, dit-il en gribouillant à toute vitesse.

— Tout rapport du labo ou d'analyses toxicologiques, poursuivis-je, toute déposition écrite du moindre témoin, une liste des biens saisis durant la perquisition... Vous suivez ?

— Mmm, répondit-il en continuant d'écrire.

— Une liste de toute autre preuve ainsi que le dossier de la précédente arrestation de Windsor.

Il leva son stylo et redressa la tête.

— Ce n'est pas très catholique, ça, maître Rios.

— Henry, répondis-je. Cela peut avoir un rapport.

— Comment cela ?

— Je le saurai quand je l'aurai vu.

D'après son expression, je vis qu'il avait envie d'argumenter, mais il sourit.

— Très bien, pourquoi pas. Je vais demander à l'officier chargé de l'enquête de vous préparer ça.

— Qui est-ce ?

— Dwight Morrow. Un bon flic.

— Ce qui signifie ?

— Il arrête proprement et ses dossiers tiennent la route.

— Morrow, répétait-je pensivement. C'est le policier qui a obtenu le mandat, n'est-ce pas ? Bon flic ? — Je secouai la tête. — Je n'ai jamais vu accorder un mandat de perquisition sur des motifs aussi minces et, si on excepte l'argent, vous n'avez rien de plus que des empreintes. Qu'est-ce que c'est que ce dossier ?

— Bon, vous êtes venu tenter un arrangement ou quoi ?

— Pas de compromis, dis-je. Je veux un non-lieu clair et net ou un procès.

Sa tentative pour prendre un air grave lui donna l'allure d'un bébé qui boude.

— Nous prenons la criminalité plus au sérieux ici que dans les grandes villes, répondit-il.

— Puisqu'on en parle, hasardai-je, je crois savoir que tout le monde a été choqué qu'on lève l'inculpation de Paul lors de cette affaire d'abus sur mineur il y a quelques années.

— On peut le dire, oui. C'était moi le DA sur l'affaire.

— Vous lui en gardez rancune ?

— Mon travail n'empiète pas sur ma vie privée, Henry.

— Que s'est-il passé dans cette affaire ?

— Le juge refusait de lever l'inculpation. Il nous a fait convoquer la fille comme témoin et l'a menacée de l'inculper d'outrage à magistrat si elle refusait de déposer.

— Mais elle n'a pas voulu.

— Eh non. Elle est restée assise là sans rien dire, en pleurs. Le juge refusait de lâcher l'affaire. Le DA a dû venir au tribunal pour demander un non-lieu.

— Qui était le juge ?

— Burton K. Phelan. Un salopard à qui on ne la fait pas.

Je pris bonne note.

— Clayton m'a dit que l'audience préliminaire était présidée par le juge qui a signé le mandat. Le juge Lanyon.

— Ouais. Un coup de bol. Pas pour vous, peut-être, mais vous savez comme moi qu'une audience préliminaire, ce n'est jamais que des effets de manches.

Il prit son gobelet, but une gorgée et fit la grimace.

— Vous savez tout autant que c'est illégal que le même juge soit chargé des deux procédures.

— Allez le lui dire.

— Vous n'avez pas l'intention de me faciliter la vie, n'est-ce pas ?

Tenant toujours son gobelet à deux mains, il répondit :

— Je vous l'ai dit, Henry, nous prenons la criminalité au sérieux, par ici.

— Et la procédure ? Vous la prenez au sérieux aussi ?

— Vous devriez parler à quelques avocats d'ici avant de tenter de faire des fantaisies, dit-il. Ils vous expliqueront que ce n'est pas très bien vu.

— La justice de l'Ouest, hein ?

— Faites attention à votre attitude, aussi, dit-il en posant le gobelet.

— Je ne voulais pas vous froisser, Dom, dis-je en me levant. Merci de votre aide. Dois-je venir chercher les documents chez vous ?

— Nan, allez au commissariat central et demandez Morrow. Il les a. C'était un plaisir de vous connaître, Henry. Amusons-nous un peu avec cette affaire.

— Un plaisir pour moi aussi, Dom, répondis-je en sortant.

Après un dernier arrêt au bureau de Clayton pour prendre les coupures du *Sentinel* sur l'affaire, je fis route vers l'aéroport à l'autre bout de la ville. Une heure plus tard, je contemplais le paysage désolé tout en refusant un cocktail et en me demandant dans quoi j'avais mis les pieds.

Le lendemain matin, j'étais à mon bureau, quelques pièces miteuses d'un bâtiment quelconque sur Sunset et La Brea que j'avais loué pour pas cher. Nos seuls voisins étaient un attaché de presse du nom de Ronnie Toy et un agent qui se faisait appeler Marc-Alan. Une pancarte BUREAUX À LOUER était accrochée en permanence sur la porte de l'immeuble : nous étions l'équivalent commercial des motels qui bordent cette partie de Sunset, loués à l'heure par les prostituées qui négociaient la passe directement au-dessous de nos fenêtres. Ma secrétaire, Emma Austen, une Noire royale, m'avait demandé un jour une augmentation sous prétexte qu'elle avait le droit de gagner autant de l'heure que les putes.

J'étais assis dans la salle de réunion pour lire les articles du *Sentinel* que m'avait donnés Clayton quand j'entendis la radio s'allumer dans la pièce voisine. Un instant plus tard, Emma entra d'un pas léger, drapée dans une sorte de caftan blanc translucide, ses cheveux tressés ornés de perles bleues et blanches, une tasse de café à la main et une poignée de messages dans l'autre.

— Vous essayez de m'éviter ? demanda-t-elle en déposant les messages à côté de moi.

Je lorgnai la pile.

— Faites-moi disparaître tout ça.

— Je ne peux pas, mon petit, dit-elle en me tendant ma tasse. Mais je vous ai apporté du café pour qu'ils soient plus faciles à avaler.

— Merci.

— N'en prenez pas l'habitude, répondit-elle avec son léger accent du Sud. Que lisez-vous, Henry ? s'enquit-elle en jetant un coup d'œil par-dessus mon épaule.

— Ce sont des articles du journal de la ville où j'ai pris une affaire.

Je lui tendis la feuille que je venais de lire.

— Le *Los Robles Sentinel*, lut-elle. « Windsor arrêté pour le meurtre d'un roi du porno infantile. Le suspect est le frère du promoteur immobilier, il a déjà été arrêté pour abus sur mineur. » — Elle secoua la tête dans un tintement de perles. — Oh, mon Dieu. « Paul Windsor, frère du promoteur immobilier Mark Windsor, a été inculpé du meurtre avec violences de John McKay, un trafiquant de pédo-pornographie qui a été retrouvé le crâne défoncé dans une chambre de motel lundi au petit matin. Paul Windsor, trente-deux ans, a été arrêté dans son élégante résidence de River Park hier. Il y a quatre ans, il avait déjà été arrêté pour abus sexuels sur mineur. Un non-lieu avait été rendu lorsque la victime, une fille de quinze ans, refusa de témoigner, apparemment à la suite de pressions exercées par la famille Windsor. » — Elle me rendit l'article. — Qu'est-ce que c'est que ce monstre ?

— Le frère d'un ami d'enfance, répondis-je.

— Une élégante résidence de River Park, dit-elle. Vous faites ça pour l'argent ?

— Pour faire plaisir à ma sœur. La femme de Paul est une de ses amies.

— Femme ? répéta-t-elle, incrédule. La pauvre. Il est coupable, Henry ?

— Je ne sais pas. Il nie, et le dossier est très pauvre. C'est effectivement un monstre, mais ça ne fait pas de lui un assassin.

— Il a abusé de la petite ? demanda-t-elle en s'asseyant. — Je hochai la tête. — Il aurait mérité qu'on lui coupe les couilles, dit-elle d'un ton sans réplique.

— En connaissant un bout sur la question, répondis-je, la sexualité n'a pas son origine dans les couilles, mais là, précisai-je en me frappant le front.

— Alors il aurait fallu lui couper la tête, dit-elle en se levant. Ou qu'on l'examine, au moins.

Sa remarque me donna une idée.

— Vous vous rappelez le psychiatre que nous avons utilisé dans l'affaire Castillo ?

— Mmm-mmm, le beau gosse. Nick Trejo ?

— Trouvez-moi son numéro, voulez-vous ? J'aimerais lui parler.

— Pas de problème. Pourquoi lisez-vous ces articles ? Vous savez déjà de quoi il retourne.

— Il reste à savoir si Paul peut bénéficier d'un procès équitable à Los Robles avec tout ce scandale. À condition qu'on y arrive.

— J'appelle Nick, dit-elle. Mmm, ce type. Rien qu'à la voix, on sent qu'il est beau gosse.

— Il est homosexuel, Emma.

— N'importe quel homme aussi beau ne peut qu'être gay.

Le fait qu'il n'y ait pas grand-chose à se mettre sous la dent dans l'affaire Windsor n'avait pas retenu un instant le *Sentinel*. Les articles digressaient rapidement sur d'autres infractions commises par les Windsor, notamment dans un dossier en trois parties intitulé « Une famille américaine ».

« Gothique américaine » aurait été encore plus adapté. J'appris beaucoup sur les Windsor, des choses en général peu avouables, mais dont aucune n'avait de rapport avec le meurtre. Méthodique, l'auteur informait ses lecteurs qu'entre autres choses, leur mère, Lydia Windsor (« née Lydia Smith ») était une alcoolique, qu'Herb Windsor était un briseur de grèves soupçonné de liens avec « la pègre », que Mark avait été divorcé deux fois et objet d'un procès en paternité. Il s'attardait bien entendu sur la précédente arrestation de Paul pour abus sexuel sur mineur, répétant les allégations selon lesquelles la famille avait exercé des pressions sur la victime pour qu'elle ne témoigne pas. Juste en face de la dernière partie de l'article, un éditorial incitait les lecteurs à approuver la proposition K, l'ordonnance d'arrêt du développement immobilier, mesure nécessaire, selon le rédacteur en chef, pour mettre un terme aux excès de promoteurs peu scrupuleux — qui n'étaient bien entendus pas nommés.

Je rangeai les articles dans leur chemise. Au cours des années, j'avais pu voir de plus en plus de ce sensationnalisme dans les articles traitant d'affaires criminelles. « Le tribunal de l'opinion publique » était devenu plus qu'une simple platitude du premier amendement. C'était en fait le forum dans lequel un grand nombre d'affaires criminelles étaient jugées — et les coupables généralement condamnés. Et si déplorable que fût l'article du *Sentinel*, dans une autre ville il n'aurait peut-être pas suffi à convaincre un juge qu'il pouvait influencer le jugement des jurés. Cependant, Los Robles n'était pas une ville ordinaire. En premier lieu, le *Sentinel* était l'unique organe de presse de toute la région. Deuxièmement, le journal ne se contentait pas de préjuger de l'affaire Windsor. Il utilisait délibérément son arrestation pour promouvoir ses objectifs politiques sur l'arrêt du développement immobilier, qui était l'une des plus grandes controverses de la Californie.

Peut-être que cet ensemble de circonstances suffirait à convaincre un juge que Paul ne pouvait pas bénéficier d'un procès équitable à Los Robles. À condition que nous trouvions là-bas un juge disposé à nous accorder une audience équitable pour en discuter.

Je parcourus le reste de mes notes et vis la question sur le casier judiciaire de McKay. J'appelai mon enquêteur habituel, Freeman Vidor. Un instant plus tard, je lui expliquai la situation.

— La police de Los Robles ne semble pas trop s'intéresser à la victime, dit-il.

— C'est clairement un figurant, opinai-je. C'est Paul Windsor qui semble être la vedette.

— Vous avez un plan ? marmonna-t-il.

— Le plan A est de le faire libérer à l'audience préliminaire.

— Vous feriez mieux d'avoir un plan B, dit Freeman, qui savait aussi bien que moi que presque toutes les audiences préliminaires, qui servaient simplement à déterminer s'il y avait assez de preuves pour inculper un accusé, n'étaient que des formalités.

— Le plan B consiste à déclarer que le procureur ne peut arguer d'un doute raisonnable, dis-je, invoquant l'obligation légale qui incombe à l'accusation. Tant qu'il ne pourra pas prouver que Paul est coupable, peu importe qui a tué McKay. Mais comme j'ai un mauvais pressentiment sur le cours de la justice de ma ville natale, je veux un plan C. Je veux savoir s'il y a quoi que ce soit dans les antécédents de McKay qui puisse me permettre d'affirmer que quelqu'un lui en voulait.

— Quelqu'un d'autre que Windsor, vous voulez dire.

— Je préférerais, oui, ironisai-je. Évidemment, s'il s'avère que c'est Paul, l'information est également utile.

— Vous pensez qu'il vous ment.

— Entendre des mensonges fait partie de mon métier.

— Je vous rappelle.

De son bureau, Emma cria :

— Henry, Nick Trejo sur la deux. Il veut vous parler.

— Un instant, dis-je en prenant le temps de rassembler mes pensées avant de parler au psychologue. Nick ?

— Allô, Henry. Emma m'a expliqué l'affaire que vous avez acceptée. Encore un procès gagné d'avance ?

Emma avait raison à propos de sa voix. Rien qu'à l'entendre, on savait qu'il était beau gosse.

— Il faut bien payer les factures.

— Alors, qu'est-ce que vous voulez savoir ?

— Mon client est un pédophile assumé. Je veux savoir si un pédophile est plus ou moins disposé à commettre un meurtre en raison de ses penchants.

— Il a des antécédents violents ?

— Pas que je sache, répondis-je en notant qu'il faudrait faire des recherches de ce côté-là. En revanche, il est très agressif quand il est question de sa pédophilie, et il a rapidement tendance à rejeter la faute sur autrui pour ce qui lui arrive. Il m'a fait penser à quelqu'un qui vivrait selon ses propres règles. Se pourrait-il que le meurtre en fasse partie ?

— Dites-moi tout ce que vous savez sur lui.

— C'est le cadet de deux fils. Son frère, qu'il déteste, lui a toujours fait de l'ombre. La mère était alcoolique, le père un homme d'affaires prospère. — Je réfléchis un instant. — Il était très discret, étant gosse.

— Vous le connaissiez ?

— J'étais copain avec son frère aîné. Paul était le genre d'enquiquineur à qui je n'ai jamais prêté beaucoup d'attention. Il est d'évidence très brillant. Intelligent. Marié à une femme plus âgée que lui. Elle m'a dit que c'était lui qui avait tenu à l'épouser.

— De quoi a-t-elle l'air ?

— D'une victime. D'une alcoolique.

— Et concernant sa pédophilie ?

— Paul a été arrêté pour abus sur la fille de leur domestique. Cela a duré plusieurs années, jusqu'au jour où elle est tombée enceinte. Comme elle refusait de témoigner contre lui, il a eu un non-lieu. L'homme qu'il est accusé d'avoir tué était un trafiquant de pornographie pédophile. Paul dit qu'il lui a proposé de lui vendre une petite fille, que c'était la raison pour laquelle il est allé le voir le soir du meurtre. D'après lui, le type était en fait un escroc. Je crains de ne pas savoir grand-chose de plus. Qu'en pensez-vous, Nick ?

Il hésita.

— Vous savez que je n'aime pas faire ce genre d'analyse improvisée, mais là, de but en blanc, je dirais que votre gars a un dossier chargé. Entre une mère alcoolique et un père ambitieux, il n'y a pas dû y avoir beaucoup d'attention accordée aux enfants. Si son frère était la vedette, votre type — Paul — ne devait même pas en avoir du tout. Ce serait intéressant de connaître ses expériences sexuelles durant sa jeunesse.

— Pourquoi cela ? dis-je tout en prenant des notes.

— La grande constante des pédophiles, c'est qu'ils ont presque toujours été victimes d'abus dans leur enfance. Supposons que Paul était très seul et peu protégé étant gosse. Cela ferait de lui une cible idéale pour des abus sexuels.

— Je ne comprends pas.

— Les gosses ont besoin qu'on s'occupe d'eux, Henry. C'est nécessaire pour eux, et si leurs familles ne leur consacrent pas leur attention, ils courent un risque.

— Un enfant ne met pas une limite quand il est question de sexe ?

— Pas nécessairement. S'il est très jeune, le gosse peut ne pas comprendre ce qu'on lui fait subir. Plus vieux, il peut considérer que cela constitue une monnaie d'échange.

— Cela revient pratiquement à dire qu'il est consentant.

— Pratiquement, mais ce n'est pas la même chose. Disons plutôt qu'il s'en accommode, même s'il sent que c'est mal. Vous ne pouvez pas imaginer les dégâts que cela cause.

— Paul n'est pas exactement rongé par la culpabilité en ce qui concerne ses préférences pour les petites filles.

— Vous n'avez jamais entendu parler de rationalisation ? Surtout s'il est brillant, il a appris à dissimuler sa souffrance.

— Sa quoi ?

— Sa souffrance, Henry, répéta-t-il tranquillement. Vous ne souffririez pas si vous vous réveilliez un jour en vous rendant compte que vous avez été utilisé par quelqu'un, alors que vous pensiez qu'il avait de l'affection pour vous ? Au fond de lui, Paul essaie peut-être toujours de comprendre.

— En abusant de petites filles ?

— Il reproduit ce qu'on lui a fait de manière à s'arroger le pouvoir dans une situation où autrefois il en était privé. En outre, les gosses sont moins critiques que les adultes. Il sent qu'il maîtrise la situation.

— Qu'éprouve-t-il pour l'enfant dont il abuse ?

— Si vous lui demandez, il vous dira probablement que c'est de l'affection, et c'est sans doute vrai dans une certaine mesure, mais à la base, c'est un narcisse, tellement décidé à obtenir ce qu'il veut qu'il est incapable d'empathie pour sa victime, ni pour quiconque, d'ailleurs.

Je cessai d'écrire pour assimiler ce qu'il me disait. Un morceau de rock jouait en sourdine sur la radio depuis le bureau d'Emma. Les Eagles, qui chantaient *Hotel California*.

— C'est un sociopathe, dis-je.

— Mais non, me gronda Nick. Ne collons pas les étiquettes à la va-vite. Un comportement compulsif, ce n'est pas pareil qu'une incapacité à distinguer le bien du mal.

— Il serait capable de tuer ?

— Eh bien, s'il n'a pas d'antécédents violents, je ne pense pas qu'être pédophile puisse indiquer qu'il est plus prédisposé à tuer que vous ou moi. Et je ne vois pas beaucoup de provocation dans les circonstances du meurtre, telles que vous me les avez racontées.

— La déception de ne pas avoir eu la fille ?

— Les pédophiles n'ont pas beaucoup de mal à se procurer des gosses. Eh bien, voilà, vous en avez pour votre argent, Henry. Un « je ne crois pas » équivoque.

— Vous êtes pires que les avocats, vous autres psys.

— Ne vous flattez pas. Vous savez, ajouta-t-il, il y a quelque chose d'assez intéressant.

— Quoi donc ?

— Vous m'avez dit que vous étiez copain avec son frère. Jusqu'à quel point ?

— Je crois que c'était mon meilleur ami. J'étais amoureux de lui.

— Et Paul déteste son frère, m'avez-vous dit.

— Où voulez-vous en venir ? demandai-je, mal à l'aise.

— Paul doit être ravi que ce soit le meilleur ami de son frère qui le défende dans une affaire qui va causer une énorme gêne à la famille. Vous ne pensez pas ?

— Ne jamais parler à un psy. Ils finissent toujours par tout vous mettre sur le dos.

— Vous me devez un déjeuner, maître. Je vous rappelle pour prendre rendez-vous.

Je raccrochai, rempli d'une aigre admiration pour Paul Windsor.

7

En rentrant ce soir-là, je trouvai Josh dans la cuisine devant l'évier, en train de regarder par la fenêtre.

— Josh ?

— Chut, murmura-t-il. Viens voir, Henry.

Je m'approchai et regardai. À moins de six mètres de nous, sur le flanc boisé de la colline qui descendait dans un ravin au bout de notre terrain, deux cerfs broutaient dans les taillis. L'un d'eux leva la tête et sembla nous regarder. Cela attira l'attention de son compagnon, qui regarda à son tour, puis ils disparurent dans le crépuscule comme les personnages d'un rêve.

— Depuis combien de temps tu les observais ? demandai-je.

— Cinq, dix minutes, dit-il en se retournant vers moi.

— Je me demande d'où ils sortent.

— Tu as l'air fatigué, dit-il en me prenant à la taille.

— J'ai eu des tonnes de trucs sur le dos. Tu veux faire quelque chose ce soir ? Restaurant ? Cinéma ?

Il m'embrassa.

— Non. Je vais nous préparer à dîner… Sauf si tu as déjà faim.

Je secouai la tête et le pris dans mes bras.

— Tu as déjà pensé à l'attirance sexuelle, Josh ?

— J'y pense en ce moment, dit-il en fourrant son visage dans mon cou et en me chatouillant avec sa barbe.

— Je suis sérieux.

— Moi aussi. — Il me lâcha et sourit avec lassitude. — OK. Parle-moi de l'attirance sexuelle.

— Penses-tu que ce soit, en partie, parce que nous essayons de retrouver une sensation enfouie ?

— C'est ça, ton idée des préliminaires ?

— Je me demandais pourquoi un adulte pouvait avoir envie de coucher avec un enfant.

Son sourire disparut.

— C'est du viol, pas seulement du sexe.

— C'est en partie du sexe.

— C'est de la violence pure et simple, Henry, dit-il en secouant la tête avec véhémence. Sauf qu'on utilise une bite au lieu d'un revolver.

Je songeai à la question.

— Si c'est le cas, alors peut-être qu'un pédophile est plus enclin à la violence qu'un individu lambda. D'un autre côté, si c'est moi qui ai raison, et que l'attirance sexuelle est en partie de la nostalgie, il n'y est pas plus disposé.

Josh se hissa sur le comptoir.

— Et de quoi as-tu la nostalgie, avec moi, alors ?

— Je ne parlais pas de moi.

— Mais puisque tu as soulevé la question.

Je posai ma main sur sa cuisse, sentant le muscle tendu sous le jean.

— J’avais presque dix-neuf ans quand j’ai eu ma première expérience sexuelle.

— Et ? demanda-t-il en posant sa main sur la mienne.

— Mais j’étais amoureux d’un autre depuis des années avant cela. De mon meilleur ami. Et toi, c’était comment ?

Il eut un petit sourire.

— Je choisissais mes amis mieux que toi, Henry. J’ai couché avec mon meilleur ami quand nous avions dix ans.

— Traînée.

— Tu savais que j’avais un passé quand tu m’as « épousé ». Alors tu es en train de me dire que je te rappelle ton meilleur ami ? C’était qui, Riri, Fifi ou Loulou ?

— Il s’appelait Mark, dis-je en lui donnant une tape sur la cuisse. Et tu ne me l’as jamais rappelé consciemment, mais tu es nettement plus jeune que moi. — Je levai les yeux, un peu honteux. — C’est ce qui m’excitait, en partie.

— Je devrais enregistrer ça.

— Ça veut dire que j’ai des tendances pédophiles ? demandai-je, plaisantant pour dissiper mon malaise.

— Henry, j’avais vingt-deux ans, quand on s’est connus.

— Je crois que je ne veux plus discuter de ça.

— Tant mieux, montons dans la chambre, dit-il en sautant du comptoir.

— Obsédé sexuel.

— Si on me tend une perche, oui, dit-il en me prenant la main.

Nous passâmes une semaine calme jusqu'au dimanche, jour de mon retour à Los Robles. J'étais angoissé à l'idée de laisser Josh seul pendant deux semaines et l'exhortai à nous appeler, moi et ses parents, à prendre ses médicaments, jusqu'au moment où il explosa. Vertueusement, je ripostai. Le trajet jusqu'à l'aéroport se déroula dans un silence glacial.

— Écoute, je suis désolé de t'avoir provoqué ce matin, dis-je en descendant. Je voulais juste...

— Ça suffit, OK ? répondit-il avec un regard noir. Ta manière de t'excuser en permanence finit par me donner l'impression que tout est ma faute.

— Comme tu veux.

Je claquai la porte un peu plus violemment que ne le conseillait le manuel du conducteur. Il ouvrit le coffre de l'intérieur et je pris mon sac. À peine l'eus-je sorti qu'il redémarra.

— Eh bien, va te faire foutre, marmonnai-je, faisant sursauter le porteur qui était venu m'aider.

Je l'écartai d'un geste et entrai dans l'aéroport, pour apprendre que le vol était retardé. J'allai me faire enregistrer et rôdai dans les couloirs. Je m'arrêtai devant un bar. Un vieux film passait à la télé et je songeai que je pourrais toujours tuer le temps ici. Je m'arrêtai net en franchissant le seuil. Qui essayais-je de leurrer ? Je préférai aller à une cabine appeler un ami des Alcooliques Anonymes. La conversation me réconforta, mais j'étais toujours d'une humeur massacrante quand j'arrivai au Hyatt de Los Robles quelques heures plus tard. J'appelai Sara Windsor pour l'informer de mon retour.

— Henry, dit-elle d'une voix pâteuse, avant d'ajouter quelque chose qu'il me fallut un moment pour déchiffrer : Mark essayait de vous joindre.

— Quel est son numéro ? demandai-je, agacé.

Elle dut le répéter deux fois.

— Sara, dis-je, vous devrez probablement témoigner au procès de Paul. Pensez-vous pouvoir le faire à jeun ?

Il y eut un silence, puis j'eus droit à la tonalité « occupé ». — Bravo, me dis-je.

Je regardai le papier où j'avais noté le numéro de Mark. Je faillis appeler aussitôt, mais dans mon état d'esprit, je n'étais pas capable de tenir une conversation rationnelle. Je me contentai donc de défaire mes bagages, de prendre une douche et de contempler le paysage depuis ma fenêtre du huitième étage.

Dans le tardif crépuscule estival, le ciel était comme une énorme rose qui épanouit lentement ses pétales. Je pensai au jardin de Paul et à Sara qui allait boire encore pendant toute la soirée. Moi aussi, j'avais connu ce genre de nuit. Je balayai cette image et continuai de regarder le paysage. De ma chambre, je voyais la rivière, argentée dans la nuit tombante, apparemment immobile entre ses rives couvertes d'arbres. Je me surpris à regretter que Josh ne soit pas là pour que je lui montre ce spectacle. Je ne cessais de m'étonner que la colère puisse si facilement alterner avec la tendresse dans nos relations.

Le téléphone sonna et je décrochai, plein d'espoir.

— Josh ?

— Euh... Henry Rios ? dit une voix vaguement familière.

— Oui.

— C'est Mark. Mark Windsor.

Je m'assis sur le bord du lit.

— Bonjour, Mark. Je suis désolé, je n'ai pas tout de suite reconnu ta voix.

— Elle est un peu plus grave, dit-il en riant. Sara m'a appelé pour me dire que tu étais là. On peut se voir ?

— Bien sûr, où es-tu ?

— En bas, au bar, répondit-il. — J'entendis de la musique dans le fond. — Tu ne veux pas venir prendre un verre avec moi ?

— D'accord. Je descends. Euh... Tu n'as pas trop changé ?

— Pas au-dessus du col, dit-il en riant de nouveau.

Je compris ce qu'il avait voulu dire en le retrouvant au bar. Avec son pantalon en toile et son polo Ralph Lauren rouge, il n'avait plus le corps du meilleur marathonien de Los Robles Valley. Il était toujours aussi bien fait, ayant beaucoup pratiqué les machines entre épaules, bras et pectoraux, mais sa taille s'était épaissie et, comme me l'avait dit Josh en me mettant un jour la main aux fesses, son centre de gravité s'était déplacé. Mais son visage avait à peine changé. Bien que les cheveux blonds aient foncé, ils étaient toujours plus clairs que ses sourcils en bataille, trait qui attirait immédiatement le regard sur ses yeux. Ils étaient noisette, tirant sur le vert quand il était de bonne humeur, sur le brun quand il ne l'était pas, tel un baromètre de ses émotions. Son visage était plus plein, les rides s'étaient creusées, la peau avait épaissi, mais il était encore beau. Sauf qu'à présent, il semblait le savoir, ce qui n'était pas le cas quand nous étions gosses. Il me fit un sourire parfait quand j'arrivai à sa hauteur.

— Salut, dis-je en tendant la main.

Il m'attira contre lui et me serra dans ses bras.

— Bon sang, ça fait plaisir de te voir. Tu as bonne mine.

Ne voulant nous gêner ni l'un ni l'autre avec mon début d'érection, je m'écartai.

— Toi aussi.

— Comment tu fais pour rester toujours aussi mince ? Tu continues à courir ?

— Non, à L.A., le jogging est une forme lente de suicide. C'est mon métabolisme, sûrement. Un coup de chance.

— Moi, je suis grassouillet, dit-il en se pinçant la taille.

— Tu es splendide, Mark, je t'assure. Tu fais de la muscu ?

— Quand je peux. Allons nous asseoir dans un coin tranquille pour discuter.

Je le suivis jusqu'au fond, loin des lumières vives du bar, dans une alcôve éclairée par une lampe indirecte et une bougie dans un photophore vert. Le papier peint représentait des scènes de chasse. Plus loin, je distinguai au mur des bois de cerfs. Juste au-dessous, des fusils étaient exposés dans une vitrine.

— Comment s'appelle ce bar ? demandai-je. L'Abattoir ?

Il me regarda sans comprendre, puis il suivit mon regard vers la tête d'élan et les fusils.

— La quoi ?

— L'Abattoir, dis-je, gêné.

Chaque fois que j'ouvrais la bouche, j'avais l'impression de perdre un peu plus de ma virilité. Cela ne s'arrangea pas quand, un peu plus tard, je m'entendis commander un Coca light tandis qu'il prenait un whisky-soda, et ajouter inutilement :

— Je ne bois pas.

— C'est une bonne chose, répondit-il en sortant un paquet de Marlboro. Tu fumes ?

Je secouai la tête, me retenant de justesse de m'excuser. Mais qu'est-ce qui m'arrive ? me demandai-je tandis qu'il allumait sa cigarette. C'est alors que je compris : je n'avais jamais dit à Mark que j'étais gay, sauf dans une lettre, il y avait longtemps, à laquelle il n'avait pas répondu. Avec lui, je faisais toujours comme si.

— Quand j'ai fait mon *coming-out*, dis-je d'un ton léger, je me suis dit qu'un seul vice suffisait.

Même cela sonnait comme une excuse.

— Quand tu as quoi ? demanda-t-il en souriant, cherchant à partager la bonne blague.

— Quand j'ai accepté le fait que j'étais gay.

— Oh, dit-il, tandis que son sourire s'éteignait comme on souffle une bougie.

— Je suis homosexuel, Mark.

— Je sais ce que ça veut dire, Henry, s'impatienta-t-il. Je m'en fiche, ajouta-t-il sans conviction.

Le serveur qui nous apporta nos boissons fit des tas de manières avec les dessous de verres et je le regardai brièvement. Son ton et son sourire étaient des plus clairs.

— Eh bien, à la tienne, dit Mark. — Il fit tinter son verre contre le mien et en vida la moitié. Il était mal à l'aise lui aussi. — Écoute, je voulais te remercier d'avoir pris le dossier de Paul.

L'espace d'une minute, je songeai à revenir sur le sujet de l'homosexualité, mais ne sachant pas très bien pour quelle raison je voulais en parler avec lui, je renonçai.

— C'est mon métier.

— Il a fait des conneries durant toute sa vie, continua Mark. Mais celle-là, c'est la pire.

— Tu penses qu'il l'a tué ? demandai-je en posant mon verre.

— Pas toi ? répondit-il, ses yeux commençant à passer du vert au brun.

— Je ne trouve pas les preuves très convaincantes.

— Merde, Henry. Paul est un foutu cinglé. Tu sais les ennuis qu'il a eus avec la fille.

Les yeux étaient maintenant totalement bruns.

— Oui. Ça ne veut pas dire qu'il a commis un meurtre.

— C'est toi son avocat, dit-il en haussant les épaules. C'est probablement comme ça que tu es censé considérer la situation. Moi, en revanche, je connais mon frère. Il est fou.

— En fait, je n'ai aucune idée arrêtée sur la question, sauf lorsque cela doit modifier ma manière de plaider, répondis-je. Mais je suis curieux de savoir pourquoi tu le penses coupable.

Mark vida son verre.

— Il a emporté vingt mille dollars pour acheter le silence du type, dit-il lentement. Et quand il est arrivé là-bas, le mec lui a dit que c'était seulement le premier versement. Paul a dû prendre le mors aux dents et le tabasser.

— Le problème de cette hypothèse du chantage, répondis-je, c'est que depuis sa première arrestation, tout le monde sait que Paul est pédophile. Dans ce cas, pourquoi vouloir acheter le silence de ce type ?

— Qu'est-ce que c'est, un pédophile ? demanda-t-il en faisant signe au serveur.

— Un adulte qui est sexuellement attiré par les gosses. Paul en est un et ce n'est un secret pour personne.

Mark secoua la tête.

— Ce n'est un secret pour personne que Paul a foutu en cloque une gamine de quinze ans, mais pour tout le monde, c'est la seule fois qu'il a eu ce genre d'ennuis. En plus, l'autre type était un je-sais-pas-quoi, là, aussi.

Il s'interrompit le temps que le serveur pose son verre devant lui et me jette un regard interrogateur. Je secouai la tête.

— Un pédophile, dis-je.

— Ouais. Et il savait clairement sur Paul quelque chose qu'on ignore tous. C'est ça que Paul voulait garder secret.

Cela semblait plausible, plus plausible que la version de Paul selon laquelle il avait apporté l'argent pour acheter une petite fille.

— Tu as déduit ça tout seul, dis-je. Tu as des preuves ?

— Quelles preuves, Hank ? ricana-t-il. Tu crois que c'est un sujet que Paul aborderait avec moi ? Il peut pas me saquer.

Cela faisait vingt ans qu'on ne m'avait pas appelé Hank. En entendant le diminutif, j'éprouvai un petit pincement affectueux pour Mark. Paul, tout comme à l'époque de notre adolescence, venait de disparaître dans l'ombre comme un indésirable.

— Il me l'a dit, oui. Il pense que tu l'as escroqué quand tu lui as racheté ses parts dans l'entreprise.

Mark se pencha vers moi en souriant.

— C'est que des conneries. Il pense que j'ai décroché des tas de contrats sans lui dire, mais il ne connaît rien aux affaires, Hank. Bien sûr que je négociais ces contrats, mais rien n'était sûr. Ils auraient pu m'échapper comme un rien, comme ça. — Il claqua des doigts. — Et là, tu l'aurais entendu s'en plaindre. Non, ce n'est pas à cause de l'entreprise. Il me déteste. Depuis toujours.

— Pourquoi ?

Il baissa les yeux et fixa un moment ses mains posées sur la table. La lumière pailletait d'or les poils de son avant-bras. Il releva la tête et plongea son regard dans le mien.

— Tu n'as jamais vraiment connu mon père, n'est-ce pas ?

— Non, c'était ta mère que j'ai eu le plaisir de rencontrer, répondis-je, encore furieux vingt-cinq ans après de l'épisode humiliant de la piscine.

En voyant ses yeux s'assombrir brusquement, je compris que Mark se souvenait aussi de la manière dont sa mère m'avait chassé de la piscine, craignant apparemment que ma peau mate n'en souille l'eau.

— Elle était alcoolique, dit-il brutalement.

— Je sais ce que c'est, les alcooliques. Et ton père, donc ?

— Il ne buvait pas, c'était juste un sale con. On l'a eu sur le dos du jour où on est nés. Tu te rappelles quand j'ai fait un mille cinq cents mètres en quatre minutes à Sacramento ? — Je hochai la tête. Cela avait été une journée extraordinaire. — Quand je suis rentré et que je l'ai dit à papa, il m'a sorti : « Pourquoi tu n'as pas fait moins ? C'était pareil avec Paul. Il revenait avec un A et mon père lui disait qu'il en serait incapable la fois suivante, ou que c'était une matière qui ne valait rien. Rien ne le satisfaisait, jamais. La différence entre Paul et moi, c'est que j'ai arrêté de subir ça au bout d'un moment. Papa et moi on en est vraiment venu aux mains, mais j'ai tenu bon. Paul, non. Il pleurait et allait voir maman, mais elle était toujours trop pétée pour s'en occuper. Alors ça a empiré pour lui, il était terrorisé et angoissé en permanence, il s'enfermait dans sa chambre. J'ai essayé de l'aider, mais il était... Je ne sais pas comment te dire... trop renfermé sur lui-même, tu vois ?

— Oui, je crois.

Nous avions repris notre habitude adolescente de chuchoter comme des conspirateurs et nos fronts se touchaient presque par-dessus la table. Je sentis une odeur d'eau de toilette, de sueur et de scotch.

— Je sais que tu sais, disait Mark. Tu avais des problèmes avec ton vieux, toi aussi.

— Comment tu le sais ?

— Ta sœur le racontait à Sara. Elle me le disait. Elle disait que toi et ton vieux, vous vous engueuliez aussi. J'ai voulu t'en parler, mais... — Il haussa les épaules. — Je ne sais pas. Je ne voulais pas que tu croies que je m'apitoyais sur ton sort. Ce n'était pas le cas non plus, tu sais. Je trouvais que tu avais du cran et je te respectais pour ça.

— Nos pères ont eu les mêmes principes d'éducation, dis-je. Mon père m'appelait *el lloron*, le chialeur. Il essayait de m'endurcir. Ça n'a pas marché, je crois.

Les yeux de Mark, redevenus verts, étaient remplis d'admiration.

— Je trouve que tu es assez dur comme ça, moi. Et tu es un avocat connu. La réussite, c'est la plus belle des vengeances, non ?

Nos cheveux se frôlaient et j'étais comme ivre. Un bout de citation me traversa l'esprit — « les amis que nous nous faisons dans notre jeunesse » — sans doute fadasse une fois énoncée en entier, et probablement sans fondement non plus. Pourtant, en cet instant, j'avais envie de tendre la main, de lui toucher le visage et de lui dire combien je l'aimais. Mais une lettre écrite quand j'avais dix-neuf ans et qui n'avait jamais reçu de réponse m'en empêcha. Je ne m'autorisais qu'un rejet par personne, par vie, merci bien. Je me renfonçai dans mon siège. Il me regarda, surpris.

— Je crois que je n'avais jamais vu les choses comme ça, dis-je.

Il en fit autant en soufflant une haleine alcoolisée.

— Moi si. Je voulais faire mieux que mon père, et j'ai réussi.

— Honnêtement ou... ?

Il alluma une cigarette. Entre le moment où il frotta l'allumette et celui où il alluma la cigarette, le charme s'était rompu.

— De quoi tu me parles, Hank ?

— Paul dit que tu lui as tendu un piège. Que tu as appelé la police ou le DA, voire que tu les as achetés, pour qu'on l'arrête.

— Je t'ai dit qu'il était fou, Hank.

— Henry. Mes amis m'appellent Henry, maintenant.

— Henry, répéta-t-il, avec un regard étonné de ce qui venait de se passer entre nous.

— Je dois envisager toutes les possibilités.

Il tira une bouffée.

— C'est une impasse, fit-il sans s'émouvoir. Tu ne devrais pas prendre Paul trop au sérieux, c'est ce que je voulais te dire.

— Je te remercie du conseil.

Il fit tinter les glaçons dans son verre.

— Je dois partir, Henry. J'ai un rendez-vous. — Il sourit, un sourire charmeur. — Un rendez-vous galant à mon âge, tu imagines ?

— Tu n'es pas marié ?

— Je suis entre deux épouses.

Il glissa sur le bord de la banquette, sortit son portefeuille et posa un billet de vingt sur la table.

— Bob Clayton s'occupe bien de toi ?

— Ouais.

Il se leva.

— J'habite toujours dans l'ancienne maison de mes parents. Passe un de ces quatre. On se baignera.

— Peut-être.

— Et je ferai un barbecue.

Il me regarda d'un air pensif.

— Tu sais, c'est drôle, Hank — Henry.

— Quoi donc, Mark ?

— Que tu sois gay. Je pensais que Paul l'était, pas toi. Enfin, apparemment, il est devenu pire que ça.

Son dernier sourire fit de lui un étranger.

Après son départ, le serveur revint, ramassa le billet de vingt et me demanda :

— Désirez-vous un autre Coca ? — Je secouai la tête. — Il est offert par la maison.

Je levai les yeux vers lui. Il était beau gosse, peut-être un peu plus âgé que Josh.

— Non, merci, mais c'était très gentil de m'avoir proposé.

— Si vous changez d'avis, je suis là jusqu'à la fermeture.

— Merci, dis-je en me levant pour partir.

8

Quand j'appelai Dom Rossi le lendemain matin pour savoir si les pièces du dossier demandées étaient prêtes, il me renvoya de nouveau sur Dwight Morrow, le policier chargé de l'affaire. Je m'aventurai donc dans la chaleur matinale jusqu'au commissariat central, déjà irritable pour avoir peu dormi. La chaleur ne fit qu'empirer ma mauvaise humeur.

Après avoir parlé à Mark, j'avais passé une bonne partie de la nuit à ruminer le genre de « et si ? » qui n'aboutit à rien, sauf à me déprimer. La seule impression constructive qui découla de cette insomnie fut que l'unique objet de notre conversation était peut-être pour Mark de minimiser ses relations avec Paul et les ennuis qu'il connaissait. Cela éveilla naturellement mes soupçons, et je notai mentalement d'enquêter sur les problèmes légaux entre les deux frères, peut-être auprès de Peter Stein, l'obligeant employé de Clayton.

En tout cas, j'étais d'une humeur massacrante quand j'entrai dans le bureau de l'inspecteur Morrow. Le téléphone à l'oreille, il me toisa de cet air vaguement accusateur qu'ont toujours les flics et me fit signe de m'asseoir. Ayant ôté une pile de paperasses du seul siège disponible, je pris place et attendis qu'il ait terminé sa conversation. Il était assis bien droit, en homme qui confond position et moralité, comme si l'une pouvait avoir une influence sur l'autre.

Je jetai un regard circulaire dans cet aquarium, cherchant quelque chose qui brise la monotonie de la morne décoration de bureau, et finis par m'arrêter sur Morrow lui-même. Malgré son nom anglo-saxon, il avait surtout l'air indien : visage plat, mâchoires carrées, nez aquilin, peau rougeâtre et yeux noirs, presque asiatiques. Le moindre doute qui aurait pu subsister sur ses origines était dissipé par une caricature encadrée sur le mur derrière lui, où il figurait en pagne, coiffé de plumes et tomahawk à la main. À côté était accrochée une photo de lui en train de passer la ligne d'arrivée d'une course à pied, son torse musclé tendu dans l'effort. Une autre photo complétait ce triptyque. Elle représentait une rangée d'adolescents en survêtement, les lettres PAL barrant la poitrine. Morrow se tenait au bout, vêtu d'un jean et d'un coupe-vent marqué ENTRAÎNEUR.

C'est seulement sur cette photo que son visage montrait la moindre expression. Il souriait presque — les lèvres retroussées, mais ses yeux étaient aussi impassibles que s'il examinait les photos d'un rapport d'autopsie — et il semblait beau gosse. Je fus presque surpris de constater d'après cette photo qu'il devait être un peu plus jeune que moi.

— D'accord, conclut-il avant de raccrocher. Je vous rappelle.

Et il tourna son absence de sourire vers moi.

— Je suis Henry Rios, dis-je. Je représente Paul Windsor. Dom Rossi m'a dit que vous aviez quelque chose pour moi, des documents.

— Ils étaient sur la chaise.

Son manque d'amabilité semblait être plutôt un trait de caractère.

Je ramassai les paperasses posées par terre et examinai le premier feuillet. Il provenait du rapport du légiste.

— C'est tout ce qu'il y a ?

— Rossi m'a donné une liste, répondit-il sèchement. J'ai exécuté.

— Très bien, répondis-je du même ton dédaigneux.

Il ne m'a jamais fallu bien longtemps pour détester un flic. J'ai tendance à les considérer tous comme des connards et je suis rarement déçu.

— Signez le reçu, dit-il en poussant sur le bureau un formulaire.

J'y jetai un coup d'œil rapide. J'y reconnaissais que ma demande avait été totalement exaucée. Généralement, je ne discutais pas ce genre de question, étant donné qu'elle n'a aucune véritable portée légale, mais je n'aimais pas le côté macho balai-dans-le-cul de l'inspecteur Morrow.

— Je ne peux guère affirmer que vous l'avez pleinement exaucée tant que je n'ai pas examiné les pièces.

— Alors faites-le.

— Quand j'aurai le temps, dis-je en me levant.

Il leva les yeux et répondit d'un ton égal :

— Je vous rends service en vous communiquant ces pièces sans ordre du tribunal. Selon mes règles, vous devez m'en rendre un aussi.

— Communiquer des pièces dans le cadre d'un procès criminel n'est pas une question de service rendu, inspecteur, mais une question de droit. Et, continuai-je en frappant le formulaire de l'index, je ne renoncerai à aucun des droits de mon client tant que je ne serai pas sûr et certain que vous m'avez donné tout ce que je demandais.

Son expression, déjà peu aimable, devint carrément hostile. Dans un instant, il allait me réciter mes droits.

— Rossi m'avait prévenu que vous joueriez au petit malin.

— Bah, il m'a bien dit que vous étiez un bon flic. Il a dû se tromper sur l'un comme sur l'autre.

Il tendit la main vers le formulaire.

— Fichez le camp.

— Je vous remercie de votre coopération.

— Vous n'irez nulle part avec ces papiers.

Je baissai les yeux vers les documents que j'avais à la main.

— Rossi et moi avons conclu un marché.

— Et ceci en fait partie, dit-il en brandissant le formulaire. Vous ne voulez pas le signer ? Vous ne prendrez ces documents que muni d'un ordre du tribunal.

— Rossi ne m'a absolument pas parlé d'un reçu à signer, dis-je en me dirigeant vers la porte.

— Vega ! cria-t-il en regardant derrière moi.

Un énorme flic en tenue apparaissait sur le seuil. Son visage m'était familier : c'était celui que j'avais vu au Winchell's quelques jours plus tôt, le Schwarzenegger au visage de bébé.

— Ce type tente d'emporter des rapports de police, lui dit Morrow. Que comptez-vous faire ?

Le costaud me regarda, incertain.

— On vous fait passer ce que l'on pourrait appeler un test de virilité, lui dis-je. Mais je vous conseille d'être sûr de votre fait avant d'esquisser le moindre geste.

— Je vous ai posé une question, Vega, dit Morrow.

— Vous voulez que je l'arrête ? marmonna le jeune flic.

Je jubilais. Les confrontations avec les flics ont toujours eu un effet tonique sur moi.

— Pour quel motif ? Parce que je fais mon travail ? Vous ne seriez pas le premier flic à avoir envie de m'en empêcher. — Je me rassis. — Je vais vous dire une bonne chose : et si vous appeliez Rossi pour en discuter avant de me donner une raison de plus de vous faire citer comme témoin ?

Il me fusilla du regard en composant le numéro. À mesure qu'il expliquait la situation à Rossi — en se donnant bien entendu le beau rôle — et qu'il écoutait la réponse de Rossi, sa colère décrut.

Il raccrocha violemment.

— Je croyais vous avoir dit de ficher le camp, aboya-t-il.

Je me levai et gagnai la porte, croisant l'autre flic qui attendait toujours, l'air toujours aussi hésitant.

— Euh, et je fais quoi ? demanda-t-il à Morrow.

— Laissez-le passer.

— Merci, mon petit, dis-je au jeune flic. On se reverra au Winchell's.

Avoir parlé du Winchell's me rappelant le petit déjeuner, je m'y rendis donc et, devant un grand café et un muffin au son couvert de sucre, je feuilletai les documents que j'avais extorqués à Morrow. Je venais de terminer le rapport du légiste — plutôt bien écrit, étant donné le sujet — quand quelqu'un me salua.

Je levai les yeux. C'était le jeune flic, beignet et café à la main.

— Bonjour.

— Vous avez foutu Morrow en rogne, vous, dit-il avec un sourire timide.

— Vous aussi.

— Il est comme ça, des fois, fit-il en haussant les épaules. Ça veut pas dire grand-chose.

— C'est lui qui vous a dit de me suivre ?

— C'est l'heure de ma pause.

Comme il semblait qu'il avait l'intention de rester là tant que je ne lui proposerais pas de s'asseoir, je l'invitai à prendre place.

— Comment vous vous appelez, déjà ?

Il se glissa péniblement sur la banquette en face.

— Ben Vega, dit-il en posant son petit déjeuner, avant de me tendre une main couverte de sucre.

Il avait la paume calleuse d'un culturiste.

— Henry Rios. Que vous a dit Morrow ?

— Il a rien...

— Arrêtez, Ben. Épargnez-moi les conneries.

Il marqua un point en souriant au lieu de jouer les indignés.

— Il m'a dit de garder l'œil sur vous, c'est tout. Il est énervé, faut pas chercher. Il s'en souviendra même pas le temps que je revienne.

— Vous avez l'air de bien le connaître.

— On se connaît depuis le lycée. C'est quoi ? demanda-t-il en indiquant les documents.

— *Windsor contre l'État de Californie*. Vous êtes au courant de l'affaire ?

— Oh, oui, comme tout le monde. C'est un violeur d'enfants. Comment vous pouvez défendre un type pareil ?

— Si j'avais touché dix *cents* chaque fois qu'on me pose la question, je pourrais prendre ma retraite. Bon, vous voulez vraiment une réponse, ou c'était juste une question histoire de vous sentir supérieur ?

— Ouais, je veux une réponse. C'est vrai, dit Vega, surpris mais beau joueur.

— Eh bien, la réponse dépend du dossier. Parfois je défends quelqu'un parce que je pense qu'il mérite qu'on lui laisse une chance, ou simplement parce que je l'aime bien. Et parfois je le défends parce que, quoi qu'il ait fait, le type a subi bien pire. — Je souris narquoisement. — Et parfois je le fais pour l'argent. Ou encore parce que personne ne veut s'en charger. Comme c'est le cas ici.

— Un type comme ça mérite pas qu'on le défende, dit Vega en mordant dans son beignet.

— Eh bien, voilà, dis-je en haussant les épaules. C'est toute la différence entre flics et avocats. — Je pris une gorgée de café. — Morrow est toujours aussi maniaque ?

Vega réfléchit à la question tout en mâchant.

— C'est lui qui a arrêté Windsor la première fois.

— Dans l'affaire d'abus sur mineur ?

— Oui. Avant d'être à la Criminelle, il était aux Mœurs.

Il avala un peu de café et reprit une bouchée de son beignet avec l'avidité d'un môme.

— Il était furax quand le DA a lâché l'affaire. Je crois qu'il l'a pris personnellement et... — Il laissa sa phrase en suspens, se reprit. — Écoutez, vous êtes l'avocat de Windsor, peut-être qu'il vaudrait mieux pas que je vous parle.

— Vous ne m'avez rien dit que je n'aurais découvert moi-même, Ben. Finissez votre beignet.

Il continua, répandant du sucre sur sa chemise.

— Ça vous plaît d'être avocat ?

— Je fais ce métier depuis si longtemps que j'ai arrêté de me demander si j'aimais ça ou non. Cela fait simplement partie de moi. Et vous, ça vous plaît d'être flic ?

— Ça va, dit-il en hésitant. J'aimais mieux quand je faisais les patrouilles.

— Vous n'en faites plus ?

— On m'a mis à la réception à m'occuper de la paperasserie et tout. Parce que je me suis froissé un muscle du dos, expliqua-t-il.

— En faisant de la muscu ?

Il me regarda comme si j'étais télépathe.

— Comment vous avez deviné ?

— Au hasard, répondis-je. — Puis, me sentant coupable de me moquer de lui : — Vous avez l'air d'un culturiste.

Il se rengorgea.

— Ça va, maintenant, vous savez, mais l'administration ne veut pas me remettre aux patrouilles tant que le médecin du syndicat aura pas donné son accord. — Il grimaça. — Et il s'en fout. Il doit se dire que je suis content de faire du bureau. Ça me rend dingue, vous savez. La première chose que je fais en sortant, c'est du jogging.

— Vous courez ?

— Je faisais de l'athlétisme au lycée.

— Moi aussi, souris-je. Vous n'étiez probablement pas né.

— Vous êtes pas si vieux que ça, répondit-il en terminant son beignet. Vous étiez dans quoi ?

— Course d'endurance. Et vous ?

— Sprint. Avant, j'étais beaucoup moins costaud. Vous êtes allé où, au lycée ?

— Ici. À Los Robles High. Et vous ?

— Nueces, dit-il avec un grand sourire. (Nueces était une petite ville à vingt kilomètres de là.) On faisait les compétitions contre Los Robles.

— Ouais, je sais. On vous battait chaque fois.

— De votre temps, rétorqua-t-il.

Je bus une gorgée de café, heureux de cette première conversation amicale depuis mon retour à Los Robles. Flic ou pas, Vega était un petit jeune sympa. Pas futé, mais sympa.

— Vous courez toujours ? demanda-t-il.

— J'ai arrêté depuis un moment.

— On devrait courir ensemble, un de ces jours.

— Par ce temps ?

— Il fait plus frais le soir. Vous avez l'air encore capable de tenir le coup.

— Merci, je crois aussi.

— Vous êtes descendu où ?

— Au Hyatt. Vous risquez de m'épuiser.

— Il faut que j'y aille, dit-il en consultant sa montre. À plus tard, maître. — Il se leva en époussetant les miettes sur son uniforme. — Je passerai peut-être vous prendre un de ces quatre, on ira courir.

— À bientôt, Ben.

Je le regardai s'éloigner, palpitant un tantinet, simplement parce qu'il était jeune et sain. Je revins à ma lecture. Quelques minutes plus tard, je levai le nez vers la place laissée vide, me disant que je l'avais peut-être sous-estimé. Son nom figurait dans la liste des témoins de l'accusation : c'était l'un des policiers qui avaient perquisitionné chez Paul et il avait apparemment eu le nez fin.

C'est d'un œil circonspect que Paul me regarda m'asseoir en face de lui. J'ouvris mon attaché-case et en sortis un bloc. Ses semaines de détention lui avaient donné le teint pâle des prisonniers et son visage semblait un peu bouffi.

— J'ai parlé à Mark hier soir, dis-je en décapuchonnant mon stylo. Il avait une intéressante théorie pour expliquer que vous ayez tué McKay.

— Nom d'un chien, c'est lui que vous croyez plutôt que moi ?

— Laissez-moi vous l'exposer, répondis-je. Mark croit à l'hypothèse du chantage. Je ne l'ai pas trouvée très plausible, parce que, comme me l'a fait remarquer Sara lors de notre première entrevue, après tout le scandale de votre première arrestation, il n'est guère probable qu'on puisse vous faire chanter parce que vous êtes pédophile. Mark a dit qu'en dehors de cet incident, vous n'aviez rien à vous reprocher. Il pense que McKay savait sur vous des choses plus... récentes. — Paul eut un rire méprisant. — Si je vous en parle, continuai-je, c'est que cela semble nettement plus crédible que votre histoire de visite à McKay pour acheter une fille.

— C'est un mensonge.

— Qu'est-ce qui est un mensonge ?

— Ce que vous a raconté Mark. Écoutez, je ne sais pas s'il y avait une fille ou pas, mais c'est la raison pour laquelle je suis allé le voir.

— Que savait McKay sur vous ? insistai-je.

— Je viens de vous dire...

Il avait rougi.

— J'ai entendu, répondis-je calmement. J'ai passé la majeure partie de la matinée à lire des documents que m'a communiqués la police. L'un d'eux est une liste de pièces saisies lors de la perquisition de votre domicile et de votre voiture. L'une d'elles est une pellicule. Qu'y a-t-il dessus, Paul ? — Il se détourna. — Quelque chose que vous avez pris à McKay ?

— Ça n'a rien à voir avec McKay, dit-il d'une toute petite voix.

— Alors, qu'est-ce que c'est ?

— Des photos d'elle.

— De qui ?

— Ruth.

— Ruth Soto ? demandai-je, vraiment surpris. Quand l'avez-vous revue ?

— Je n'ai jamais cessé de penser à elle, dit-il calmement. Je l'ai suivie en voiture un jour et j'ai pris des photos, c'est tout. Des photos d'elle et de mon fils.

— Elle a gardé l'enfant.

— Un petit garçon, oui. Il s'appelle Carlos : j'ai regardé dans le registre des baptêmes. Il porte son nom à elle, évidemment. Carlos Soto.

C'est au crépuscule que j'arrivai chez Sara. Une Caridad au masque de pierre m'ouvrit.

— *Quiero hablar con la señora* [1], lui dis-je.

— *Esta en la jardin* [2], dit-elle en me faisant entrer.

— Ivre ?

— *Como siempre* [3], répondit-elle.

---

1. Je voudrais parler avec Madame.
2. Elle est dans le jardin.
3. Comme toujours (NdT).

Je traversai les grandes pièces de la maison jusqu'à l'arrière, où je trouvai Sara Windsor, assise sous un saule, verre en main, le regard dans le vague. Elle ne dit rien en me voyant arriver. Je m'assis par terre à côté d'elle.

— Il faut que je vous demande quelque chose, dis-je.

— Vous ne voulez pas attendre que je ne sois pas saoule ?

J'en avais assez d'elle et des Windsor en général.

— Je n'ai pas tant de temps que ça.

— On me parle pas comme ça, dit-elle d'une voix pâteuse. Vous avez peut-être réussi, mais je vous ai connu quand vous étiez juste un tout petit maigrichon de rien du tout qui habitait du mauvais côté de la ville et qui soupirait après Mark comme une fille. Mon Dieu, comme votre sœur en était gênée.

Voilà qui était nouveau. Mais je n'étais pas là pour remuer les souvenirs.

— La police a saisi un rouleau de pellicule dans la voiture de Paul. Il prétend que ce sont des photos de Ruth Soto qu'il a prises le samedi précédant la mort de McKay. Est-ce qu'il est sorti ce jour-là ?

Elle porta les mains à sa bouche et laissa échapper un souffle haletant.

— C'est important, insistai-je.

Elle tendit une main à tâtons vers son verre et le renversa dans l'herbe.

— Ce salaud.

— Il est sorti ce jour-là ?

Elle me fixa de ses yeux rougis.

— Ce n'est plus qu'une sale blague, à présent. — L'alcool commençait à imbiber le bord de sa jupe. — Une sale petite blague.

— Pourquoi êtes-vous si bouleversée, Sara ? C'est vous qui sous-entendiez qu'il continuait à la voir.

— Je ne savais pas. — Elle se leva en vacillant. — Il n'a qu'à aller se faire foutre.

Elle tituba jusqu'à la maison. Je me levai pour la suivre, puis je me ravisai. Elle ne me servait à rien saoule, et j'étais encore piqué de sa remarque à propos de ma sœur. Je les imaginais très bien toutes les deux en train de glousser de moi et Mark. Non, glousser, ce n'était pas le style d'Elena : les lèvres pincées devant ma perdition étaient plus dans son caractère. Autour de moi, le lourd parfum des roses flottait dans l'air nocturne, absurdement romantique. Je m'approchai d'un cadran solaire, un cercle de bronze fixé à un piédestal de marbre. Au centre étaient gravés six vers :

Approche, approche, approche... Ah, laisse-moi
[encore
Un peu d'espace que remplira ce souffle de roses !
De peur que je n'entende plus ces choses ordi-
[naires qui vivent et désirent
Le vermisseau terré dans son petit trou
La souris qui court près de moi dans l'herbe
Et les lourds espoirs des mortels qui peinent et
[trépassent...

9

— Veuillez vous lever. La troisième section du tribunal municipal de Los Robles est en séance, présidée par l'Honorable Richard Lanyon.

Un homme d'à peu près mon âge aux cheveux d'un roux flamboyant passa derrière l'huissier, monta les quelques marches de son estrade, s'installa dans le fauteuil en bois à haut dossier et chercha ses lunettes dans sa poche. Tandis qu'il examinait le dossier devant lui, je balayai la salle du regard.

Le tribunal avait été construit dans les années trente par la Works Project Administration et la salle rappelait le populisme de l'époque. Sur les murs, une fresque représentait, d'après ce que j'en voyais, de grands moments de l'histoire de la justice — comme si ce n'était pas un paradoxe — avec des scènes de la Convention constitutionnelle, le Chief Justice Marshall annonçant l'issue du procès *Marbury contre Madison* et Daniel Webster argumentant sur l'affaire Dartmouth. Juste au-dessus de la tête de Lanyon, Lincoln était en train de signer la déclaration d'émancipation.

Je m'assis à la table de la défense avec Paul, qui portait un costume au lieu de sa combinaison de détenu. À l'autre bout, Dom Rossi s'épongeait le front. Derrière nous, dans la galerie, siégeaient les témoins de l'accusation et la presse. Nous étions là en audience préliminaire pour déterminer s'il y avait assez de preuves pour que Paul comparaisse en justice. Normalement, cette procédure était une formalité dont la principale utilité pour la défense était de connaître le dossier de l'accusation, et peu importait quel juge présidait. Cependant, le Code pénal interdisait à un juge qui avait signé un mandat de perquisition de siéger lors de cette audience. Lanyon l'ayant signé, j'avais introduit une requête lui demandant de se déclarer incompétent.

Le juge Lanyon baissa son regard vers nous.

— *L'État de Californie contre Windsor.* Présentez vos qualités.

— Henry Rios pour l'accusé, monsieur le juge.

— Dominic Rossi pour l'État.

— Que les minutes attestent de la présence de l'accusé, dit Lanyon à l'adresse du sténographe, un homme pâle entre deux âges. Nous sommes ici aujourd'hui pour l'audience préliminaire. Je crois savoir cependant que la défense désire présenter une requête.

— Monsieur le juge, dis-je en me levant, comme vous le savez, le Code pénal interdit qu'un juge qui a signé un mandat de perquisition dans le cadre d'une enquête préside l'audience préliminaire de cette même affaire. Étant donné que vous avez signé le mandat ici, je pense que nous devrions être déférés devant une autre section pour l'audience d'aujourd'hui.

— Votre requête est rejetée, répondit-il sans lever le nez.

— Je vous demande pardon ?

Là, il leva les yeux.

— Votre requête est rejetée, maître.

— Monsieur le juge, les termes de la loi sont sans équivoque.

— Je sais lire, maître Rios, répondit-il. Et je me moque de ce qu'elle dit. Il n'y a que quatre sections de tribunaux municipaux dans ce district et chacun des juges est débordé. Je ne vais pas déranger leur emploi du temps.

D'après son expression, il me défiait. J'étais déjà tombé en mon temps sur d'autres juges Lanyon, ces petits despotes judiciaires, et il n'y avait qu'un seul moyen de traiter avec eux.

— Monsieur le juge, la loi demande que vous vous déclariez incompétent. En dehors de cela, nous pensons que vous devez vous déclarer incompétent en raison d'un risque de partialité.

— Fondé sur quoi ? demanda-t-il en se redressant.

— La défense pense que le mandat de perquisition que vous avez signé se fondait sur une démonstration peu convaincante des faits. Ceci étant posé, nous nous demandons si vous pouvez évaluer en toute équité durant cette audience les preuves qui ont été découvertes durant cette perquisition.

— Maître, répondit-il froidement, je ne vois aucune requête demandant la disqualification du mandat ou d'écarter des preuves.

— Notre intention est de les déposer après l'audience préliminaire, si l'affaire va aussi loin — et je ne pense pas qu'elle le devrait —, devant un autre tribunal.

— Je n'apprécie pas du tout cette remarque, maître Rios.

— Monsieur le juge, je n'apprécie pas que ce tribunal ait l'intention de ne pas tenir compte d'une directive statutaire fort claire.

Bien que nous ayons gardé un ton courtois, il était évident que l'air était chargé d'électricité. Je jetai un coup d'œil à Paul qui semblait interloqué et inquiet, et lui fit un sourire rassurant. Rossi, à l'autre bout de la table, me regardait avec une expression qui oscillait entre admiration et apitoiement.

— Autre chose, maître ?

— Non, monsieur le juge. Je m'en remets à votre décision.

Je m'assis. Rossi se leva.

— Si je puis me permettre...

— Asseyez-vous, maître Rossi, tonna Lanyon. La cour n'a pas besoin de vous entendre sur cette question.

Rossi obéit, stupéfait du courroux de Lanyon, mais j'étais ravi. Mon intention était de provoquer Lanyon en l'accusant de partialité, sachant que son refus d'accéder à ma requête étaierait mon accusation. Dans cette affaire, c'était une bonne chose que j'aie la loi pour moi, mais ce n'était pas indispensable pour cette tactique. Tout ce qu'il fallait, c'était un juge coléreux, et être prêt à passer la nuit en prison pour outrage à magistrat.

— La Cour accorde la requête..., commença Lanyon. — Rossi s'étrangla. Haussant légèrement le ton, Lanyon continua : — ... à condition que l'accusé accepte le report de l'audience préliminaire à huit semaines.

Paul m'empoigna le bras, mais je me dégageai.

— Laissez-moi écouter ce qu'il raconte.

— ... Parce que je trouve que le calendrier du tribunal est tel qu'aucun autre juge ne sera disponible avant ce délai. — Il me regarda avec un sourire presque imperceptible. — Alors ?

Je devais lui accorder qu'il avait finement joué, mais je n'en avais pas fini avec lui.

— Monsieur le juge, dis-je en me levant, dans ce cas, je demande à la Cour de fixer une caution raisonnable.

Son expression impassible se troubla légèrement.

— Eh bien, maître, si j'accède à votre requête et me déclare incompétent, c'est dans tous les domaines, y compris sur la fixation d'une caution.

— Dans ce cas, je demande que l'affaire soit immédiatement déférée devant une autre section dans l'unique objet de rendre une décision sur ce point précis.

— Comme je viens de vous l'indiquer, maître, se rembrunit-il, aucun autre tribunal n'est disponible...

— Pour l'audience préliminaire, répliquai-je aussitôt pour garder mon avantage, mais une décision de remise en liberté sous caution ne prend pas plus de quelques minutes.

Il balaya la salle du regard comme s'il cherchait l'inspiration. Elle lui vint sous la forme ronde du DA, qui venait de se lever.

— Monsieur le juge, dit-il, l'État considère que M. Windsor représente une menace sans équivoque pour la société. C'est pourquoi nous nous sommes opposés à la mise en liberté sous caution lors de son arrestation et qu'elle lui a été refusée. S'il désire renouveler sa requête, nous demanderons une audience complète, et cela va prendre du temps.

— Je ne crois pas que..., commençai-je.

— L'État a le droit de citer des témoins lors d'une audience de mise en liberté sous caution, me coupa Lanyon.

— Que ce soit le cas ou non, il ne s'agit rien de plus que d'une tactique pour gagner du temps.

— Votre client est accusé de meurtre, maître Rios, répondit Lanyon d'un ton réprobateur. Il est tout à fait présumable qu'il représente une menace pour la société.

— On libère quotidiennement sous caution des accusés de meurtre.

— Pas dans ce comté, répondit Lanyon d'un ton sec. Je vous donne ce que vous voulez, maître. C'est à prendre ou à laisser, mais ne perdons pas davantage de temps.

Je tirai ma dernière et pauvre cartouche.

— La condition requise par le tribunal d'un délai de huit semaines viole le droit de mon client à une justice rapide.

— Vous pourrez déclarer cela en appel, dit-il froidement, une fois que vous m'aurez répondu.

— Je demande cinq minutes pour en discuter avec mon client.

— Cinq minutes de suspension d'audience. Vous pouvez parler à votre client en cellule, dit-il avant d'ajouter, acerbe : nous vous attendrons ici.

L'huissier nous entraîna dans la cellule à l'extérieur du tribunal. À peine nous eut-il laissés que Paul me demanda :

— Mais bon sang, qu'est-ce qui se passe, là-dedans ?

— Je crois que j'ai attenté à l'orgueil du juge, dis-je, en lui expliquant le choix que nous donnait Lanyon. En résumé, nous pouvons procéder à l'audience aujourd'hui devant un juge très fâché, ou attendre huit semaines qu'une autre audience ait lieu.

— Quelle différence cela fait ? demanda Paul en arpentant la cellule.

— Cela pourrait changer beaucoup de choses sur la manière dont il conduit le procès, réagit à mes objections, et accorde ce qu'il veut à Rossi. Et je peux vous promettre que vous serez en détention en attendant.

— C'est ce qui arrivera dans un cas comme l'autre, dit-il en s'immobilisant. Ils ne vont pas renoncer à l'inculpation.

— Probablement pas. Mais avec un dossier aussi mince, nous aurions une chance devant un autre tribunal.

Paul serra les poings.

— Je ne reste pas dans une foutue cellule huit semaines de plus. Pourquoi ils ne m'accordent pas la liberté sous caution ?

— Vous êtes trop mal vu dans la ville pour ça.

— Ça n'aurait pas été pire si j'avais réellement tué cette ordure, dit-il en me fusillant du regard.

— Il faut y retourner, Paul. Que voulez-vous faire ?

— Réglons ça aujourd'hui.

— Je pense que vous commettez une erreur.

— J'ai l'habitude.

— Alors ? interrogea Lanyon quand nous retournâmes à nos sièges.

— La défense retire sa requête, monsieur le juge, dis-je. Nous aimerions procéder à l'audience.

— Très bien, répondit-il avec un bref petit sourire. Que l'État appelle ses témoins.

— L'accusation appelle Robert Doyle.

Doyle était le légiste aux talents littéraires. Alors qu'il gagnait le box des témoins, j'observai Lanyon, qui me jeta un regard méprisant comme si j'étais une poussière sur sa robe, et je me préparai à ce qui promettait d'être une longue journée.

Dans le box, Doyle, sans trop se faire prier par Rossi, répéta essentiellement ce qu'il avait écrit dans son rapport.

McKay avait été tué entre minuit et trois heures du matin. Il avait été attaché à une chaise et bâillonné. La cause du décès était un violent traumatisme crânien, provoqué par une série de coups portés avec un instrument non identifié, également utilisé pour lui broyer les testicules. Négligemment, Doyle déclara que McKay avait également souffert d'une asphyxie partielle.

— Par quoi a-t-elle été causée ? demanda Rossi.

— Il a avalé son bâillon.

— Avez-vous une idée de la raison pour laquelle il a fait cela ? demanda Rossi.

— Objection. Question non pertinente. L'asphyxie n'était pas la cause du décès.

Lanyon balaya mon objection d'un sec « rejetée ».

— Par réflexe de peur, répondit Doyle.

— A-t-il souffert ? demanda Rossi, plein de sollicitude.

— Oui, ce n'était pas une mort rapide et sans douleur.

— Pas d'autre question, dit Rossi.

— Maître Rios ? demanda Lanyon.

Je me levai. Quelques murmures avaient parcouru la galerie pendant que Doyle donnait les détails macabres du meurtre, mais à présent, un silence régnait, comme si tout le monde se demandait comment j'allais tourner ce témoignage à l'avantage de la défense. Ayant veillé tard la nuit précédente à étudier le rapport de Doyle et les photos de l'autopsie, je me posais la même question. La clé résidait dans la nature passionnelle du meurtre : cette mort signifiait quelque chose.

— Monsieur Doyle, dis-je en m'approchant du box, avez-vous la moindre idée de l'instrument utilisé pour tuer M. McKay ?

— Eh bien, il était plus gros qu'un fouet à cocktail, sourit-il.

Je lui rendis son sourire, comme si ce n'était rien qu'un échange de politesses.

— Plutôt du genre batte de base-ball ?

— Quelque chose comme cela, oui.

— Et avez-vous une idée de la force avec laquelle on a frappé la victime ?

— Je ne comprends pas.

— Le crâne, c'est très dur, n'est-ce pas ? demandai-je en frappant le mien.

— Objection, coupa Rossi. La question est vague.

— Pouvez-vous répondre à la question ? demanda Lanyon à Doyle.

— Bien sûr, répondit-il poliment. Le crâne est très dur. Il faut une certaine force pour le fracasser.

— Pouvez-vous estimer combien de temps s'est écoulé entre le premier et le dernier coup sur le crâne de la victime ?

— Ils étaient assez rapprochés dans le temps.

— Assez rapprochés ? répétai-je. Cinq secondes ? Cinq minutes ? Une heure ?

Il leva un instant les yeux et marmonna silencieusement.

— Je dirais dix minutes maximum, dit-il enfin.

— Donc, monsieur Doyle, ce que nous avons, c'est un individu qui en frappe un autre avec une batte de base-ball pendant dix minutes avec une force suffisante pour lui fracasser le crâne, c'est bien cela ?

Il sourit de nouveau, ayant apparemment vu où je voulais en venir.

— Me demandez-vous si votre client était assez fort pour le faire ?

— Ou suffisamment motivé.

— Objection, dit Rossi.

— Je ne peux pas répondre à cela, dit Doyle simultanément.

— Je n'ai pas d'autre question, dis-je.

Doyle fut renvoyé.

— Votre témoin suivant, maître Rossi ? demanda Lanyon.

— L'accusation appelle James Mitchell, dit Rossi.

James Mitchell était le premier policier appelé sur le lieu du crime le lendemain matin du meurtre. Il déclara qu'il n'y avait aucun indice d'effraction. Il avait vainement cherché l'arme du crime dans les environs du motel. Ce qu'il avait trouvé dans la valise de McKay, c'étaient des photos d'actes sexuels entre adolescents et avec des adultes. Malgré mon objection, les photos furent versées comme pièces au dossier. Sur ce, Rossi termina son interrogatoire.

— Agent Mitchell, dis-je en me levant. Dans quel état était la chambre à votre arrivée ?

— Objection, dit Rossi. Question vague.

— Acceptée.

— Y avait-il du sang dans la chambre ? demandai-je.

Rossi se tortilla sur son siège, mais garda le silence.

— Ouais, il y avait du sang, ça, c'est sûr, répondit Mitchell.

— Où ? demandai-je en m'approchant de lui.

— Partout.

— Sur les murs ?

— Oui.

— Le lit ?

— Oui.

— Par terre autour de la chaise où était attaché McKay ?

— Ouais, partout, s'impatienta-t-il. Même sur les fenêtres.

— Et à quelle distance de la chaise sont situées les fenêtres ? D'après vous ?

— Entre un mètre cinquante et deux mètres cinquante, dit-il après réflexion.

— En d'autres termes, conclus-je, il serait juste de dire que lorsqu'on a frappé M. McKay, du sang a giclé dans toute la pièce ?

— Oui, je pense.

— Ne pensez pas, souris-je. Répondez juste en fonction de ce que vous avez vu.

— Oui, dit-il, mal à l'aise.

Je retournai à ma table et griffonnai une note : « Sang partout, pourquoi pas sur vêtements Paul, ni dans voiture ? Demander à Sara si elle l'a vu ce soir-là. »

— À présent, agent Mitchell, continuai-je en levant les yeux vers lui, vous avez déclaré qu'il n'y avait aucun signe d'effraction dans la chambre, c'est bien cela ?

— Ouais, on aurait dit qu'il l'avait laissé entrer.

— Et la porte n'était pas fermée à clé quand vous êtes arrivé sur place ?

Il me fixa sans comprendre.

— La femme de chambre était là.

Je notai de retrouver l'employée.

— Mais vous ne savez pas si la porte était fermée à clé ou non la nuit du meurtre, n'est-ce pas ?

— Je n'y étais pas.

— Donc, continuai-je, pour autant que vous le sachiez, la porte pouvait très bien ne pas avoir été verrouillée.

— Objection, dit Rossi. Cette question fait appel à la spéculation du témoin.

— Acceptée, dit Lanyon.

— Monsieur le juge, si je puis me permettre...

— Épargnez-nous cela, maître, dit Lanyon avec un regard noir. Je pense que nous avons tous vu où vous vouliez en venir.

Je haussai les épaules. Je m'étais fait comprendre : si la porte n'était pas fermée à clé, le meurtrier de McKay avait pu entrer à tout moment avec ou sans son consentement.

— Agent Mitchell, avez-vous relevé des traces de lutte dans la chambre ?

Il réfléchit un instant.

— C'était en pagaille, mais...

— Mais quoi ?

— Je ne sais pas ce que vous entendez par « lutte », dit-il avec agacement.

— Eh bien, McKay était bâillonné et attaché quand vous l'avez trouvé. Y avait-il des signes de résistance ?

— La chambre était en pagaille, répéta-t-il.

— Que voulez-vous dire par là ?

Il respira un bon coup.

— Le lit n'était pas fait. Sa valise était ouverte et il y avait des affaires éparpillées partout.

— Vous êtes sûr que ce n'était pas du ménage mal fait ?

Des rires résonnèrent dans la salle. Rossi objecta.

— Accordé, répondit Lanyon sans humour. Veuillez ne pas tenir compte de cette remarque, ajouta-t-il pour le sténographe.

— Je n'ai pas d'autre question, dis-je.

— Vous pouvez disposer, dit Lanyon au policier. Votre témoin suivant, maître Rossi.

— L'accusation appelle Calvin Mota.

Mota était le technicien chargé des empreintes. Son témoignage était crucial pour l'accusation, car il fournissait l'unique preuve de la présence de Paul dans la chambre de McKay. Très fonctionnaire, avec ses lunettes, Mota commença sa déposition avec un calme professionnel qui devait sans aucun doute plaire aux jurés.

Rossi lui fit décliner ses qualifications professionnelles et lui demanda d'expliquer comment il procédait aux comparaisons d'empreintes.

— Vous avez donc utilisé deux termes : empreintes latentes et empreintes encrées. Que signifient-ils ?

Mota aurait pu répondre les yeux fermés, mais il parvint à mettre un peu de sentiment dans sa déclaration.

— Les empreintes latentes sont celles qui sont relevées sur les lieux du crime et soumises au labo pour être identifiées. La comparaison est effectuée avec des empreintes encrées. Elles sont relevées au commissariat et conservées sur des cartes dans le bureau du shérif.

— Dites-moi ce qui produit une empreinte latente, dit Rossi.

Sur l’estrade, Lanyon étouffa un bâillement. Midi approchait.

— Eh bien, dit Mota, les empreintes latentes sont produites par certains fluides corporels sécrétés par les pores au bout des doigts, dans la paume et la plante des pieds. Ces fluides contiennent du sel, des acides lipidiques, des acides aminés et également de l’eau. C’est de la sueur, en d’autres termes. Bon, évidemment, il faut également que la surface puisse retenir l’empreinte...

Il continua à ronronner en expliquant comment les empreintes étaient repérées, prélevées et transférées sur des cartes spéciales. Comment les comparaisons étaient effectuées entre empreintes latentes et encrées en cherchant les points de similarité. Quand ils étaient en nombre suffisant — sept était un minimum — l’identification était faite.

— Alors, reprit Rossi d’un ton de plus en plus vif, savez-vous si le bureau du shérif possède une empreinte encrée de l’accusé ?

— Oui, il y en a une.

— Et savez-vous à quelle occasion elle a été relevée ?

— Monsieur le juge, intervins-je, nous stipulons qu’une telle empreinte existe. Je ne vois pas l’utilité de demander dans quelles circonstances elle a été relevée.

— Oui, continuez, maître.

— Monsieur Mota, vous avez entendu la déposition concernant un meurtre commis le mardi 25 juillet, au Little King Motel. Avez-vous relevé les empreintes à cette occasion ?

— Oui, dit Mota, le 25 juillet au matin.

— Les avez-vous comparées avec des empreintes encrées de l’accusé ?

— Oui.

— Et quels ont été les résultats ?

— J'ai pu identifier onze empreintes de la scène de crime comme étant celles de l'accusé.

À côté de moi, Paul serrait les poings.

— Calmez-vous, chuchotai-je.

Mota continua :

— Les empreintes de Paul avaient été relevées sur la poignée des toilettes, un verre, la poignée de porte et la valise de McKay.

Ce dernier emplacement étant le seul à être accusateur, je notai de questionner Paul à ce sujet. Après quelques questions, Rossi termina.

— Désirez-vous interroger ce témoin ? me demanda Lanyon.

— J'ai une ou deux questions, monsieur le juge, dis-je en me levant. Monsieur Mota, avez-vous découvert des empreintes sur le corps de la victime ?

— Non.

— Et sur la chaise où elle était assise ?

— Non, je n'en ai pas trouvé, maître.

— Alors, vous ne pouvez pas nous dire à quelle heure les autres empreintes ont été laissées, n'est-ce pas ?

— En termes de quoi ? De jours, de semaines ?

— Eh bien, sur une période de vingt-quatre heures, vous ne pouvez affirmer en examinant une empreinte si elle a été laissée à midi ou à minuit, n'est-ce pas ?

— C'est exact.

— Je n'ai rien à ajouter.

Lanyon renvoya le témoin.

— Il est maintenant presque midi. Nous suspendons l'audience jusqu'à 13 h 30.

— Pourquoi ne lui avez-vous pas posé d'autres questions ? chuchota Paul.

Nous nous levâmes pendant que le juge quittait l'estrade. Je me retournai vers Paul.

— Eh bien, ce sont vos empreintes, Paul. Mais tout ce qu'elles prouvent, c'est que vous étiez sur place avant le meurtre. C'est insuffisant.

— Qu'est-ce qui est insuffisant ? demanda Rossi en arrivant vers nous, tout sourire.

— Vos preuves.

— Nous n'avons pas encore fini.

— Déjeuner, dit l'huissier en tapant sur l'épaule de Paul.

— Je vous retrouve ensuite, dis-je alors qu'il l'entraînait.

Rossi posa son imposant derrière sur le bord de la table.

— J'ai aimé comment vous vous en êtes pris à Lanyon.

— Merci, j'attends qu'il se venge.

— Ne vous inquiétez pas, Henry, dit Rossi en se levant. Ça ne tardera pas.

10

— Et si nous allions déjeuner, Henry ?

Je me retournai et vis Sara appuyée à la balustrade qui séparait la galerie du reste de la salle. Je ne l'avais ni revue ni appelée depuis cette soirée dans son jardin. Son sourire était hésitant, inquiet.

— Bien sûr, dis-je.

Nous sortîmes du tribunal dans la chaleur écrasante de midi. Des hommes en manches de chemise et des femmes en chemisiers sans manches se déversaient des immeubles de bureaux voisins, visages cachés derrière des lunettes de soleil, et filaient vers les fast-foods voisins. Sara s'arrêta, récupéra ses lunettes dans son sac et les chaussa en écartant les mèches de son visage.

— Je connais un endroit agréable pas très loin d'ici, dit-elle. Si vous supportez la chaleur.

— Guidez-nous, répondis-je.

Nous marchâmes sous les branches immobiles des sycomores depuis le centre administratif jusqu'aux rues de la vieille ville. Épargnées par les aménagements urbains, elles étaient bordées de bâtiments bas en brique et de façades de magasins vides protégées par des auvents.

Le restaurant qu'elle avait choisi était une oasis de prospérité dans un quartier par ailleurs déclinant. La grande vitrine annonçait CAFÉ, mais les nappes blanches amidonnées, les couverts étincelants et les serveurs élégants que l'on apercevait à travers démentaient cette modeste appellation. À l'intérieur, l'air, les pas sur les parquets et le murmure des conversations payées sur notes de frais trahissaient une opulence tranquille. On nous plaça à une table au fond de la grande salle.

— Désirez-vous boire quelque chose ? demanda le serveur.

— Un Perrier, dit-elle sans me regarder.

— De l'eau, dis-je. — Quand il se fut éloigné, je la regardai ôter ses lunettes. — Depuis combien de temps étiez-vous dans la salle du tribunal ?

— Depuis le début. Cela ne vous remue pas, Henry ?

— Quoi ?

— Le meurtre. La manière dont on l'a tué était horrible, grimaça-t-elle. Ou bien alors, vous n'y pensez jamais ?

— Oh, si. J'y pense, mais pas de la même façon que vous. Je ne peux pas me permettre de me laisser bouleverser, sinon, je n'apprends rien.

— Que voulez-vous dire ?

— C'est difficile de connaître l'esprit d'un assassin. — Je m'interrompis pour boire une gorgée du verre d'eau qu'un commis venait de déposer discrètement sur la table. — Leur parler n'aide pas tellement.

Les raisons qu'ils donnent sont souvent incroyablement banales.

— Cela me surprend. Enfin, c'est si...

— Spectaculaire ? avançai-je. Exactement. Et horrifiant. Du coup, évidemment, ils se rabattent sur les banalités. Ils ne peuvent pas plus facilement que nous affronter l'horreur en face. Pour retracer leur état mental, je ne peux qu'étudier la manière dont a été commis le crime.

— Cela semble tellement scientifique, à vous entendre, dit-elle d'un ton nerveux.

— Un peu de détachement, cela aide.

Je pris une autre gorgée d'eau.

— C'est consternant.

— À Los Angeles, entre autres, je m'occupe de la rédaction des testaments des malades du sida. Parfois, je suis la dernière personne qu'ils voient en dehors des médecins et des infirmières. Tous les autres les ont oubliés, même ceux à qui ils lèguent quelque chose. C'est cela, le véritable détachement.

Nous commandâmes le déjeuner.

Je réussis à consacrer quelques minutes à Paul dans la cellule avant la reprise de l'audience. Assis contre le mur, tête levée, yeux fermés, il m'écouta évaluer comment s'était passée la matinée.

— Il m'a semblé voir Sara dans la salle, non ? me demanda-t-il quand j'eus terminé.

— Oui, j'ai déjeuné avec elle.

Il baissa la tête.

— Elle n'est pas venue me voir depuis quelques jours. C'est parce que vous lui avez dit que j'avais revu Ruth, n'est-ce pas ?

— Je ne sais pas, Paul. Peut-être.

— Peut-être, répéta-t-il doucement. C'est drôle, Henry, c'est la première fois depuis que je l'ai épousée que j'ai vraiment besoin d'elle.

— Peut-être que vous pourrez apprendre à faire une vertu de ce besoin.

— Que va-t-il se passer cet après-midi ? demanda-t-il en se levant.

— Les flics vont témoigner, et ils vont verser au dossier comme preuves à charge ce qu'ils ont découvert durant la perquisition. L'argent. Les photos de la pellicule.

— Ils l'ont développée ? demanda-t-il, tendu.

— Oui. J'ai appelé Rossi pour cela et il m'a dit qu'ils l'avaient fait. Je lui ai demandé si je pouvais les voir, mais il a refusé, car il ne pouvait desceller l'enveloppe qu'au tribunal. Je lui ai demandé s'il les avait vues, mais seul Morrow les a regardées. Il dit que ce sont les photos d'une fille.

— Je ne veux pas qu'on la mêle à tout ça.

— Eh bien, ces clichés n'ayant pas grand-chose à voir avec l'affaire, peut-être qu'ils ne les verseront pas au dossier.

— Le juge va bientôt reprendre, annonça l'huissier en entrant.

— L'accusation appelle Benjamin Vega.

Ben Vega gagna le box et s'y installa nerveusement pendant qu'on lui récitait le serment, auquel il répondit par un presque inaudible « Je le jure. »

— Qui c'est ? demanda Paul.

— Le policier qui a trouvé la pellicule dans votre voiture.

Paul se tortilla sur son siège et se pencha pour écouter.

— Et depuis combien de temps êtes-vous policier ? lui demandait-on.

— Deux ans, dit-il, les yeux rivés sur Rossi.

— Monsieur Vega, avez-vous participé à la perquisition du 6537, La Tijera Drive, le soir du 27 juillet de cette année ?

— Oui, monsieur, en effet, répondit-il avec un ton que je jugeai d'une servilité inutile.

— Qu'avez-vous fait au juste ?

Vega respira un bon coup.

— Eh bien, on était six. L'inspecteur Morrow a perquisitionné la maison avec quatre hommes et nous a donné l'ordre de fouiller le véhicule, à moi et à Mitchell.

— Décrivez-nous la voiture.

— C'est une Mercedes noire quatre portes. Intérieur cuir marron. Elle était garée sur l'allée.

— Verrouillée ?

— La dame, Mme Windsor, je crois, elle nous l'a ouverte quand Morrow lui a montré le mandat.

— Ce document autorisait la perquisition du véhicule ?

— Oui, monsieur.

— Et avez-vous découvert quoi que ce soit à l'intérieur ?

— J'ai trouvé une pellicule photo sous le siège du passager.

— C'est vrai ? demandai-je à Paul.

— Je ne me souviens pas.

— Et qu'avez-vous fait de cette pellicule, agent Vega ?

— Je l'ai prise et je l'ai donnée à l'inspecteur Morrow.

— Avez-vous vu ce qu'il en a fait ?

— Oui, monsieur. Il l'a mise dans un sachet.

— Pas d'autre question.

— Maître Rios ? demanda Lanyon.

Ben Vega me regarda avec inquiétude.

— Je n'ai pas de question pour ce témoin.

— Vous pouvez disposer, agent Vega.

Le témoin suivant cité par l'accusation était le criminologue du laboratoire qui avait développé les photos. Sa déposition se limita à déclarer que la pellicule que Vega avait remise à Morrow lui avait été ensuite confiée. Il l'avait développée et rendue avec les tirages à Morrow. Ce processus consistant à retracer l'itinéraire d'une pièce était nécessaire pour qu'elle puisse être versée au dossier. Tout en sachant que j'aurais pu avoir des raisons de pinailler sur cette question lors du procès, pour l'instant, je tenais à voir les photos. Rossi fit identifier au témoin l'enveloppe qui renfermait les photos, et quand ce fut mon tour de l'examiner, je déclinai.

— L'accusation appelle Dwight Morrow.

Morrow gagna le box, prêta serment, croisa les mains sur les genoux et nous fixa de ses yeux noirs sans expression.

— Inspecteur Morrow, quelle est votre fonction actuelle ? demanda Rossi en s'appuyant à la barre.

— Je suis inspecteur de la police de Los Robles, dit-il mécaniquement. À la Criminelle.

— Et depuis combien de temps l'occupez-vous ?

— Deux ans.

— Et avant cela, où étiez-vous affecté ?

— Je travaillais aux Mœurs.

Rossi prit une profonde inspiration.

— Et durant cette affectation, avez-vous jamais eu à traiter une affaire concernant l'acc...

— Objection, cette question est absolument sans rapport, dis-je en me levant d'un bond.

Lanyon se tira de sa torpeur postprandiale et demanda au sténographe de relire la question.

— Veuillez approcher, messieurs, demanda-t-il ensuite.

— Avec le sténographe, ajoutai-je en rejoignant l'estrade.

— Venez aussi, Barry, dit-il au sténographe.

Nous nous retrouvâmes tous les trois devant lui. Lanyon, l'haleine légèrement alcoolisée, s'adressa à Rossi :

— Que diriez-vous d'une divulgation de preuve, maître Rossi ?

— Monsieur le juge, minauda-t-il, elle est essentielle.

— Pourquoi ? demandai-je.

— Laissons-lui la possibilité de nous le dire, me sermonna Lanyon.

— En démontrant que l'accusé est pédophile, l'accusation établira pourquoi il était dans la chambre de la victime et pourquoi il avait un mobile pour assassiner M. McKay.

— Quel mobile ? demandai-je.

— L'accusation entend démontrer que l'accusé était victime d'un chantage.

Lanyon nous considéra d'un air endormi.

— Nous pouvons couper court à tout cela si vous stipulez que votre client a déjà été arrêté pour abus sexuels sur mineur.

— J'objecte toujours. Manque de pertinence.

— Votre objection est rejetée, dit-il, et je vous demande simplement si vous voulez ou non qu'on nous expose des détails sordides.

— Nous stipulerons que M. Windsor a été arrêté, mais pas reconnu coupable, dis-je prudemment. Je déclare cela uniquement dans le cadre de cette audience.

— Maître Rossi ?

— Cela me va.

— Très bien, c'est donc stipulé, dit Lanyon. Finissons-en.

Nous retournâmes à nos places respectives.

— Pour les minutes, dit Lanyon, l'avocat de la défense reconnaît les affaires sur lesquelles l'inspecteur Morrow était interrogé.

— Quelles affaires ? chuchota Paul, furieux.

Je lui expliquai à voix basse ce qui venait de se passer.

— ... affecté à l'enquête sur le meurtre de John McKay ? demandait Rossi.

— Oui, répondit Morrow.

— Et, dans le cadre de cette enquête, avez-vous exécuté un mandat de perquisition au domicile du prévenu et dans son véhicule le soir du 27 juillet courant ?

— Oui.

— Qu'avez-vous découvert durant cette perquisition ?

— Eh bien, dans le bureau de l'accusé, j'ai trouvé une valise contenant de l'argent en espèces.

— Quelle quantité ?

— J'ai compté environ vingt mille dollars. Et il y avait aussi une pellicule photo.

— C'est vous qui l'avez trouvée.

— Non, elle m'a été remise par l'agent Vega, qui l'avait trouvée dans le véhicule.

— Inspecteur, qu'avez-vous fait de cet argent ?

— Je l'ai mis sous scellés, monsieur.

— Et pour quelle raison, inspecteur ?

Morrow se tortilla sur son siège.

— Eh bien, d'après les circonstances, j'ai pensé qu'une telle somme en liquide pouvait avoir servi à des activités illégales.

— Objection, monsieur le juge, il n'y a aucun fondement à ce témoignage, dis-je en bondissant sur mes pieds.

— Si je puis développer ma question, demanda Rossi — Lanyon hocha la tête —, à quelles circonstances faites-vous allusion, inspecteur ?

— Eh bien, d'abord le fait que la victime soit un trafiquant de pornographie pédophile ; ensuite, le fait que l'accusé soit reconnu comme pédophile...

— Objection. Nous l'avons précisément stipulé pour éviter cette caractérisation de mon client.

Le regard de Lanyon m'annonça que le moment de régler les comptes était arrivé.

— Rejetée. Continuez, inspecteur.

— Un pédophile, répéta Morrow en insistant bien sur le mot. Comme il était allé dans la chambre de la victime, cela m'a conduit à penser que l'argent avait pu être utilisé pour payer quelque chose, ou...

— Je renouvelle mon objection. Je n'ai jamais entendu de spéculations aussi minces pour faire verser une pièce à un dossier.

— Rejetée, répondit Lanyon en me regardant droit dans les yeux.

— Qu'avez-vous fait de la pellicule, inspecteur ? demanda Rossi.

— De retour au commissariat, je l'ai enfermée dans le casier réservé aux preuves, où elle est restée jusqu'à ce que je la confie au laboratoire.

— Quand cela ?

— Le lendemain.

— Et cette pellicule développée vous a-t-elle été rendue ?

— Oui, dans la journée.

Rossi alla chercher l'enveloppe cachetée sur la table.

— Monsieur le juge, dit-il, j'ai en main une enveloppe portant le cachet de la police de Los Robles et un numéro de pièce. Puis-je la montrer au témoin ?

— Je vous en prie.

Il alla donner l'enveloppe à Morrow.

— La reconnaissez-vous, inspecteur ?

— Oui, c'est l'enveloppe dans laquelle j'ai enfermé les photos tirées.

— Le cachet est-il intact ?

— Oui.

— Avec la permission du tribunal, dit Rossi, j'aimerais que l'inspecteur Morrow ouvre cette enveloppe.

— Très bien. Maître Rios, ajouta Lanyon avec un regard sarcastique, cela peut vous intéresser.

— Je vous remercie, répondis-je sur le même ton.

J'allai au box et regardai Morrow déchirer l'enveloppe. Il la retourna, la tapota et en laissa glisser des clichés. J'aperçus la première, qui, comme annoncé, représentait une fille, de treize ans tout au plus, allongée nue sur un lit. La tête et le dos nu d'un homme apparaissaient entre ses jambes écartées.

Son regard était absolument vide.

11

La douzaine d'autres photos représentait la même fille dans des positions censées être lascives, mais qui ne réussissait qu'à osciller entre le presque comique et l'horreur. C'était une pauvre petite poupée chiffonnée, ni jolie ni laide, qui n'avait rien d'exceptionnel hormis son jeune âge. Elle avait le regard vitreux — drogue, terreur, ennui ? C'était difficile à déterminer. Elle était sur le même lit sur toutes les photos : un grand machin défoncé recouvert d'un édredon bleu marine qui faisait ressortir son corps pâle et maigre. Au-dessus, on apercevait la moitié inférieure d'une peinture représentant des vagues, le genre de tableau produit industriellement qui orne les murs d'un million de chambres de motels. On voyait également le bord de la table de chevet, un morceau de téléphone, un verre contenant un liquide rouge, du vin, peut-être. C'était tout en fait de décor. On n'essayait pas de faire rêver. Ce n'était que la silhouette maigre d'une fille, qui sur une photo se faisait sodomiser et sur une autre, pratiquait une fellation.

L'homme était soigneusement photographié de manière à ce qu'on ne voie que son profil, sur une ou deux photos. Comme Paul, c'était un Blanc, mince, cheveux clairs, sans le moindre signe particulier sur le corps. Cela aurait pu être n'importe qui de plutôt jeune, Paul y compris. C'était impossible à savoir. C'est ce que je conclus durant les deux minutes qu'il fallut à Morrow pour faire défiler les clichés devant Rossi, qui me les tendit ensuite et que je fis passer à Lanyon. Le juge y jeta un coup d'œil impassible et les déposa bien proprement sur un coin de son bureau.

— Je désire verser ces pièces au dossier, dit faiblement Rossi d'une voix hésitante.

— Où sont les négatifs ? demandai-je calmement.

— Dans l'enveloppe.

— Je désire que le tribunal ordonne qu'un laboratoire indépendant refasse des tirages.

— Montrez-les-moi, dit Lanyon.

Morrow tapota de nouveau l'enveloppe et une autre, plus petite et également scellée, en sortit. Il la décacheta et la tendit au juge, qui l'ouvrit et y prit les négatifs. Un à un, il les regarda dans la lumière.

— Il semble bien que ce soit les mêmes photos, maître Rios. Je ne vois pas l'intérêt de dépenser de l'argent public pour tirer une autre série de ce genre. — Il les rangea dans leur enveloppe. — Voyez-vous une objection à ce que ces pièces soient versées au dossier ?

— Je voudrais faire citer à nouveau le criminologue, dis-je. Je veux qu'il déclare sous serment que ce sont bien les photos qu'il a développées.

— Où est-il, Dom ? demanda Lanyon à Rossi.

— Dans le hall.

Lanyon ordonna à l'huissier de rappeler le criminologue, qui fut amené devant l'estrade avec nous.

— Ce sont bien les photos que vous avez tirées d'après la pellicule qui vous a été remise par l'inspecteur Morrow ? demanda Lanyon en lui tendant les clichés.

— Oui, monsieur, dit l'homme après les avoir rapidement examinées.

— Satisfait ? demanda Lanyon en se penchant vers moi.

— Je renouvelle mon objection pour une autre raison, répondis-je aussitôt.

— Je vous écoute.

— Monsieur le juge, c'est mon client qui est censé figurer sur ces photos ? C'est ridicule. On ne voit jamais son visage. Toute ressemblance est trop vague pour que ces pièces constituent une preuve.

— Dans le cadre de cette audience, dit Lanyon en examinant la première, je pense que la ressemblance est suffisante, maître Rios. J'accepte ces pièces.

— Monsieur le juge, je vous demanderai de faire évacuer la salle avant d'autoriser toute autre déposition concernant ces photos, dis-je, tentant ma dernière chance. Cela pourrait compromettre la moindre chance de procès impartial pour mon client.

Lanyon eut un sourire sinistre. Sa vengeance était totale.

— Il s'agit d'une procédure publique, maître. Votre requête est rejetée.

— Je voudrais montrer les photos à mon client.

— Comme vous voudrez. Qu'on les numérote et je vais demander une suspension d'audience.

— L'accusation demande que ces douze photos soient numérotées dans l'ordre, au titre de preuves apportées par l'accusation, de un à douze.

— Il en sera fait ainsi.

— Je demande à les verser au dossier.

— J'objecte, pour la raison formulée précédemment.

— Objection notée et rejetée. Les photos sont versées au dossier, dit Lanyon. L'audience est suspendue pendant quinze minutes.

Il me tendit les photos et quitta la salle.

Jusqu'à présent, nous étions restés devant l'estrade dans un conciliabule uniquement audible du sténographe. Je pris les photos et retournai vers Paul, qui semblait furieux et interloqué.

— Vous les reconnaissez ? demandai-je en m'asseyant.

Il les passa en revue rapidement, sans expression. Arrivé à la dernière, il la retourna sur les autres.

— Non, dit-il calmement.

— Ce sont des photos de vous ?

— Non.

— Vous avez pris cette pellicule à McKay ?

— Non, dit-il pour la troisième fois, du même ton égal. C'est ce qu'ils prétendent ?

— C'est à cela qu'ils veulent en venir, oui.

— C'est un mensonge.

— Il faut que vous me disiez la vérité, dis-je en me tournant vers lui.

— Je n'ai pris aucune pellicule à McKay, répondit-il. Ces photos ne proviennent pas de la pellicule qui se trouvait dans ma voiture. Ce n'est pas moi sur elles. Cela vous suffit ?

— Oui.

— C'est une saloperie de cauchemar, marmonna-t-il.

Quand l'audience reprit, Morrow revint dans le box des témoins. Un silence de mort régna dans la salle tandis qu'il décrivait les photos d'un ton monocorde, sans émotion, jusqu'à la dernière, c'est-à-dire la première que j'avais vue.

— Celle-ci représente la même petite fille. Il y a à nouveau un homme blanc qui, euh... semble pratiquer un cunnilingus sur elle.

— Merci, inspecteur, dit Rossi. Je n'ai pas d'autre question.

— Maître Rios ?

— Bonjour, inspecteur, dis-je en prenant mon bloc et en m'approchant du box. — Il ne répondit pas à mon salut. — Inspecteur, vous étiez chargé de la perquisition de la maison de M. Windsor au soir du 27 juillet, n'est-ce pas ?

— C'est exact.

— Et c'est d'ailleurs vous qui avez demandé le mandat de perquisition, c'est bien cela ?

— Oui.

— Bien, inspecteur. Est-il également exact que vous meniez l'enquête lorsque mon client a été arrêté pour abus sexuels sur mineur il y a quatre ans ?

— Objection, question non pertinente, dit Rossi.

— Elle concerne le jugement de ce témoin, dis-je à Lanyon.

— Objection accordée, répondit-il paresseusement.

— Vous connaissiez M. Windsor avant d'être chargé d'enquêter sur les charges pesant contre lui, n'est-ce pas ?

J'avais à peine formulé ma question que Rossi objecta.

— Accordé, dit Lanyon.

— Monsieur le juge, j'aimerais faire une divulgation de preuve, répondis-je.

Les yeux en vrille, Lanyon me fixa.

— Je ne vois absolument pas quelle information vous pourriez m'apporter et qui me ferait changer d'avis. L'objection est retenue, maître. Posez votre question suivante.

— Inspecteur, combien de temps vous et vos hommes êtes-vous restés au domicile des Windsor le soir de la perquisition ?

— Environ trois heures, répondit Morrow, soupçonneux.

— Pouvez-vous me donner les horaires exacts ? demandai-je en le fixant. Avez-vous besoin de relire votre rapport ?

— J'en ai un exemplaire, dit-il en le feuilletant. Nous sommes arrivés à 17 h 13 et repartis à 10 h 30.

— Et durant ce temps, vous avez perquisitionné toute la maison ?

Il posa le rapport sur la balustrade.

— Toutes les pièces.

— Avec le plus grand soin ?

Il jeta un regard interloqué à Rossi, puis répondit :

— Oui, c'est ce que je dirais.

— Et vous n'avez pas trouvé d'arme, n'est-ce pas ?

— Non.

— Bien. Vous avez entendu la déposition de l'agent Mitchell ce matin décrivant la scène du meurtre, n'est-ce pas ?

— Oui.

— Et vous l'avez entendu parler de la quantité de sang qu'il avait observée dans la chambre, n'est-ce pas ?

— Oui.

— Cependant, inspecteur, dis-je en me penchant vers lui, vous n'avez pas trouvé la moindre trace de sang nulle part chez les Windsor, n'est-ce pas ?

— Non, répondit-il avant d'ajouter précipitamment : il avait eu deux jours pour...

— Excusez-moi, inspecteur, le coupai-je. Je suis sûr que maître Rossi vous donnera l'occasion de développer. Avez-vous relevé des échantillons de fibres sur le tapis de sol de la voiture de M. Windsor ?

— Non, nous n'avons pas fait ça, dit-il, l'air un peu inquiet.

— Ah bon ? Eh bien, cela n'aurait-il pas été utile d'en prélever pour y faire rechercher des traces de sang ?

— Peut-être, concéda-t-il avec réticence.

— Avez-vous parlé à l'employé qui travaillait à la réception du motel le soir du meurtre ?

— J'ai envoyé quelqu'un l'interroger.

— Avec des photos de M. Windsor et de sa voiture, je suppose ?

Je sentais la tension croître entre nous.

— C'est cela, maître. C'est dans le rapport de police.

— Et il y figure également que cet employé n'a pu reconnaître ni M. Windsor ni sa voiture, n'est-ce pas ?

— Oui.

— À présent, y avait-il quelqu'un, un client, dans la chambre voisine de celle de M. McKay la nuit du meurtre ?

— Oui, il habite dans l'Oregon.

— Et vous n'avez pas réussi à prendre contact avec lui, c'est bien cela ?

— Oui.

— Alors que vous avez eu presque six semaines pour le faire ?

Il se renfrogna. J'en fis autant.

— Inspecteur ?

— Nous ne l'avons pas contacté.

Je marquai une pause, en faisant semblant de noter quelque chose.

— À quelle heure Vega vous a-t-il donné la pellicule ?

— Je ne me souviens pas. Pas longtemps après notre arrivée.

— Plus d'une heure ?

— Non. Une demi-heure, peut-être.

— Une demi-heure, répétai-je. Donc avant 18 heures ?

— Quelque chose comme ça, lâcha-t-il, tendu.

— Et à quelle heure avez-vous rangé cette pellicule dans le casier à preuves ? demandai-je prudemment.

Il jeta de nouveau un regard à Rossi, cette fois, d'incrédulité.

— Je vais objecter, dit Rossi en essayant de se lever.

— Sur quelle base ? demanda Lanyon, intrigué.

— C'est... — il chercha ses mots — ... sans rapport avec l'affaire.

— Rejeté sur ce motif. Répondez à la question.

— Je l'ai rangée ce soir-là, quand nous sommes rentrés au commissariat, dit Morrow. Mais je ne me rappelle pas exactement à quelle heure.

— Donnez-moi une estimation, insistai-je.

Morrow plissa le front un moment.

— Je ne peux pas vous dire sans regarder la main courante du casier. C'était avant minuit.

— Avant minuit, répétai-je, cette fois en notant vraiment de demander une copie de la main courante.

Vous avez donc eu en votre possession cette pellicule pendant six heures ?

J'avais dit cela très vite, m'attendant à une objection. Je ne fus pas déçu.

— Monsieur le juge, dit Rossi, cet interrogatoire n'est pas conforme. Nous avons établi l'itinéraire de la pièce sans objection. Nous ne pouvons revenir là-dessus.

Lanyon fit semblant de réfléchir.

— Oui... Objection retenue.

— J'aimerais m'exprimer, dis-je.

— Faites, dit Lanyon.

— L'inspecteur a déclaré lors de son interrogatoire par l'accusation qu'il avait versé la pellicule au dossier. Demander des précisions fait tout à fait partie du cadre du contre-interrogatoire.

— Objection retenue, répéta-t-il.

Quand ils se trouvent dans une ville où tout le monde semble se serrer les coudes contre les étrangers, les avocats utilisent une expression : ils disent qu'ils se font « goudronner ». Et là, je me faisais goudronner, mais alors en beauté.

— Je n'ai pas d'autre question.

— Maître Rossi ?

Laborieusement, Rossi entreprit de réhabiliter le témoignage de Morrow en essayant d'impliquer que Paul avait eu deux jours pour détruire tout indice le liant au meurtre de John. Je passai une demi-heure de plus à me faire exposer les différentes techniques scientifiques à la disposition de la police de Los Robles pour analyser les preuves matérielles, et dont très peu avaient été utilisées dans le cadre de l'enquête. Rossi passa dix minutes de plus à rétablir les faits à son avantage, et ce fut tout. Morrow quitta le box. L'accusation en avait terminé. La défense également.

Nous ne passâmes guère de temps à argumenter. Les différentes décisions de Lanyon au cours de la procédure indiquaient clairement quelle serait l'issue.

— Le tribunal juge que les preuves sont suffisantes pour garder le suspect en détention. Le procès est prévu dans trois semaines devant une juridiction supérieure, présidée par le juge Phelan. L'accusé restera en prison jusqu'à cette date. La séance est levée.

Phelan, le juge qui avait refusé de lever les charges d'abus sexuel pesant sur Paul trois ans auparavant. C'était le coup de pied de l'âne.

— Je viendrai vous parler en cellule, dis-je à mon client épuisé tandis que l'huissier l'entraînait.

Je cherchai Sara dans la salle, mais elle avait disparu. J'étais en train de rassembler mes affaires quand Rossi me rejoignit.

— Beau travail, Henry.

— Pour un tribunal aussi régalien, répondis-je en refermant mon attaché-case. Vous et Lanyon m'avez goudronné pendant que j'interrogeais Morrow sur l'itinéraire de la preuve. Je veux une copie de la main courante du casier, au fait. Je la ferai demander par ordre du tribunal, si nécessaire.

Rossi leva une main potelée.

— Hé, hé, calmez-vous, mon vieux. Vous n'en aurez pas besoin, je vous la ferai parvenir demain. — Il s'assit à la place que Paul avait quittée. — Pourquoi on ne tenterait pas un compromis ?

Je m'immobilisai.

— Pas de compromis, Dom.

— Même avec les photos ? Ou bien pensez-vous que le juge Phelan n'en tiendra pas compte ? — Il sourit. — À côté de Phelan, Lanyon est un agneau. Pour lui, il n'y a que la corde qui compte, Henry.

Il ne bluffait probablement pas.

— Je suis tenu de communiquer cette proposition à mon client, dis-je. Si vous m'en formulez une.

— Homicide.

— Homicide ? répétai-je. Vous devez être moins confiant dans votre dossier que moi.

— Je dirais que nos chances de gagner sont égales, dit Rossi en desserrant sa cravate. C'est convenable pour moi. Pas tellement pour vous. Réfléchissez-y, Henry, dit-il en se levant.

— Mon client se déclare innocent.

— C'est pour cela que je vous demande d'y réfléchir, sourit-il.

12

— Je manque l'heure du repas, dit Paul tandis que je m'asseyais en face de lui à la table de la cellule.

Le costume qu'il portait à l'audience avait fait place à un jean et une chemise de travail bleue, le faisant passer de l'étudiant d'une autre époque à un détenu à l'air fatigué.

— J'y ai pensé, répondis-je en ouvrant mon attaché-case.

J'en sortis des boîtes de Seven-Up, des barres chocolatées, des paquets de biscuits et du fromage que je posai devant nous. J'avais dû menacer de demander un ordre du tribunal pour que les matons me laissent introduire de la nourriture.

Il sourit d'un air las.

— Vous envisagez une ambiance programmes pour enfants pour votre défense ? demanda-t-il en prenant un Mars et un paquet de M&M's. Tiens, je croyais qu'ils ne les fabriquaient plus, dit-il en désignant un sachet de M&M's rouges.

— Quelqu'un a lancé une pétition et obligé l'entreprise à reprendre la production. — J'ouvris un Seven-Up et en bus une gorgée. Il était aussi tiède et visqueux que l'air de la pièce. — C'est drôle de voir les causes pour lesquelles des gens arrivent à se battre.

— Ça s'est aussi mal passé que vous vous y attendiez ? demanda-t-il en mangeant.

— À peu près, oui. Lanyon a fermé les yeux sur pas mal de débordements du DA, mais avec ces photos, je ne crois pas que l'issue aurait été différente ailleurs.

Il reposa sa barre.

— Pourquoi n'avez-vous pas argué qu'elles étaient trafiquées ?

— Le criminologue a certifié que ces photos étaient bien celles qu'il avait développées à partir de la pellicule que lui avait remise Morrow.

— Il a très bien pu substituer une pellicule à une autre.

— Sans savoir ce qu'il y avait dessus ? C'est un peu tiré par les cheveux, Paul.

— Vous n'avez vraiment pas une très haute opinion de moi, hein, Henry ? demanda-t-il en ouvrant lentement un sachet de biscuits. Et ça ne doit pas dater d'hier. Je me rappelle, quand j'étais gosse, je voulais toujours venir avec Mark et vous quand vous alliez courir. Et à peine vous me voyiez, vous filiez tellement vite que je ne pouvais pas suivre. Je suis sûr que vous n'avez jamais su les efforts que je faisais.

— Vous voulez que je vous présente des excuses pour des choses qui remontent à vingt ans ?

— Je veux que vous compreniez, dit-il d'un ton rogue. Quand je dis que je suis allé voir McKay, vous croyez que je vous mens parce que c'est ce que vous dit Mark. Et donc, naturellement, vous allez croire les flics concernant les photos. Vous avez toujours une longueur d'avance sur moi, Henry. Vous et Mark. Vous, les flics, le DA et le juge. Vous continuez d'être dans le peloton de tête. — Il eut un sourire méprisant. — Mais peut-être que vous avez oublié quelque chose. Vous êtes un pédé. Les pédés ne gagnent jamais. Pas pour ces gens-là. Pour eux, nous sommes pareils, vous et moi.

— Et donc je suis censé croire toutes les conneries que vous me racontez, simplement parce que nous sommes entre pervers ? Entre perdants ? C'est bien ça, Paul ?

Il donna un grand coup de poing sur la table qui éparpilla les M&M's comme de minuscules boules de billard.

— Parce que nous sommes entre hommes. C'est trop demander, merde ?

— Parlez-moi des photos, dis-je.

— Je vous en ai parlé.

— Alors dites-moi comment je peux prouver que ce n'est pas vous dessus.

Il se leva brutalement, renversant sa chaise.

— Parlez-lui. Peut-être qu'elle m'a vu.

— Ruth Soto ?

Il hocha la tête avec brusquerie et gagna l'autre bout de la pièce, où il se laissa tomber contre le mur, bras croisés.

— Je les ai prises dans le parc depuis ma voiture. Elle la connaît, ma voiture.

— Où habite-t-elle ?

— Paradise Slough, avec sa mère. Sur La Honda Road. C'est une maison jaune presque au bout. Vous la reconnaîtrez grâce à... — il hésita devant ce souvenir — aux roses. Il y a plusieurs buissons devant la véranda. C'est moi qui les ai plantés.

— Très bien, Paul. J'irai la voir demain.

Il laissa retomber ses bras.

— Oui, faites-le. Et dites-lui que je suis désolé.

— Désolé ?

— De la mêler à ça. — Il revint s'asseoir. — Je voulais la laisser en dehors. Elle en a déjà assez fait pour moi.

— Comment cela ?

— En refusant de témoigner. Elle l'a fait pour moi, parce que... — Il haussa les épaules. — Vous ne pourriez pas comprendre, ajouta-t-il, amer. Vos préjugés vous en empêchent.

Le vigile de l'immeuble où Clayton avait ses bureaux refusait de me laisser monter. Je restai devant le comptoir à me chamailler avec ce crétin maigrichon aux cheveux en brosse qui ne cessait de me répéter qu'il ne me connaissait ni d'Ève ni d'Adam. Je pensais plutôt que, pour lui, un Mexicain en costume-cravate restait un Mexicain et ne valait probablement rien. Nos voix résonnaient sur le granit poli de l'immense hall impersonnel.

— Écoutez, dis-je, appelez Me Clayton. Il vous dira que cela ne pose pas de problème.

— Nous ne sommes pas censés déranger les gens sauf en cas d'urgence.

— Eh bien, y a-t-il quelqu'un là-haut ?

Il consulta un registre.

— Un certain Stein, dit-il enfin. Mais j'ai pas...

— Laissez tomber, répondis-je sèchement avant de ressortir dans la moite nuit de septembre.

Je remontai Parkway jusqu'à une cabine et appelai le bureau de Clayton. Au bout d'une douzaine de sonneries, quelqu'un décrocha.

— Cabinet d'avocats.

— Peter ?

— Oui, dit-il prudemment. Henry ?

— Oui, c'est moi. Écoutez, Peter, je voulais monter travailler un peu, mais le vigile refuse de me laisser passer. Pourriez-vous descendre lui dire que c'est d'accord ?

— Je viens vous chercher.

— Parfait, je vous attends dans le hall.

Quand je revins à l'immeuble, Stein plaisantait avec le garde. Il me vit entrer, sourit et me fit signe.

— Salut, Henry, je crois que vous avez fait la connaissance de M. Johnson.

— J'ai eu ce plaisir.

— Excusez-moi, maître Rios, on n'est pas censé laisser entrer les inconnus.

— Pas de problème, dis-je en me dirigeant vers les ascenseurs.

— Euh, maître, me rappela-t-il. Il faut que vous signiez.

Je retournai griffonner mon nom sur son registre.

— Souvenez-vous de ma tête, monsieur Johnson. Cela nous fera perdre moins de temps et d'énergie.

— Vous n'êtes pas en uniforme, dis-je dans l'ascenseur à Stein, qui portait un jean et un polo jaune.

— Je suis passé après le dîner, répondit-il. Bob m'a demandé de venir indexer des dépositions. Un plaisir.

L'ascenseur s'arrêta et les portes s'ouvrirent.

— Ce doit être une grosse affaire, dis-je en sortant. C'est généralement une tâche qu'on confie aux clercs.

— Non, pas si gros, grimaça-t-il tout en ouvrant la porte du bureau. Et vous avez raison, c'est un boulot de merde.

— Tout n'est pas si rose, alors ? hasardai-je alors que nous nous dirigions vers son bureau.

Il s'immobilisa.

— Vous voulez tout savoir, Henry ? Je regrette d'avoir quitté mon poste chez le DA — Il se frappa la poitrine. — C'est vrai, là-bas je requérais dans des procès criminels, mais ici on ne me laisse même pas tenter ma chance.

— Il y a du café ?

— Non. Je vais en faire.

— Allez-y. Et après, venez, on va *kibitzer*.

Un grand sourire éclaira son visage.

— C'est drôle, vous n'avez pas l'air juif.

Je jetai mon attaché-case sur le bureau et appelai Sara Windsor. Elle répondit dès la deuxième sonnerie et je fus soulagé de constater qu'elle était encore plus ou moins sobre.

— Je voulais vous parler après l'audience.

— J'essayais d'échapper au journaliste du *Sentinel*, répondit-elle. Vous avez vu le journal ?

— Non. Que dit-il ?

J'entendis un froissement de papier.

— Le titre est : DES PHOTOS PORNOS RELIENT WINDSOR AU MEURTRE, lut-elle avant de demander, inquiète : C'était Paul, dessus ?

— On ne voyait pas le visage, dis-je.

— Ça veut dire « non » ? demanda-t-elle après un bref silence.

— C'est ce que dit Paul. Il persiste à déclarer que les photos qu'il a prises étaient de Ruth Soto.

— Mais vous, qu'en pensez-vous ?

— Je ne sais vraiment pas.

Durant le silence qui suivit, j'entendis le tintement de glaçons dans un verre.

— Je voulais vous demander, Sara. La nuit du meurtre, comment était Paul, quand il est rentré ? Semblait-il s'être battu ?

— Était-il dégoulinant de sang ? demanda-t-elle, sarcastique.

— Oui, par exemple.

— Je ne me souviens pas.

— Allons, Sara. Comment ne pouvez-vous pas vous souvenir de l'allure qu'il avait ?

— Je ne me rappelle pas, c'est tout.

— Vous vous dérobez, c'est ça ?

— Je dois partir, dit-elle en raccrochant.

J'en fis autant, desserrai ma cravate et ouvris mon col de chemise. Le plan A, faire lever l'accusation contre Paul à l'audience préliminaire, n'était plus qu'un souvenir, et le plan B, attaquer les preuves de l'accusation pour leur faiblesse, semblait bien pire que ce matin au réveil. Je ruminais la proposition du DA de laisser Paul plaider l'homicide, quand Peter Stein arriva avec des mugs de café. Il en posa un devant moi et s'assit.

— Alors, dit-il d'un ton enjoué. J'ai regardé les infos de 18 heures. On dirait que vous vous êtes fait atomiser à l'audience préliminaire.

— C'est à peu près ça, répondis-je. (Le café me brûla la langue.) Vous êtes un ex-DA, laissez-moi tester quelques trucs avec vous.

— Allez-y, dit Peter en posant une grosse cuisse sur l'accoudoir de son fauteuil.

— Connaissez-vous Dwight Morrow ?

— Oui, j'ai plaidé avec lui, c'était mon enquêteur.

— Vous l'aimez bien ?

— C'est un vrai chien de chasse, mais pas le type le plus sympa du monde. Pourquoi ?

— Eh bien, s'il voulait coincer quelqu'un, jusqu'où il irait ?

À cette question, Peter parut moins amical. L'ancien DA refaisait surface.

— Comment ça, Henry ?

— Serait-il capable de se parjurer ?

— Pas Morrow. Il suit scrupuleusement la loi.

— Toujours ?

— Où voulez-vous en venir ?

J'expliquai la situation : Paul prétendait qu'on avait interverti des pellicules, le coupable le plus probable était Morrow, qui avait mené l'enquête lors de la première arrestation de Paul pour abus sexuels sur Ruth Soto.

— À quoi vous vous attendiez ? demanda-t-il sèchement. Enfin, Henry, Paul est un criminel. Il dirait n'importe quoi pour s'en tirer.

La langue toujours douloureuse, je sentais bien que je passais pour un naïf devant Peter, mais je n'oubliais pas que Paul me mettait au défi de le croire. Il m'avait accusé de balayer trop facilement ses protestations d'innocence, avec assez de justesse pour que je me montre circonspect.

— Et si je trouvais un témoin qui corrobore ce fait ?

— Quelqu'un qui dise que Paul a en effet pris cette fille en photo ?

J'opinai, mais un rien de paranoïa — il avait été DA, après tout — me retint de lui dire que je songeais à Ruth elle-même.

— Alors c'est une simple question de crédibilité, dit-il. Et vous pouvez en être sûr, Henry, personne dans cette ville ne croira Paul Windsor ou aucun de ses témoins quand la parole des flics est en jeu.

Je décidai de la jouer franc-jeu.

— Même si c'est la fille ?

— Ah, là, ça serait intéressant, sourit-il, ravi.

— Vous pensez toujours que le jury croirait les flics ?

Il but pensivement une gorgée de café.

— Le fait est, dit-il finalement, que les gens d'ici pensent que les Windsor l'ont achetée la dernière fois pour qu'elle ne témoigne pas. Si elle dépose aujourd'hui, ils vont probablement penser qu'elle a été de nouveau payée.

J'acquiesçai avec réticence.

— Je vois ce que vous voulez dire. Passons à une autre question. Pourquoi le DA me propose-t-il de plaider l'homicide ?

— Dom vous a proposé un arrangement ? s'étonna-t-il.

— Juste après l'audience.

— Son dossier est mince, oui, commença-t-il. Le meurtre sans préméditation, peut-être, mais l'homicide ? — Il me regarda d'un air perplexe. — Ça doit être Mark.

— Mark ? répétai-je, incrédule.

— Peut-être qu'il a conclu un marché avec le DA — pas Rossi, quelqu'un de plus haut placé.

— Pourquoi ?

— L'affaire est gênante, Henry, dit-il sans hésiter. Les Windsor, Mark, du moins, sont encore très liés avec les autorités locales...

— Pas le *Sentinel*, observai-je vivement.

— Ils se fichent du *Sentinel*. Pour eux, Gordon Wachs n'est qu'un Juif ambitieux. Comme moi, sourit-il. Mark, c'est de l'argent en banque.

Je digérai cette information, me rappelant que selon Paul, Mark était derrière son arrestation.

— Serait-ce également à l'avantage de Mark que son frère soit bien au chaud en prison pour qu'il puisse magouiller avec Windsor Development ?

— Paul a vendu ses parts, dit Peter en haussant ses sourcils broussailleux.

— Il pense que Mark l'a escroqué en ne lui parlant pas de tous les contrats qu'il avait signés et qui augmentaient la valeur de ses parts. Sara m'a dit que Paul menaçait de traîner son frère en justice.

— Eh bien, eh bien...

Je pris une gorgée de café. J'étais fatigué jusqu'aux cheveux.

— Qu'en pensez-vous ?

— Que je vais peut-être jeter un coup d'œil dans nos dossiers, mon vieux, dit-il.

— Et votre loyauté envers Clayton & Cummings ? souris-je.

— Votre affaire me paraît trop excitante pour que je la laisse passer. Vous serez là demain ?

— À un moment ou un autre, oui.

— Bon. On en reparlera, alors. — Il me toisa. — Vous avez vraiment l'air crevé, mon vieux. Rentrez chez vous dormir.

— Pas tout de suite. Je veux étudier la requête de renvoi de juridiction.

— OK, dit-il en se levant. Vous savez, j'ai pas mal étudié la question du renvoi quand j'étais DA. Je dois avoir encore les documents quelque part. C'est le point de vue de l'accusation, mais cela peut vous donner un point de départ.

— C'est très gentil à vous, Peter.

— Il y a une condition. Vous allez vous reposer, et je vous donne ça demain.

— D'accord, merci, dis-je.

— Non, c'est moi qui vous remercie. C'est la première fois que j'ai quelque chose d'intéressant à faire depuis des mois.

En sortant du bureau, je passai à la réception vérifier mes messages et trouvai un dossier qui avait été apporté un peu plus tôt dans la soirée. Je l'ouvris : c'était une photocopie accompagnée d'un petit mot de Rossi, qui me disait qu'il s'agissait de la main courante, donnant l'heure à laquelle Morrow avait rangé la pellicule : 22 h 45. Je repensai à son témoignage et calculai. Cela signifiait qu'il était rentré directement au commissariat, avait rédigé son rapport et rangé le film dans les deux heures après la perquisition. Cela ne semblait pas anormalement long, étant donné la paperasserie administrative à remplir. Déçu, je pliai le document et le fourrai dans ma poche.

Il y avait également un message, de Josh. La perspective de le rappeler depuis l'hôtel me redonna un peu d'énergie tandis que je franchissais la porte.

Alors que je descendais Parkway vers l'hôtel, un Noir, coiffé d'un bandana rouge sale, les yeux creux, tituba vers moi et me demanda un *quarter*. Il semblait plus jeune que moi, et malgré son allure déjetée, on sentait qu'il avait dû être costaud. À présent, sa peau pendait sur ses os comme un costume sale et trop grand. Il avait les épaules voûtées, comme brisées, et empestait l'alcool bon marché.

— Comment tu t'appelles ? demandai-je.

Surpris, il leva les yeux vers moi.

— James. James Harrison.

— Belle soirée, n'est-ce pas, James ?

— Les sans-abri savent pas ce que c'est, les belles soirées.

— Dans la Bible, il est dit que les pauvres hériteront de la Terre.

— Merde, elle vaudra plus grand-chose une fois que les riches en auront fini avec.

— Oui, tu as probablement raison, dis-je en cherchant mon portefeuille pour lui donner un dollar.

Je n'avais que des billets de dix et vingt. Ne voulant pas l'éconduire sous prétexte que je n'avais pas de monnaie, je lui donnai dix dollars.

— Comment vous vous appelez ? me demanda-t-il en regardant le billet.

— Henry.

— J'ai un frère qui s'appelle comme ça.

— Où est-il ?

— En taule.

Et sur ce, avec un signe de tête, il reprit son chemin vers un magasin. Je partis dans la direction opposée.

Arrivé à l'hôtel, je trouvai un autre message de Josh et un second de Ben Vega qui me demandait de le rappeler. Trop fatigué pour spéculer sur les raisons du coup de fil du jeune flic, je fourrai les deux messages dans ma poche et me dirigeai vers l'ascenseur, avec pour seule ambition une douche bien chaude et une soirée devant la télé. Alors que j'appelais l'ascenseur, une main se posa sur mon épaule. Je la repoussai et me retournai.

— Josh, bon sang, mais qu'est-ce que tu fais là ?

Il portait un short en toile et une chemise bleue, ouverte sur le cristal qu'il portait au cou sur un lien de cuir.

— Je t'attendais, dit-il d'un ton las. Je suis là depuis 9 heures, mais on n'a pas voulu me laisser monter. J'ai essayé d'appeler.

— Je sais. La journée a été longue. Je suis content de te voir, dis-je en le prenant dans mes bras.

L'ascenseur s'ouvrit et un couple d'âge mûr nous fixa un instant, gêné, avant de sortir.

— Henry, sourit-il. Tu ne sais donc pas quel jour nous sommes ?

— Comment ça ?

Il me lâcha en riant.

— Le 4 septembre.

Il me fallut un moment pour comprendre. Le 4 septembre. Mon anniversaire.

13

— Je crois que quelqu'un a frappé, me chuchota Josh à l'oreille, me réveillant.

J'ouvris les yeux et regardai le réveil sur la table de chevet.

— Il n'est même pas 6 heures.

— Je vais voir qui c'est.

Je roulai sur le dos et le regardai enfiler un boxer.

— Si c'est la Grande Faucheuse, dis-lui qu'elle est en avance de quelques années.

Un instant plus tard, il revenait en minaudant.

— Henry, c'est un certain Ben.

— Ben, répétai-je. Vega ? Un flic ?

— Difficile à dire. Il est en short et en T-shirt.

Je me levai, enfilai un peignoir et allai à la porte. Je trouvai Ben Vega en train de fixer la moquette, mal à l'aise.

— Salut, Ben.

— Vous n'avez pas dû avoir mon message, dit-il.

— Entrez donc, Ben. — Il resta dans l'entrée en évitant de regarder vers la chambre. — J'ai eu le message, mais je n'ai simplement pas eu le temps de vous rappeler.

— Je pensais que ça vous dirait d'aller courir, rougit-il. J'aurais dû appeler d'en bas.

— Ce n'est pas grave. Ce sera pour une autre fois.

— D'accord, maître Rios, dit-il avec un sourire gêné. Désolé de vous avoir dérangé.

— Salut, moi, c'est Josh, dit celui-ci derrière moi.

— C'est mon ami, Josh, ajoutai-je inutilement. Voici Ben.

Josh s'avança, toujours en boxer, avec un sourire espiègle.

— Ravi de vous connaître, Ben.

— Moi aussi, dit Ben en lui serrant la main.

— Vous pouvez l'avoir tout à vous demain, sauf si vous voulez vous joindre à nous maintenant.

Je lui jetai un regard furibard. Le visage de Ben se ferma.

— Je vais plutôt y aller. La chaleur monte très tôt le matin. À bientôt.

— Au revoir, dis-je.

Je refermai la porte et me tournai vers Josh.

— Alors ça, ce n'était vraiment pas nécessaire.

— Arrête, sourit Josh. Il a adoré.

— C'est sûrement pour ça qu'on aurait dit qu'il avait envie de nous arrêter.

— Henry, il bandait.

— Je t'en prie, dis-je, sceptique.

Josh haussa les épaules et retourna dans la chambre.

— Bon, ne me crois pas, mais je ne vois pas comment j'aurais pu ne pas le voir avec un short aussi moulant.

— C'est vrai ? demandai-je en le rejoignant dans le lit.

— Vrai de vrai. Et il bandait pas pour moi.

— Tu sais comment réconforter un vieillard, toi.

Et durant l'heure suivante, je n'eus le temps de penser ni à Ben Vega ni à personne d'autre.

Un peu plus tard, pendant que Josh prenait une douche, je sortis enfin du lit et cherchai ma montre dans le fouillis du bureau où Josh avait vidé ses poches. Là, parmi les tickets de blanchisserie, billets froissés, billet d'avion et bipeur, je trouvai un jeton en plastique vert accroché à une chaîne. D'un côté, il portait les mots 30 JOURS et de l'autre : N'OUBLIEZ PAS DE REVENIR.

Je le pris et allai trouver Josh qui mettait ses lentilles dans la salle de bains.

— Josh, d'où tu sors ça ? demandai-je en lui montrant le jeton.

Il plissa les yeux.

— Oh, ça. J'ai failli oublier. Freeman me l'a confié hier pour que je te le donne. Il dit qu'il l'a trouvé dans l'appartement du type, celui qui a été tué. McKay ?

— Il n'a rien ajouté ?

— Non, il a dit que tu saurais ce que c'était et que tu l'appellerais. — Il termina de poser sa lentille, cligna de l'œil et s'attaqua à la deuxième. — Tu sais ce que c'est ?

— Oh ! oui, dis-je en glissant le jeton dans la poche de mon peignoir. J'en ai moi-même toute une collection.

Je retournai dans la chambre et appelait Freeman chez lui. Le téléphone sonna longtemps. Finalement, Freeman décrocha, et d'une voix aussi enrouée que s'il s'était gargarisé avec des déchets toxiques :

— Ouais.

— C'est Henry, dis-je en jetant un coup d'œil au réveil, qui indiquait sept heures et demie. Je vous réveille ?

— À ma voix, vous pensiez que je faisais de l'aérobic, peut-être ? ronchonna-t-il. — Derrière lui, une voix de femme ensommeillée demanda qui c'était. Il répondit, puis : — Vous êtes à Los Robles ?

— Oui. Pourquoi m'avoir fait parvenir ce jeton ? demandai-je en le sortant de ma poche.

— Vous savez ce que c'est, n'est-ce pas ? se réveilla Freeman.

— On vous les donne aux Alcooliques Anonymes quand on passe trente jours sans boire. Et alors ? demandai-je en jouant avec. Le mien était sur mon bureau.

— Il y en avait tout un tas chez McKay, bâilla Freeman. Pas grand-chose d'autre. Le propriétaire n'a pas perdu de temps à vider son appartement. Sous prétexte que ça porte malheur de garder les affaires d'un mort.

— Vous dites qu'il y en avait d'autres ?

— Oui, cinq ou six.

On frappa à la porte. Josh sortit de la salle de bains, nu, alla ouvrir et recula. Un serveur entra avec une table roulante couverte de plats. Il jeta un coup d'œil à Josh, puis à moi, et détourna résolument le regard. Josh retourna dans la salle de bains.

— Y avait-il des jetons marqués soixante ou quatre-vingt-dix jours ? demandai-je en regardant le serveur placer la table auprès de la fenêtre.

— Non, pourquoi ?

— On dirait que McKay était ce qu'on appelle un récidiviste, dis-je en balançant le jeton sur le lit.

— Un récidiviste ?

— C'est comme ça qu'on appelle chez les AA les alcooliques qui ne réussissent pas à rester sobres. Je ne comprends toujours pas en quoi c'est utile de savoir qu'il buvait.

— C'est la seule chose que j'aie pu trouver chez lui qui ne figurait pas dans le rapport de police, répondit Freeman. Pas de casier judiciaire, rien au Service des mines. Et les voisins m'ont raconté que dalle.

— Il n'était pas vraiment blanc-bleu, Freeman. Il y a forcément quelque chose.

— Je n'ai pas de contacts à la NAMBLA, Henry, râla-t-il.

Je souris. La NAMBLA était la North American Man Boy Love Association, une association de pédophiles.

— Non, je crois que ce n'est pas tellement votre genre.

— Ce que je pense, en revanche, c'est qu'on pourrait peut-être trouver une piste dans l'une des réunions des AA où il allait.

— Quand bien même, vous êtes un étranger, pour eux, Freeman. Les réunions sont très fermées.

— Oui, mais pas vous.

— Si cela s'appelle Alcooliques Anonymes, c'est pour une bonne raison. On ne répète pas ce qui se dit dans ces réunions.

— C'est tout ce que j'ai trouvé, grogna-t-il.

— Vous trouverez autre chose. Le type trafiquait du porno pédophile, après tout. Et vos contacts avec la police de Los Angeles ? Ils doivent avoir des dossiers sur les gens comme McKay. Ou le FBI. Ils traquent en permanence les mecs qui envoient leurs colis par la poste.

— OK, c'est vous qui payez, soupira-t-il. Quand rentrez-vous ?

— Le week-end prochain, probablement.

— Si je trouve quoi que ce soit avant, je vous appelle.

Nous raccrochâmes.

Je me levai et allai soulever les cloches sur les assiettes. Toasts, sirop d'érable, confiture... Josh détestait le sucré, même au petit déjeuner. Heureusement, il y avait aussi du jambon et des biscuits secs. Je servis deux tasses de café et les apportai dans la salle de bains, où je trouvai Josh devant le grand miroir, en train d'examiner l'intérieur de sa cuisse. Je posai sa tasse sur le rebord du lavabo.

— Quand as-tu commandé le petit déjeuner ? demandai-je.

— Pendant que tu dormais.

Il me sourit dans le miroir et retourna à son examen.

— Qu'est-ce que tu fais, chéri ? demandai-je en lui caressant le dos, aussi lisse qu'une pierre polie, mais infiniment plus chaud.

— Je cherche des lésions, répondit-il, désinvolte, en se redressant.

Je regardai le reflet de son corps magnifique, sans voix.

— Mais pourquoi ? bafouillai-je. Tu n'as... Enfin, tu n'as aucune raison de penser...

— Je regarde tous les matins, me coupa-t-il. — Il fit volte-face, sexe ballant. — De la tête aux pieds. — Et comme pour bien me faire comprendre, il se pencha en avant, écarta les fesses et s'inspecta l'anus dans le miroir. — Je le fais, c'est tout, ajouta-t-il en se redressant.

— Depuis quand ? demandai-je en essayant de me montrer aussi désinvolte que lui.

— Depuis que j'ai commencé à prendre du Retrovir. — Il prit sa tasse et regarda un moment son dos dans la glace. — En général, j'attends que tu partes travailler.

Je ne savais pas quoi dire. Dans ce genre de moment, je me rendais compte que j'avais beau le connaître et l'aimer, nous étions chacun d'un côté de la barrière qui sépare séropositifs et séronégatifs. Je pouvais regarder de l'autre côté, mais lui, il y vivait. Non seulement je me sentais impuissant, mais j'avais peur de le lui dire et d'ajouter le fardeau de mes propres angoisses aux siennes. Puis je me rendis compte qu'il l'avait fait exprès pour que je le voie faire.

— Tout va bien, Josh ? demandai-je en m'appuyant au lavabo.

Il enfila son peignoir en coton à rayures blanches et grises qui lui donnait un air d'ange de l'Ancien Testament.

— Le docteur veut que je commence un nouveau traitement à la pentamidine. C'est censé prévenir la pneumocystose.

Je hochai la tête. Plusieurs crises de pneumocystose avaient eu raison de mon ami Larry Ross et de bien d'autres malades.

— Quand ?

— Le plus tôt possible. — Il vint m'enlacer et posa sa tête sur ma poitrine. — C'est rien, OK ?

Je le pris dans mes bras sans répondre. Ma mémoire, ce tas de citations de poèmes que j'adorais quand j'étais lycéen, me souffla ce vers :... *dans une contrée aussi lointaine que la santé.*

Nous prîmes notre petit déjeuner, discutâmes des possibilités touristiques limitées de Los Robles et retournâmes au lit, envoyant promener la femme de chambre qui vint tambouriner à la porte une heure plus tard. Nous avions tous les deux besoin d'un peu de repos, moi de mon procès et lui de l'emploi du temps hystérique études plus travail qui m'inquiétait pour sa santé. Mais vers midi, nous ne tenions plus en place.

— Il doit bien y avoir quelque chose à voir, dans le coin, insista Josh tout en zappant avec la télécommande.

— Coupe-la, ça me file la migraine.

— Regarde, Henry, c'est Tom Zane, dit-il en désignant l'écran.

Je vis le défunt Tom Zane dans une rediffusion du feuilleton policier dont il avait été la vedette.

— Change de chaîne, ordonnai-je.

Mais Josh était fasciné à la vue de l'homme qui l'avait tenu en joue et qu'il avait fini par tuer. Je lui pris la télécommande et changeai pour une émission sur l'aérobic.

— Je pense encore à lui, parfois, dit Josh.

— Moi aussi.

— C'est la dernière affaire sur laquelle tu m'as laissé t'aider, dit-il en se blottissant contre moi.

— Dieu merci.

Je passai un bras autour de son épaule et nous regardâmes une starlette en Lycra toute en cheveux qui s'agitait en tous sens à l'écran. Sa réflexion me fit penser à Paul et à ce qu'il me restait à faire.

— Il faut que je voie quelqu'un, aujourd'hui. Un témoin éventuel.

— Tu ne vas pas m'abandonner ici, se plaignit-il.

Je pesai les risques de l'emmener avec moi pendant que je parlais à Ruth Soto.

— Accompagne-moi, si tu veux. Je te montrerai le quartier où j'ai passé mon enfance.

— Oui, et l'auge à cochons qui te servait de berceau, aussi ?

Les voies du Southern Pacific traversaient le haut de la digue qui longeait Paradise Slough, un affluent de la Los Robles. Un pont de bois l'enjambait et menait au quartier auquel il donnait son nom. Nous le passâmes lentement et je regardai par la vitre de la voiture l'eau, presque cachée par d'épais buissons, les grands chênes et les cotonniers qui poussaient sur les rives. Des spores de cotonnier voletaient devant le pare-brise. Nous arrivâmes de l'autre côté du pont sur Los Indios Way, la rue principale du quartier. Nous venions de quitter River Park, et le changement était net et sans transition.

— C'est là que tu as grandi ? demanda Josh, incrédule.

Je regardai le long de la route les maisons dont certaines n'étaient que des cabanes en bois à toits de tôle. Il n'y avait pas de trottoirs et le devant des maisons était jonché de capots de voitures, cuisinières, télés défoncées et réfrigérateurs sans portes. Des poulets se promenaient dans tout cela avec un air digne et guindé.

— C'est l'une des pires rues, répondis-je. Mais ce n'est pas aussi terrible que ça en a l'air.

— Ah bon ?

— Regarde les jardins.

Presque toutes les maisons avaient un petit jardin où poussaient non seulement de magnifiques fleurs, mais aussi des légumes et des herbes. C'est de là, outre les poulets, que la majeure partie des familles trouvaient leur subsistance. Quand j'étais gamin, certaines élevaient même des vaches et des chèvres. Elles semblaient avoir disparu, désormais, sans doute victimes des règlements sur l'environnement.

— Pour l'auge à cochons, je rigolais, dit Josh. C'est difficile de croire que des gens puissent vivre comme ça.

— Tu es allé à Watts, ces derniers temps ? Crois-moi, il y a pire qu'ici.

— Excuse-moi, Henry, je ne voulais pas...

— Ça ne fait rien, dis-je en posant la main sur la sienne. C'est un réflexe, quand on a grandi ici et que les gens vous regardent comme on me regardait quand je disais que j'habitais Paradise Slough.

— Comment on te regardait ?

— D'un air qui veut dire que si on est pauvre, c'est que c'est de votre faute.

Un vieux chien décida de traverser la rue en trottinant et je pilai.

— Parfois, je me dis que les gens ont vraiment envie de criminaliser la pauvreté.

Je repris la route. Nous quittâmes Los Indios pour La Avia où, comme je l'avais dit à Josh, les maisons étaient moins miteuses. Paradise Slough, comme n'importe quel autre quartier dans le monde, avait ses meilleures adresses. Les rues intérieures étaient moins pauvres que celles situées sur la frange, plus passantes, et donc moins agréables et réservées au temporaire. Ici, les jardins étaient mieux entretenus, les maisons pas aussi délabrées, et il y avait des clôtures, ce symbole universel d'opulence. D'ailleurs, certaines maisons étaient même soigneusement entretenues, comme si chaque brin d'herbe tondu était une haie protégeant de la pauvreté.

C'était le cas de la maison vers laquelle nous arrivions, visible derrière un grillage couronné de barbelés. Elle était en forme de L, sur un terrain planté en partie d'arbres fruitiers. Des amandiers. Peinte en blanc avec des moulures vertes et des auvents à rayures au-dessus des fenêtres, elle ressemblait moins à une résidence qu'à un hommage aux aspirations bourgeoises. L'ombre des auvents sur les fenêtres les rendait d'une opacité méfiante. C'était manifestement un endroit très privé.

— C'est là que j'ai grandi, dis-je à Josh en passant devant.

— Attends ! Arrête !

— Pourquoi ? Plus personne de ma famille n'y habite.

Il se dévissa le cou pour contempler la maison qui disparaissait.

— Elle était jolie, Henry.

— À l'intérieur, c'était du lambris de chêne, dis-je. Et il y avait un lustre dans la salle à manger. C'est mon père qui l'a construite, presque tout seul, pièce par pièce. Il en était plus fier que tout.

— Il devait l'être aussi de toi, hasarda Josh.

— Non, il a su construire une maison, mais pas élever ses enfants. Il a fini par renoncer.

Josh me regarda d'un air interrogateur, mais je n'avais rien de plus à ajouter.

14

Je pris La Honda Road et roulai lentement pour trouver enfin la maison qui correspondait à la description de Paul : jaune, avec des rosiers devant la véranda. Je me garai sous un pommier constellé de petits fruits rouges et nous descendîmes. Des jouets d'enfant étaient éparpillés sur la pelouse jaunie. Les rosiers étaient envahis d'herbes folles et pas entretenus, bien loin de la symétrie soigneuse des parterres de Paul. Les quelques fleurs restantes étaient énormes, comme si les boutons avaient sauté les stades intermédiaires et simplement explosé un beau matin.

Josh me suivant discrètement, j'allai frapper à la porte. À l'intérieur, j'entendis des pas menus galoper et une voix de femme crier en espagnol, puis la porte s'ouvrit. Une petite femme à cheveux gris me regarda derrière de grosses lunettes.

— *Señores* [1], dit-elle d'une voix hésitante.

1. Messieurs. (NdT)

— *Estoy buscando la señorita Ruth Soto*[1], dis-je.

— *Pues, yo soy su madre*[2], répondit-elle.

Un petit garçon aux cheveux bruns avec une salopette verte agrippa ses petits bras maigres à ses jambes et me regarda avec un grand sourire.

— *Me llamo Henry Rios*, dis-je. *Y este mi amigo, Josh Mandel. Soy un abogado representando señor Paul Windsor.* — Elle se rembrunit en entendant le nom de Paul. — *Es muy importante que hablo con su hija*[3].

— *No esta en casa*[4], dit-elle en refermant déjà.

Doucement, mais fermement, je retins la porte.

— *Señora Soto, por favor, llame su hija y pregunta a ella si quiere hablar con me. Si ella dice no, me voy*[5].

Elle me regarda, réfléchit à l'autorité que représentaient mon costume et mon attaché-case, puis :

— *Bueno, esperate aqui, por favor*[6].

J'acquiesçai.

Elle prit le petit garçon dans ses bras et retourna dans la maison, laissant la porte entrouverte. J'apercevais une pièce ensoleillée et des meubles miteux. D'une télé s'échappaient les bribes de dialogue d'un feuilleton espagnol.

— Qu'est-ce qui se passe ? demanda Josh.

— Elle prétendait que Ruth n'était pas là. Je lui ai dit que je partirais si sa fille refusait de me parler.

---

1. Je cherche mademoiselle Ruth Soto.
2. Eh bien, je suis sa mère.
3. Je m'appelle Henry Rios, et voici mon ami, Josh Mandel. Je suis l'avocat de Paul Windsor. Il est très important que je parle à votre fille.
4. Elle n'est pas là...
5. Madame Soto, s'il vous plaît, appelez votre fille et demandez-lui si elle veut bien me parler. Si elle refuse, je m'en irai.
6. Bon, attendez ici, s'il vous plaît. (NdT)

— Le petit garçon est mignon.

— Ce doit être le fils de Ruth.

Du fond de la maison surgit la silhouette d'une jeune femme qui vint lentement à ma rencontre. Des cheveux noirs encadraient l'ovale d'un joli visage. Vêtue d'un jean et d'un sweat-shirt rose pâle, elle avait une forte poitrine et des hanches larges, pas du tout telle que je l'imaginais. Mais peut-être que, comme les roses, le changement avait été brutal, car elle avait une démarche un peu maladroite, comme si elle n'avait pas encore l'habitude de son physique.

— Je ne peux pas vous voir tout de suite, dit-elle, avec de grands yeux bruns apeurés. Vous pouvez revenir plus tard ?

— Votre mère vous a dit qui je suis ?

— Oui, mais j'ai quelque chose à faire, me suppliat-elle presque.

— Quand puis-je revenir ?

— Dans une heure, dit-elle en refermant doucement la porte. S'il vous plaît.

Nous allâmes déjeuner dans l'unique restaurant de Paradise Slough, un drive-in du nom d'Emma's Taqueria. Une heure pile plus tard, nous retournions chez Ruth. Je frappai, m'attendant à moitié à ne pas avoir de réponse, mais elle vint ouvrir et nous fit entrer, sans un mot.

— Merci d'accepter de me parler, dis-je. Voici mon ami, Josh Mandel.

Elle lui serra mollement la main.

— Asseyez-vous, je vous en prie.

De la poussière s'éleva du canapé quand nous y prîmes place. Elle s'installa, mal à l'aise, dans un fauteuil.

— De quoi vouliez-vous me parler ?

Au même instant, le petit garçon arriva en courant dans la pièce, sa grand-mère sur ses talons. Il se précipita sur sa mère en pleurnichant.

— Ça va, maman, dit Ruth à sa mère. Je m'en occupe.

La vieille femme haussa les épaules et s'adressa à Josh et moi.

— *¿ Quieren algo a beber ? Una coca o café ?* [1]

— Du café, dis-je. Josh ?

— Merci.

Elle retourna au fond de la maison. Le petit garçon qui s'était redressé et installé sur les genoux de sa mère nous regardait.

— C'est mon fils, Carlos.

— Bonjour Carlos, dis-je.

Mais il ne prêta pas attention à moi et sourit à Josh, qu'il prenait apparemment pour un très grand enfant à peu près de son âge. Il sauta des genoux de sa mère et s'assit par terre avec sa collection de camions en plastique. Il commença à jouer avec en jetant de temps à autre un coup d'œil à Josh. Josh sourit et se joignit à lui. Carlos lui tendit un camion rouge et ils commencèrent à faire la course.

Ruth et moi les regardâmes marcher à quatre pattes dans la salle à manger.

— D'habitude, il n'est pas comme ça avec les inconnus, me dit-elle.

— Il doit croire que Josh n'est qu'un enfant aussi.

---

1. Vous voulez quelque chose à boire ? Un coca ou un café ? (NdT)

— Votre ami est gentil. Ma mère m'a dit que vous travailliez pour M. et Mme Windsor.

Elle avait prononcé le nom avec un rien de déférence.

— Vous savez qu'il a des ennuis ?

— Une fois de plus, dit-elle avec un sourire étonnamment raffiné.

— Oui, encore. Il est accusé de meurtre. Je le représente.

Elle acquiesça en pinçant les lèvres.

— Quand la police l'a arrêté, continuai-je, elle a trouvé une pellicule photo dans sa voiture. Il a dit que c'était des photos de vous et Carlos prises à votre insu, mais les clichés que la police a montrés au juge représentent... quelqu'un d'autre.

— Qui ?

Il ne semblait guère possible de se montrer délicat.

— Un homme et une fille ayant un rapport sexuel. Paul dit que ce n'est pas lui.

— Vous êtes sûr ? demanda-t-elle avec une brusque aigreur.

— C'est pour cela que je suis venu.

Nous fûmes interrompus par Mme Soto, qui m'apportait une tasse de café. Nous entendîmes des gloussements dans le salon. Mme Soto me sourit en ressortant.

— Je ne comprends pas ce que vous voulez dire, reprit Ruth, inquiète.

— Selon Paul, les policiers ont substitué une pellicule à une autre, mais c'est sa parole contre la leur. Paul dit qu'il a pris les photos depuis sa voiture pendant que vous étiez avec Carlos dans le parc de Dos Rios. C'était il y a à peu près six semaines. — Je marquai un silence. — Il pense que vous avez reconnu sa voiture.

Elle fixa le vide.

— Il a toujours sa voiture noire ? La Mercedes ?

L'espoir me revint. J'acquiesçai.

— J'essaie d'emmener Carlos au parc tous les jours, dit-elle tristement, mais c'est dangereux, là-bas, à cause de la drogue. Il faut le surveiller de très près. Un jour, je l'ai trouvé en train de jouer avec une capote. Nous n'y sommes pas retournés pendant un moment, après ça, se renfrogna-t-elle.

— Vous avez vu sa voiture ? demandai-je.

— J'essaie de me rappeler. Je vous l'ai dit, j'ai déjà tellement à faire avec Carlos. — Elle s'essuya les paumes sur ses cuisses. — Que se passerait-il si je disais que je l'ai vu ?

— Je vous demanderais de témoigner à son procès. Pour prouver que les photos qu'a prises Paul n'étaient pas celles que détient la police.

Elle tripota ses cheveux.

— Et si je ne témoigne pas ?

— Eh bien, je pourrais essayer de vous forcer, mais je crois que vous savez déjà qu'on ne peut pas grand-chose contre votre volonté.

— Comme la dernière fois que je suis allée au tribunal, dit-elle en me lançant un regard aigu.

— Ce serait différent. La dernière fois, quand vous avez décidé de ne pas témoigner, le procès a été annulé et Paul est sorti libre. Cette fois, si vous l'avez vraiment vu ce jour-là et que vous ne témoignez pas, il a de grandes chances d'être reconnu coupable.

— Il irait en prison ? demanda-t-elle doucement.

— Oui.

— Tant mieux ! s'exclama-t-elle. Il ne mérite que ça.

Puis, comme étonnée d'une telle violence, elle se calma et se mordit la lèvre.

— Si c'est ce que vous pensez, demandai-je, pourquoi ne pas avoir témoigné la première fois ?

— Je ne voulais pas avoir à dire à mon fils que j'avais envoyé son père en prison, dit-elle après une hésitation. Ce serait retombé sur moi. Mais cette fois...

— Vous avez vu la voiture, n'est-ce pas ?

— Il n'y en a pas beaucoup comme celle-là à Paradis Slough, répondit-elle en reprenant son ton aigre.

Dans l'autre pièce, j'entendis Josh rire et je me penchai pour voir. Carlos était monté sur son dos et lui donnait des coups de ses petits poings.

— Alors, demandai-je du ton que je réservais à l'interrogatoire des témoins, cela ne vous fait rien s'il va en prison pour quelque chose dont il n'est pas coupable, parce que vous n'aurez rien à vous reprocher vis-à-vis de Carlos ? — Elle me regarda avec colère, sans répondre. — D'une certaine manière, Ruth, vous l'enverriez quand même en prison.

— Non, dit-elle en secouant la tête.

— Ce qu'il vous a fait était mal. Je ne prends pas sa défense. Mais la situation actuelle est différente. Même Paul n'a pas à être puni pour quelque chose qu'il n'a pas commis.

Elle pinça les lèvres.

— C'est un mauvais homme.

— Je ne dis pas le contraire, répondis-je, mais c'est juste que la situation est différente. C'est quelque chose qu'il n'a pas fait.

Sa colère cédait à l'incertitude.

— Je veux juste qu'il nous laisse en paix, dit-elle.

— Quand ce sera terminé, dis-je, je pourrai vous y aider. Nous pourrons demander au tribunal de lui interdire de vous approcher.

— Le tribunal s'en fiche. Mon frère a été envoyé en prison pour avoir voulu me défendre.

— Je pourrai vous aider quand tout ceci sera terminé.

— Il faut que je parle à Elena, chuchota-t-elle.

— Votre mère ?

— Votre sœur, maître Rios. Il faut que je parle à votre sœur.

— Comment la connaissez-vous ?

Elle se mordit la lèvre.

— Je croyais que vous le saviez. Quand je suis tombée enceinte, l'assistante sociale m'a conseillée de me faire avorter, mais nous sommes catholiques et je voulais garder l'enfant. Mon père, il a dit que l'assistante sociale avait raison. Et Elena m'a appelée. Elle m'a dit que je pouvais garder l'enfant si je le voulais. Elle a parlé à mon père. Elle nous a donné l'argent pour l'hôpital et m'a permis d'habiter chez elle et de terminer mes études pour que personne ne sache ce qui s'était passé.

Toutes sortes de pensées m'assaillirent.

— Quand cela ?

— Je suis revenue en juin dernier, après mon diplôme. Maintenant, je poursuis mes études. Je veux devenir infirmière. — Effrayée, elle se mit à pleurer. — Je croyais que vous étiez au courant.

Maladroitement, je tendis la main et pris la sienne.

— Ça ne fait rien, dis-je. Ça ne fait rien. Elena a sûrement oublié de me dire qu'elle vous connaissait. Mais *comment* vous connaît-elle ?

— Mme Windsor lui a raconté ce qui s'était passé, et elle m'a appelée.

Je hochai la tête. Dans toute cette confusion, un ou deux éléments commençaient à trouver leur place.

— Il faut que je parle à Elena, dis-je. D'accord ? — Elle acquiesça. — Donnez-moi votre téléphone, je vous appellerai une fois que je l'aurai eue.

Je griffonnai le numéro qu'elle me donna, puis j'appelai Josh. Il revint avec Carlos dans les bras.

— Il faut qu'on parte tout de suite, dis-je.

— Henry, qu'est-ce qui cloche ? demanda-t-il dans la voiture.

— Je t'expliquerai plus tard. Là, il faut que j'aille voir quelqu'un. Seul.

— Pas de problème.

Je le déposai à l'hôtel et me rendis chez Sara Windsor. Elle était dans le jardin et coupait les roses fanées, le visage protégé par un large chapeau de paille, un verre de thé glacé à côté d'elle.

— Il faut qu'on parle, dis-je.

Elle posa le sécateur et pris le verre.

— Rentrons.

Une fois dans la maison, elle ôta le chapeau, le jeta sur une table et demanda :

— Quelque chose ne va pas, Henry ?

— Oui, dis-je d'un ton fâché. Quelque chose ne va pas, en effet. Ma sœur et vous êtes en train de me prendre pour un imbécile.

— Mais de quoi parlez-vous ? demanda-t-elle, agacée.

— Je viens de voir Ruth Soto. Elle m'a dit que ma sœur était venue à son aide après ce que lui avait fait Paul. Qu'est-ce qui se passe, ici, Sara ?

— Pourquoi êtes-vous allé la voir ? demanda-t-elle en s'asseyant.

— Elle a vu la voiture de Paul le jour où il la prenait en photo. Les clichés que la police a montrés au tribunal, ce ne sont pas ceux qu'il a pris. Maintenant, parlez-moi de ma sœur.

— Asseyez-vous, Henry, vous me mettez mal à l'aise, à rester debout comme ça.

Je ne bougeai pas. Elle haussa les épaules.

— Comme vous voudrez. Ce n'est pas moi qui lui ai demandé d'aider Ruth Soto. Elle l'a décidé toute seule.

— Pourquoi ? Pourquoi se serait-elle souciée de ce qui était arrivé à Ruth Soto ?

Sara ramena du bout des doigts une mèche de cheveux égarée sur son front.

— Pourquoi vous souciez-vous des hommes que vous aidez à rédiger leurs testaments ? Vous pensez que vous êtes le seul à servir le marché de la compassion ?

— Pourquoi ne m'en a-t-elle rien dit ?

— Vous avez cessé de la voir il y a tellement longtemps.

— C'était réciproque.

Sara secoua la tête.

— Elle et vous, vous éprouvez de la compassion pour tout le monde, sauf l'un pour l'autre. Il serait peut-être temps que vous vous parliez.

15

Ayant quitté Sara, je me rendis au cabinet de Clayton, m'enfermai dans un bureau et appelai ma sœur. Je tombai sur son répondeur et laissai un message maladroit. Songeant à la dernière phrase de Sara sur la compassion dont nous manquions l'un pour l'autre, je me rappelai aussi la terrifiante comparaison de notre enfance à un camp de concentration qu'avait faite Elena.

Sur le moment, cela m'avait paru excessif, mais à présent, quand j'y repensais, cela me rappelait quelque chose dont j'avais toujours eu conscience : ce qui me forçait à la solitude, dans mon enfance, c'était une minuscule étincelle d'espoir que je réussissais à préserver dans cette maison où ne régnaient que folie et violence. Mais en même temps que cet espoir, j'avais la conviction, irrationnelle et profonde, que ce que j'avais subi — les coups, l'indifférence — était mérité d'une certaine façon. Encore aujourd'hui, je voyais que persistait ce sentiment d'espoir mêlé de culpabilité. Cela faisait de moi un avocat consciencieux, mais pas quelqu'un de particulièrement heureux. Qu'avait dit Elena ? Ceux qui ont été torturés une fois le sont pour le reste de leur vie. En cet instant, j'avais besoin de ma sœur comme je n'avais jamais eu besoin de personne.

On frappa à la porte.

— Entrez.

Peter Stein entra, des documents à la main.

— Ah, Henry, il me semblait bien vous avoir vu passer.

— Bonjour, Peter, répondis-je en faisant pivoter le fauteuil.

— Vous vous sentez bien ? demanda-t-il. Vous avez l'air un peu pâle.

— Ça va. Qu'est-ce que vous m'apportez ?

— Les documents concernant le changement de juridiction dont je vous avais parlé.

Il s'assit et laissa tomber les papiers devant moi. Je fis semblant de les lire.

— Ils vont m'être très utiles, dis-je en les rassemblant.

— J'ai aussi d'autres nouvelles qui pourraient vous intéresser, dit-il en baissant la voix. Concernant Mark.

— Oui, allez-y, je vous écoute, répondis-je, parvenant à accomplir la difficile transition entre mes réflexions intimes et cette conversation.

— Que savez-vous des SPC ?

— Des sociétés de prêt et crédit ? Que beaucoup d'entre elles font faillite.

— Oui, y compris l'une d'elles, Pioneer S & L. Les fédéraux sont sur le point de s'en occuper.

— Quel est le rapport avec Mark ? demandai-je, feignant de m'y intéresser.

— Elle est à lui. Pas sous son nom. D'autres personnes lui servent de façade. La raison de la faillite, c'est que la société a accordé pas mal de prêts risqués, principalement sur des galeries marchandes et immeubles résidentiels. — Je hochai la tête, attendant le mot de la fin. — Et comme par hasard, la plupart de ces contrats impliquent Windsor Development.

— Je croyais que Mark s'en sortait bien.

— Il était trop pressé de s'agrandir, dit Peter. Il s'est lancé dans des affaires dont personne ne voulait et cela grâce à l'argent de Pioneer. Pire c'était, plus il avait besoin de liquidités, et plus il en prenait à Pioneer. C'est illégal, dit-il en frappant le bureau de l'index. Pour les fédéraux, c'est du détournement.

Je commençais à comprendre la situation.

— Et quand Pioneer a commencé à sombrer, ils sont venus examiner les comptes.

— Ils sont sur le point de mener un audit. Ils ne savent pas que je vous en ai parlé, pas encore. Je l'ai appris en lisant des mémos ultra-confidentiels dans le dossier d'un client que nous connaissons bien.

— Comment l'avez-vous découvert ?

— Vous savez comment sont les avocats, sourit-il. Il y a des copies de tout, il suffit de se donner le mal de chercher. D'après moi, Henry, Mark ne se soucie pas du tout de ce qui arrive à Paul. Il a déjà bien assez à faire pour essayer d'échapper lui-même à la prison.

— Pauvre Mark.

— Eh bien, dit-il en se levant péniblement, si quelqu'un a piégé Paul, voilà qui élimine au moins Mark. Ah, au fait, vous avez parlé à votre témoin ?

— Oui, elle a vu la voiture de Paul le jour où il déclare l'avoir prise en photo. Cela étaie la version de la substitution de la pellicule.

— Peut-être, répondit-il, prudent. Mais il pouvait avoir deux pellicules, aussi.

— Oui, c'est possible, mais c'est le genre de coïncidence qui affaiblit l'argument de l'accusation.

— C'est vrai, concéda-t-il. Alors, qu'est-ce que cela nous laisse comme suspect ?

— Les flics. Si quelqu'un a substitué une pellicule à une autre, c'est forcément Morrow.

— C'est sacrément difficile à avaler, Henry.

— Peut-être qu'il voulait vraiment pincer Paul pour cette affaire d'abus sexuel sur mineur et qu'il a vu là une occasion.

— Je ne suis pas si sûr, dit-il, dubitatif. Les flics voient des tas de criminels leur échapper et ils s'en remettent. À moins qu'il ait eu une raison particulière de s'intéresser à la fille. S'il était un ami de la famille, par exemple.

— Voilà une possibilité à laquelle je n'avais pas songé, dis-je en griffonnant une note.

— Dites, demanda-t-il sur le seuil, juste par curiosité : elle vous a expliqué pourquoi elle n'avait pas voulu témoigner ?

— D'après elle, c'est parce qu'elle ne voulait pas devoir expliquer un jour à son fils qu'elle avait envoyé son père en prison, répondis-je. Je ne peux pas lui en vouloir. Elle va déjà avoir beaucoup de mal comme ça pour lui expliquer qui il est. Peter, je vous remercie de votre aide, mais je ne veux pas que cela vous cause des ennuis ici.

— Je vais vous confier un petit secret, Henry. En fouinant, j'ai trouvé un autre document dans les dossiers du personnel. C'était un mémo de Clayton à Cummings disant que je ne semblais pas faire l'affaire. Ils sont prêts à me virer, je pense.

— Je suis désolé, Peter.

— C'est un service qu'ils me rendront.

Une fois Peter parti, je tentai de rappeler Elena, mais cette fois, je n'eus même pas le répondeur. Personne ne décrocha non plus chez Ruth Soto. Finalement, je rangeai mes affaires, appelai Josh et lui annonçai que je rentrais.

Josh tenait à m'inviter à dîner pour mon anniversaire ; nous allâmes dans la vieille ville, dans un restaurant français recommandé par je ne sais plus quel magazine. Ayant travaillé dans la partie depuis l'âge de treize ans, Josh s'y connaissait en restaurants et en gastronomie. À un moment, il avait même envisagé de suivre une formation de cuisinier, mais il avait renoncé, pensant que personne n'irait embaucher un chef séropositif. Personne n'irait prendre le risque qu'il se coupe accidentellement et que son sang contamine les plats. Sa décision était d'une certaine façon justifiée, mais cela me peinait qu'il s'impose de telles limites.

C'est lui qui passa la commande pour nous deux. À vivre avec lui, j'avais fini par surmonter l'indifférence que j'éprouvais pour la nourriture, mais si je devais choisir entre plus de deux plats, je finissais toujours par commander ce qu'avait pris mon partenaire. Josh qualifiait ce comportement d'anhédonisme — Dieu sait où il avait été pêcher ce terme —, soit une totale indifférence au plaisir.

Tout en mangeant les côtelettes d'agneau grillées qu'il avait commandées pour moi, je lui racontai ce que j'avais appris dans l'après-midi concernant ma sœur. Il m'écouta avec une extrême attention, et quand j'eus terminé, me dit :

— Pourquoi ne t'en a-t-elle jamais parlé ?

— Nous ne sommes pas très proches.

Même à mes oreilles, la réponse sonnait faux.

— Je suis sûr que tu as des secrets que tu ne lui as jamais confiés.

Je haussai les épaules.

— Naître dans ma famille, c'était comme être victime d'un accident. Elena et moi avons suivi chacun notre voie, sans poser de questions.

— J'aimerais bien pouvoir la connaître, dit-il en prenant une gorgée de vin.

— Et moi donc, lui répondis-je.

Josh partit pour L.A. le lendemain matin et, après l'avoir conduit à l'aéroport, je retournai au bureau. Je travaillai jusqu'à midi à rédiger une requête demandant le transfert de juridiction du procès de Paul à San Francisco, la plus proche grande ville. Peter m'avait laissé les arguments qu'il avait utilisés lorsqu'il était DA pour s'opposer à une telle requête. Je fus agréablement surpris de voir qu'ils étaient très bien rédigés. Le droit pénal se pratique principalement au tribunal et peu d'entre nous, d'un côté ou de l'autre de la table, sont doués pour l'écriture.

Les requêtes de transfert de juridiction sont rarement accordées, ayant pour motif que la publicité entourant l'enquête compromet les chances de l'accusé d'obtenir un procès équitable en influençant l'opinion des jurés potentiels. Le tribunal doit être convaincu de la « raisonnable probabilité » d'un tel argument. Ce critère est assez vague pour donner au tribunal toute latitude de refuser et, m'étant fait goudronner, je savais que j'allais devoir me battre deux fois plus pour le faire céder.

Je rassemblai mes notes et descendis au bureau de Peter. Alors que je passais dans le couloir, Mark Windsor sortit du bureau de Bob Clayton. Nous ne nous étions pas vus depuis qu'il était venu discuter au bar de mon hôtel.

— Tu fais très business, dit-il avec un petit sourire tout en rides.

— Qu'est-ce qui t'amène ici ? demandai-je en m'arrêtant.

— Je viens juste compter mon argent.

— Ah, il faut bien se distraire, répondis-je en m'apprêtant à reprendre mon chemin.

— Je pensais que tu allais m'appeler.

Je m'immobilisai et le regardai. Peut-être que toutes ces rides n'étaient pas causées par la bonne humeur mais par l'inquiétude. Après ce que m'avait confié Peter, je comprenais sans peine que Mark ait de quoi se faire des soucis.

— Ton frère m'a beaucoup occupé.

— Il faut bien que tu manges, non ? Que tu te détendes ? Passe un de ces soirs à la maison.

Il avait dit cela d'un ton dégagé, mais je sentais ses efforts pour se rapprocher de moi.

— C'est promis.

— Parfait. À bientôt, Hank.

Peter était dans son bureau, un sandwich entamé posé devant lui. Il éteignit le Dictaphone dans lequel il parlait quand j'entrai. Je me laissai tomber dans un fauteuil.

— Je viens de croiser Mark, dis-je.

— Oui, il est là depuis ce matin. Je crois que les fédéraux ont flairé sa piste. Alors, cette requête, elle avance ?

— Très bien, merci de votre argumentaire. Vous êtes un sacré bon juriste, Peter.

— Allez le dire à Bob, répondit-il avec un sourire en biais.

— Vous pourriez me donner un coup de main là-dessus ? demandai-je en posant ma requête sur le bureau.

— Le temps d'annuler ma comparution devant la Cour suprême, dit-il. Qu'est-ce qu'il vous faut ?

— Je peux m'occuper de la partie recherches légales, mais il me faut quelqu'un pour rassembler des faits corroborant mon argument.

— Du genre ?

— Eh bien, j'aimerais connaître la diffusion du *Sentinel* dans le comté, en magasin et par abonnements. Et je voudrais aussi savoir comment on désigne les jurés, chez vous...

— À partir des listes électorales.

— Pas sur celles du Service des mines ? Je veux pouvoir comparer le nombre de jurés potentiels par rapport au nombre de lecteurs du *Sentinel*. Et puis, il me faudrait une sorte d'analyse de la couverture que le journal a accordée à l'affaire Windsor par rapport à d'autres meurtres au cours des..., disons, dix-huit derniers mois.

Peter avait noté. Il s'interrompit.

— Vous employez les grands moyens.

— Oui, et pourquoi ne pas analyser la couverture médiatique télé et radio ? Peut-on obtenir des transcriptions, des dates de diffusion ? Je veux pouvoir affirmer qu'il n'y a personne dans le comté de Los Robles qui n'ait pas entendu parler de Paul Windsor.

— Cela ne signifie rien tant que vous ne pouvez prouver un préjudice possible, fit-il remarquer.

— Je sais bien. Mais n'oubliez pas que le tribunal tient compte du retentissement d'une affaire. Là, nous avons un meurtre avec violences, en liaison avec une affaire de pédophilie et un accusé connu. Ce n'est pas un meurtre ordinaire, pour Los Robles.

— Laissez-moi jouer le DA, dit Peter. Vous ne pouvez pas vous contenter de dire que les gens de la région ne seront pas impartiaux sous prétexte que l'affaire concerne deux violeurs d'enfants. Ils en ont entendu d'autres du même genre. Ils ne sont pas moins sensibilisés aux abus sexuels que n'importe qui.

— C'est exact, concédai-je, et c'est pourquoi j'ai un atout. Ce n'est pas seulement la manière dont le *Sentinel* a couvert l'affaire, mais aussi celle dont il l'a utilisée pour s'en prendre à Mark Windsor. Le journal a utilisé ce procès comme arme dans une vendetta politique contre les Windsor à cause de cette histoire d'expansion immobilière. Le procès de Paul ne se limite pas à reconnaître sa culpabilité ou son innocence, c'est un référendum sur les gros promoteurs en général, et sur cette famille en particulier.

— Eh bien, voilà un argument original, dit Peter. Je ne sais pas si c'est très convaincant.

— C'est tout ce que j'ai.

— Vous voulez tout ça pour quand ?

— Je souhaite déposer ma requête lundi prochain. Cela vous laisse quatre jours.

— Week-end inclus, donc, sourit-il.

— Cela vous ennuie ?

Il balaya du regard sa table envahie de dossiers.

— Qu'est-ce que j'ai d'autre à faire ?

Revenu dans mon bureau, j'appelai Ruth Soto. À son ton, je compris qu'elle n'était pas très heureuse d'avoir de mes nouvelles. Je ne pouvais pas lui en vouloir. J'étais dans une période où j'avais l'impression que mon travail consistait à demander à des gens de faire ce qu'ils ne voulaient pas.

— Avez-vous eu le temps de réfléchir à ce dont nous avons parlé hier ? demandai-je.

— J'étais occupée, dit-elle d'un ton boudeur de petite fille. Je ne me rappelle pas tout ce que vous avez dit.

— Je vous demande si vous êtes prête à témoigner au procès de Paul.

Il y eut un silence.

— Il faut que j'en parle avec Elena.

— Vous l'avez appelée ?

— Elle ne répond pas au téléphone, dit Ruth. Je suis très occupée avec les études qui reprennent, et puis Carlos...

— Ruth, le procès n'aura pas lieu avant des semaines, au moins, répondis-je pour couper court à ses excuses.

— Je ne suis pas sûre, dit-elle d'une voix faible. Je veux y réfléchir.

— D'accord, dis-je, renonçant pour l'instant.

Mon appel à son sens de la justice avait manifestement échoué, et je comprenais pourquoi. Paul l'avait-il traitée avec justice ? Il allait falloir que je trouve une autre approche.

— Je vous rappelle demain. Si vous avez Elena au téléphone, dites-lui... Dites-lui que je vais l'appeler aussi.

Je raccrochai et songeai à cette ironie du sort : la défense de Paul reposait sur l'unique personne au monde qui avait le moins de raison de vouloir l'aider.

Cette affaire semblait secréter un karma tout à fait particulier.

Dans la rue, un joggeur qui bravait la chaleur de ce début d'après-midi se dirigeait sur Parkway vers la rivière. Je pensai à Ben Vega, et cela me ramena à une autre piste de ce mystère, la possibilité que les flics aient fabriqué des preuves pour compromettre Paul.

Je me détournai de la fenêtre et contemplai le tas de documents produits par l'accusation. Distraitement, je les feuilletai et arrivai au rapport de police lors de la première arrestation de Paul. J'examinai la signature de l'officier chargé de l'enquête : Dwight Morrow. Morrow. Était-ce vraiment une coïncidence qu'il enquête également sur l'affaire McKay ? Ben m'avait dit combien Morrow avait mal digéré que Paul s'en soit si bien tiré la première fois. Malgré ce que disait Peter pour sa défense, Morrow avait l'air du flic qui ne lâche jamais prise.

Jamais ? me demandai-je en décrochant le téléphone.

16

On m'appela juste au moment où je terminais de lacer mes Nike toutes neuves.

— Salut. Ben ?

— Ouais, je suis en bas dans le hall. Il fait un temps vraiment sympa pour courir.

Je jetai un coup d'œil par la fenêtre. Le crépuscule commençait tout juste à tomber.

— Il fait encore chaud ? demandai-je.

— Ça va, pas trop. Ce sera agréable, il fera frais vers la rivière.

— Donnez-moi cinq minutes.

Quand je le retrouvai, il avait l'air mal à l'aise et déplacé avec son short de jogging noir et son débardeur de la police de Los Robles. Il sourit en me voyant et je fus de nouveau frappé par le contraste entre son corps extrêmement musclé et son visage de petit garçon : on aurait dit un gamin qui passe la tête dans ces décors en bois qui représentent des athlètes chez les photographes.

— Vous êtes prêt, maître ?

— Si nous devons parader sur River Parkway à moitié nus, dis-je, vous feriez bien d'arrêter de me donner du maître. Essayez Henry.

— OK, Henry. Vous êtes prêt ?

Je n'avais pas couru depuis des mois.

— On va bien voir.

Nous descendîmes du Hyatt jusqu'à la rivière.

— Où est votre ami ? demanda-t-il brusquement, alors que nous arrivions vers la vieille ville.

Je lui jetai un coup d'œil, mais il regardait fixement devant lui.

— Josh ? Il est retourné à L.A. — J'hésitai, puis j'ajoutai : — Écoutez, pour le petit numéro qu'il vous a fait l'autre jour, je suis désolé si ça vous a gêné, Ben.

— Chacun son truc, répondit-il avec une nonchalance forcée.

Ne voyant pas quelle banalité lui répondre, je continuai mon chemin avec lui dans un silence embarrassé jusqu'à la rivière.

Une piste cyclable remontait en amont de la rive rénovée jusqu'à un parc à une dizaine de kilomètres de là. Je devais pouvoir en faire cinq.

— Laissez-moi m'étirer, dis-je.

Sous son nez, je procédai à mes exercices pour réveiller des articulations et des muscles ensommeillés. Ils n'étaient guère ravis de devoir reprendre du service, mais ils finirent par s'y résigner de mauvaise grâce.

Nous commençâmes à petite allure pour nous échauffer, passant devant les boutiques de T-shirts et les fast-foods qui occupaient désormais les bâtiments de brique de la vieille ville. Il faisait encore un peu chaud et l'air était lourd, rempli d'une couleur de miel. Un bateau à moteur passa rapidement en troublant l'eau verte. Nous quittâmes bientôt la vieille ville pour nous retrouver dans une zone boisée entre la rivière et la digue.

Loin des voitures, de l'agitation et des gens, l'air était plus frais, d'une odeur différente, mêlant le parfum de l'eau boueuse et de l'anis à celle, plus lointaine, de végétaux pourrissants que je n'avais jamais senti ailleurs qu'au bord de ce fleuve. Des buissons de bambous dissimulaient la rivière de loin en loin, puis nous la retrouvions, luisante, des feuilles et des spores de cotonniers flottant à la surface. Le ciel commençait à changer et à s'assombrir, et le soleil disparaissait dans des vapeurs rouges, orange et violettes.

Nous avions accéléré l'allure et lorsque nous passâmes une borne kilométrique en bois, je sentis ma poitrine se gonfler davantage, mes jambes se détendre et mes bras suivre un rythme au lieu de simplement s'agiter à chaque pas. Nous courions côte à côte, mais je savais que si Ben accélérait, j'allais devoir rester derrière. Cela me rappela mes courses adolescentes au même endroit avec Mark Windsor.

En dehors de nos halètements réguliers, Mark et moi courions en silence. Parfois, l'un de nous repérait quelque chose sur le côté, une couvée de cailles, un sconse ou la plantation de marijuana d'un hippie, et donnait un coup de coude à l'autre. Mais la plupart du temps, nous nous contentions de courir côte à côte, comme des chevaux à l'attelage, et j'avais l'absolue certitude que ce que je voyais, Mark le voyait au même moment avec les mêmes yeux. Je n'avais jamais senti une telle communion avec quelqu'un. C'était l'effet qu'est censé produire le sexe, mais, comme je devais le découvrir bientôt, c'était rarement le cas.

Quand nous nous arrêtions, l'un de nous disait « bonne course » ou « pas facile, cette fois », puis nous ôtions ce que nous pensions permis d'enlever comme vêtements et nous foncions dans la rivière. Le reste de l'après-midi, nous restions à nager et faire la planche, ou à lézarder sur la rive, sans jamais tellement parler non plus. En fin de compte, je n'ai jamais su ce que pensait Mark, ni ce qu'il éprouvait vraiment. Je me disais simplement qu'il était aussi content d'être avec moi que moi avec lui. Au crépuscule, nous nous rhabillions et rentrions dîner dans nos maisons respectives pour ne nous revoir que le lendemain. Parfois, c'était simplement la pensée de la prochaine course qui me permettait de supporter ces repas muets et tendus.

Ben et moi arrivions aux trois kilomètres. Je tenais encore le coup, mais j'entendais déjà ma respiration devenir rauque. Le moment ne me sembla pas plus mal choisi qu'un autre pour passer à la question qui m'avait amené à proposer cette petite sortie.

— Qu'est-ce que vous avez pensé de l'audience ? lui demandai-je.

Ben tourna vers moi un front ruisselant de sueur.

— C'était vraiment intéressant. C'était la première fois que je témoignais en dehors d'une affaire de conduite en état d'ivresse.

— Ces photos m'ont vraiment surpris. Vous les aviez vues avant l'audience ?

— Hé, on devrait pas trop parler de ça, dit-il d'un air inquiet.

— Où est le mal ? haletai-je. Tout a été dévoilé à l'audience. — J'attendis quelques mètres pour ajouter : — Pas vrai ?

— Ouais, bien sûr.

Il accéléra un peu, me forçant à me donner à fond.

— Les photos m'ont surpris, c'est tout. Ça m'a fait me demander si le DA a autre chose en réserve.

— Sais pas, répondit-il, mal à l'aise. — Fixant toujours le chemin, il ajouta : — Je ne suis pas très au courant de l'affaire. On m'a juste emmené pour la perquisition.

— Je sais.

J'avais de plus en plus de mal à continuer cette conversation alors que nous dépassions les trois kilomètres.

— Obtenir une inculpation, ce n'est pas trop difficile dans la plupart des affaires criminelles. Le tout c'est qu'elle tienne.

— Comment ça ? demanda-t-il en me jetant un coup d'œil.

Je ralentis.

— Le DA doit gagner, mais sans tricher, sinon ça ne va pas. Je pense avoir déjà trois ou quatre motifs de faire appel si Paul est reconnu coupable.

Nous ralentîmes encore.

— De quel genre ? demanda-t-il vivement.

— Il y a ce mandat de perquisition louche, répondis-je, et puis la manière dont le juge m'a traité à l'audience. Mais le pire, ce sont les photos. Paul dit qu'il ne les a pas prises. Que sa pellicule contenait des photos très différentes. J'ai un témoin qui peut le certifier.

— Mmm-mmm, fit Ben en accélérant de nouveau. Qui ?

— Je ne peux pas le dire. Ça relève de son alibi.

Pendant quelques minutes, nous continuâmes en silence. Mes genoux protestaient. Pour les faire taire, je repris :

— Je crois mon témoin. Et il faut aussi que je croie que quelqu'un a subtilisé la pellicule que vous avez trouvée dans la voiture de Paul pour la remplacer par celle qui a produit les photos montrées à l'audience.

— Mmm-mmm, répéta-t-il en accélérant encore.

La sueur lui inondait le visage et trempait son débardeur.

— On peut ralentir ? demandai-je.

— Oui, répondit-il sans rien en faire.

— Nous avons couru cinq kilomètres ?

— Presque.

— Faisons demi-tour.

— Encore un kilomètre.

— Il en reste cinq pour rentrer, Ben.

— Encore un, dit-il en s'élançant.

En voyant ses énormes cuisses, je marmonnai un « mon Dieu », respirai un bon coup et continuai à courir en réussissant à rester à quelques pas derrière. Seulement, à présent, j'avais du mal à respirer et des crampes me gagnaient les jambes. Entre-temps, la nuit était tombée, et de la rive s'élevaient les chants des criquets et des grenouilles et le frôlement des rats musqués glissant dans la boue jusqu'à l'eau. Nous passâmes un pont de chemin de fer désaffecté depuis des dizaines d'années.

— Ça suffit, Ben, criai-je en arrivant à six kilomètres. Je rebrousse chemin.

Il me jeta un regard par-dessus son épaule.

— Encore trois kilomètres jusqu'au parc, se contenta-t-il de dire.

Connard, pensai-je en m'apprêtant à faire demi-tour. Ce devait être sa vengeance de macho pour me punir d'avoir mis en doute l'intégrité de la police. Quand il arracha son débardeur, la vue de son large dos me mit en fureur. J'avais couru sur cette piste quand j'étais au lycée et je n'allais pas renoncer. Aiguillonné par la colère, je continuai, attendant le moment où mon corps allait céder et ne plus sentir la douleur. Cela faisait longtemps que je n'avais pas exigé de lui cet effort, et je n'étais pas sûr de pouvoir y parvenir. Mais j'étais moins lourd que Ben et j'avais pratiqué la course pendant plus longtemps. Assez longtemps pour savoir qu'il avait la vitesse, mais pas la stratégie pour les longues distances. La stratégie, c'était tout ce qu'il me restait.

À sept kilomètres, alors que je l'avais presque perdu de vue dans le noir, mon souffle se calma et la douleur dans mes jambes décrut. Devant moi, je le vis ralentir, handicapé par tous ses muscles. Résistant à l'envie de dépenser toute mon énergie dans un sprint pour le dépasser, j'accélérai juste à la limite de la douleur et m'y tins, testant ma limite et y habituant mon corps.

À huit kilomètres, j'étais assez près pour voir qu'il avait du mal à rester coordonné. Un instant plus tard, j'étais à sa hauteur et j'entendais son souffle irrégulier. Un coup d'œil me suffit pour voir la sueur qui ruisselait sur son torse et son visage tendu. Alors qu'il devait faire presque froid, à présent, j'étais tellement chaud que la sueur s'évaporait immédiatement sur moi.

Puis la douleur disparut et je vis avec une incroyable clarté le sol sous mes pieds, les poings serrés de Ben, les feuilles sombres des buissons le long de la piste, la lune qui se levait au-dessus de la digue. Je me sentis sourire et, haletant, j'alignai un pas après l'autre, jusqu'à le dépasser, euphorisé par l'effort. Peu m'importait désormais qu'il me rattrape ou pas, combien de temps j'avais couru, ou que mon corps anesthésié soit en fait rongé par la douleur. J'étais prêt à courir jusqu'à m'effondrer.

Au neuvième kilomètre, je me retournai et ne le vis pas derrière moi. Devant s'ouvrait l'entrée du parc. J'y arrivai au trot, puis je ralentis progressivement. Demain serait un supplice, mais pour le moment, j'avais de nouveau seize ans. Quelques minutes plus tard, Ben arriva à bout de forces, obliqua vers un buisson et vomit.

Il me rejoignit en s'essuyant la bouche avec son débardeur.

— Bonne course, dis-je. Vous êtes prêt à faire le retour ?

— Arrêtons une bagnole de patrouille, dit-il, pantelant.

Quand il fut remis, nous gagnâmes la route sur la digue et attendîmes en frissonnant dans l'obscurité. De l'autre côté, un champ s'étendait au loin sous la lune. Malgré mes genoux douloureux et ma poitrine qui se déchirait à chaque respiration, je me sentais merveilleusement bien.

— Ça va ? demandai-je à Ben.

Son visage était tendu.

— Vous courez sacrément bien pour un vieux, se contenta-t-il de répondre.

Un instant plus tard, une voiture de police passa et il l'arrêta. Elle nous ramena au Hyatt.

— Où vous êtes-vous garé ? demandai-je quand nous fûmes devant l'hôtel.

— Dans le parking, au sous-sol.

— Je vais descendre avec vous.

Nous passâmes par le hall pour prendre l'ascenseur, sans un mot. Je l'accompagnai à sa voiture, une vieille Chevrolet qu'il semblait entretenir amoureusement. Il s'appuya contre la portière et sourit.

— Vous cachez bien votre jeu, mon vieux, dit-il.

— Vous essayiez de me tuer, tout à l'heure ?

— Je crois que vous m'avez un peu énervé en me parlant des photos, dit-il en s'essuyant le front. En tout cas, ça n'a aucun sens cette idée d'intervertir les pellicules. Morrow les a rangées aussitôt.

— Deux heures après la perquisition, corrigeai-je.

— C'est le temps que ça prend pour faire les papiers.

Je ne voulais pas avouer que j'y avais moi aussi pensé. Une voiture passa en crissant.

— Je voulais juste que vous y réfléchissiez.

— Pourquoi moi ? C'est à Morrow que vous devriez vous adresser.

— Je sais. C'est de lui que je parlais.

— Je vous ai dit, Morrow est mon *compadre*, se rembrunit-il, utilisant le mot espagnol qualifiant un ami qui est presque un frère.

— Morrow a mené l'enquête la dernière fois que Paul a été arrêté, insistai-je. C'est vous qui m'avez dit qu'il n'avait pas digéré que Paul s'en tire à si bon compte. Peut-être qu'il essaie de se venger.

— Je suis pas au courant, Henry.

— Je veux juste que vous y réfléchissiez, répétai-je, frissonnant dans l'air glacé du sous-sol.

Ben ouvrit la portière, passa le bras à l'intérieur et en sortit un sweat-shirt.

— Tenez, dit-il en me le tendant.

— Merci, dis-je en l'enfilant.

Il était deux fois trop grand pour moi.

Il resta un moment, l'air indécis.

— Je peux vous demander un truc, Henry ?

— Oui.

— Quand je suis monté à votre chambre, l'autre jour, et que ce type a ouvert la porte, qu'est-ce qui se passait ?

— On dormait.

— Ensemble ? demanda-t-il me dévisageant.

— Mmm-mmm.

Il hocha lentement la tête.

— J'ai cru qu'il plaisantait, vous savez, quand il a dit que je pouvais me joindre à vous.

Je le scrutai. Il n'avait l'air ni particulièrement choqué ni spécialement gêné.

— Il plaisantait, Ben.

— Vous savez très bien ce que je veux dire.

— Eh bien, vous l'avez dit vous-même : à chacun son truc.

— Il faut que j'y aille, dit-il en ouvrant la portière.

— Tenez, dis-je en enlevant le sweat-shirt.

— Vous pourrez me le rendre la prochaine fois, dit-il en montant et en baissant sa vitre. Merci pour la course.

— À bientôt, Ben.

— Ouais, à bientôt.

Je le regardai sortir. Il me fit un petit signe et s'en alla. J'en fis autant et regagnai ma chambre en songeant que je devais des excuses à Josh. Car devant sa voiture, pendant qu'il me parlait de Josh et moi, Vega bandait.

— Salut, mon vieux.

Je me retournai vers le bar et vis sur le seuil Mark, un grand verre à la main. D'après son comportement, cela ne semblait pas être le premier de la soirée. Je me dirigeai vers lui.

— Mark. Qu'est-ce que tu fais là ?

— C'est le *happy hour*, dit-il en levant son verre. Tu veux te joindre à moi ?

— Je ne suis pas vraiment habillé pour.

— Non, en effet, dit-il avec un sourire larmoyant. Tu es allé courir, hein ?

— Oui, et bien plus loin que je n'en avais l'intention. Il faut que je monte dans ma chambre me laver.

— Je te tiens compagnie ?

— Tu es tout seul ?

— Je t'attendais plus ou moins, Hank. Henry.

Il avait les yeux injectés de sang et une haleine à assommer un bœuf. Ce n'était pas le genre de souvenir que je voulais garder de lui.

— Ce sera pour une autre fois, Mark. Je suis vraiment crevé.

Il ouvrit la bouche, faillit dire quelque chose, puis se contenta de hocher la tête.

— Je t'appelle, promis-je.

— Oui, c'est ça. C'est ça.

Le reste de la semaine passa rapidement. Peter et moi travaillions toute la journée pour rédiger la requête de changement de juridiction. Le vendredi, elle avait déjà pris bonne tournure et je laissai Peter la terminer, puis j'allai voir Paul avant de prendre l'avion pour passer le week-end à L.A.

Bien que l'ayant appelé plusieurs fois, je n'avais pas vu Paul depuis l'audience préliminaire. Au téléphone, il était distrait et s'intéressait à peine à ce que j'avais à lui dire. Plus son séjour en prison durait, plus l'effronterie et la méfiance dont il avait fait preuve envers moi au début diminuaient. Malgré tout, je fus choqué par son allure. Il semblait avoir pris dix ans — dix sales années — avec ce teint blême des détenus, d'un blanc bleuté, et les rides autour de ses yeux et de sa bouche avaient pris une expression aigrie.

— Vous êtes malade, Paul ? demandai-je. — Il secoua la tête. — On dirait, pourtant, continuai-je. J'ai bien envie de demander qu'un docteur vienne vous examiner.

— Je n'ai pas besoin de docteur, dit-il d'une voix lasse. Je sais ce qui cloche : c'est cet endroit qui me tue. — Il ferma les yeux un instant. — Saloperies de matons. Toute la journée, c'est « Hé, le pervers », « Hé, connard ». Et les autres détenus sont encore pires.

— Je croyais que vous étiez en isolement, dis-je en fronçant les sourcils.

— Non, on m'a transféré après l'audience. J'ai une cellule individuelle, mais elle est dans un quartier ordinaire. Hier soir, un costaud mexicain m'a sorti : « Paraît que tu aimes baiser les petites filles ? Attends un peu. Après le couvre-feu, je viendrai te sauter. » Je l'ai dit au maton, le seul qui soit convenable, ici, et il m'a changé de quartier.

— Je peux réclamer qu'on vous remette à l'isolement.

— Pour que je devienne fou, tout seul ? Non. — Il se frotta les yeux. — Je vais prendre le risque. La dernière fois, ce n'était pas si terrible. Évidemment, je suis sorti sous caution deux semaines après. Là, ça fait quoi ? Six, huit semaines. Je n'ai plus la notion du temps. Alors, quoi de neuf, Henry ?

— Je vais déposer lundi une requête demandant le changement de juridiction. Si elle est acceptée, on vous transférera à San Francisco. Si elle est rejetée, je ferai appel.

— Et dans tous les cas, je suis toujours pensionnaire aux frais de l'État, c'est ça ? dit-il avec un triste sourire.

— Je ferai une autre demande de mise en liberté sous caution.

— Auprès de Phelan ? C'est lui qui refusait de lâcher le morceau au premier procès. J'ai l'impression que je suis là où tout le monde veut que je sois. — Il bâilla. — Pardon, je n'ai pas bien dormi hier soir.

— Je m'en doute.

— Je n'avais pas peur de me faire violer. Mais un gosse a été incarcéré il y a deux jours. Dix-sept, dix-huit ans, plutôt mignon, quand on aime ce genre. Et quelqu'un a aimé, hier soir. — Il se mordit un ongle et le cracha. — Vous savez ce qui m'est arrivé, depuis que je suis ici, Henry ? J'ai entendu le gosse crier et vous croyez que j'ai appelé les matons ? Non, je l'ai fermée. — Il se détourna. — Incroyable, non ? Je n'aime même pas les garçons. Quand je sortirai d'ici, je me flinguerai — ou du moins ce qui restera de moi.

— Ça ne durera pas éternellement.

— Ah oui ? ironisa-t-il. Vous croyez que je ne m'en souviendrai pas jusqu'à mon dernier jour ? — Un silence. — Je n'ai pas vu Sara depuis l'audience préliminaire.

— Je suis désolé.

— Comment lui en vouloir ? Quand on est mariée à un taré comme moi.

— Vous n'arrangez pas les choses, en parlant comme ça.

— La pensée positive, ça ne marche pas, dans cet endroit, Henry. C'est le monde réel, ici. Manger ou être mangé. Vous avez reparlé à Ruth ?

Je hochai la tête. Je l'appelais presque tous les jours, mais elle restait toujours aussi évasive quant à sa décision de témoigner. Apparemment, Elena n'avait pas dû prendre le parti de la vérité et de la justice.

— Elle va témoigner pour moi ?

— Elle y réfléchit encore, dis-je. Vous savez, je peux toujours la citer à comparaître, qu'elle veuille ou non témoigner.

— Vous savez comme moi l'impression que ça produira. Si seulement je pouvais lui parler.

— Je pense que ce serait une erreur, à ce stade. J'ai un avion à prendre pour L.A., dis-je en me levant. Je rentre lundi. Ça ira ?

— Oui, ça ira.

— À lundi, alors.

Il ne répondit pas.

17

J'arrivai à Los Angeles peu après midi. J'avais demandé à Emma de venir me prendre avec ma voiture, pour pouvoir la déposer au bureau et aller directement au Criminal Courts Building en ville, où j'avais une audience à 13 h 30. Quand je sortis sur le trottoir devant le terminal de United Airlines, je la vis vautrée sur ma Prélude garée en triple file, en grande conversation avec un flic de l'aéroport qui avait posé son carnet de contraventions sur le toit et attendait, le stylo en l'air. Elle posa une main languide sur son épaule, se pencha et lui chuchota quelque chose. Il se redressa, la regarda d'un air sceptique, et rangea lentement son carnet.

— Bonjour, dis-je en approchant. Il y a un problème ?

Elle me regarda et je vis mon reflet dans ses lunettes noires.

— Aucun problème, Henry. N'est-ce pas, monsieur l'agent ?

— Non, madame, sourit-il en allant à la voiture suivante.

— Qu'est-ce que c'était que cette histoire ? demandai-je en montant dans la voiture.

— Il voulait me mettre une contredanse, dit-elle en démarrant, mais je lui ai dit que ce serait embêtant pour lui si mon père devait appeler son chef pour régler la question.

Nous plongeâmes dans la circulation.

— Votre père ?

— Le maire. Dieu merci, pour les Blancs, tous les Noirs se ressemblent. Il ne savait pas si je racontais des conneries ou pas, mais vous êtes arrivé juste à temps.

— Votre père le maire, dis-je. Un de ces jours, vous finirez par avoir des ennuis.

— Et alors ? J'ai un super avocat. — Elle me jeta un regard oblique. — Vous avez l'air fatigué, Henry.

— La semaine a été longue, dis-je en me frottant les yeux. Rien d'urgent ?

Elle klaxonna comme une furie après la Mercedes qui venait de nous couper la route.

— Freeman voudrait que vous le rappeliez dès que vous en aurez terminé au tribunal.

Le ciel était d'un gris d'acier, pas à cause des nuages, mais du smog, et il faisait presque aussi chaud qu'à Los Robles dans la matinée. Mon ventre se plaignait de ne pas avoir été nourri, et je sentais poindre une migraine. Je voulais accuser quelqu'un de mon état lamentable, mais la seule personne disponible était ma secrétaire et, sachant qu'il n'était guère prudent de me la mettre à dos, je me réfugiai dans un silence boudeur.

— Vous allez être en retard, dit-elle alors que nous arrivions sur Century Boulevard. Vous devriez appeler.

J'appelai le tribunal depuis le téléphone de voiture. L'appareil était une concession aux distances que je devais parcourir entre les différents tribunaux de la ville. Ma journée commençait parfois à Pasadena pour se terminer à Santa Monica. J'exposai mon problème à l'huissier.

— Ne vous inquiétez pas, dit-il. Le juge est sorti pour un déjeuner d'anniversaire. Il ne revient pas avant 14 heures.

Nous prîmes un virage sur les chapeaux de roues et je me cognai violemment à la vitre.

— Ça va aller, oui ? protestai-je.

— Désolée, dit Emma. J'essaie juste de vous amener au tribunal à l'heure.

L'audience en ville jugeait d'un délit de conduite sous l'influence de la drogue. Mon client était un médecin du Westside qui avait un peu trop abusé de sa trousse pharmaceutique et avait pris le volant pour rentrer chez lui. Il avait renversé un vieil homme et l'avait grièvement blessé. D'ailleurs, la victime serait probablement morte si le médecin n'avait pas encore eu assez de présence d'esprit pour lui prodiguer les premiers soins. Ce fait, une pile d'attestations positives et sa volonté de suivre un traitement de désintoxication lui avaient évité la prison pour le moment. Le juge nous demanda de revenir trois mois plus tard pour évaluer les progrès de sa situation et rendre sa décision finale.

Mon client me remercia avec effusion. Si j'avais eu un peu de présence d'esprit, je lui aurais donné ma note d'honoraires là, maintenant, pendant qu'il était submergé par la gratitude. Mais je n'en fis rien. J'acceptai ses remerciements, lui dis de ne rien prendre au moins jusqu'à la prochaine comparution et appelai mon enquêteur, Victor Freeman.

— Et si vous passiez à mon bureau ? me proposa-t-il une fois les politesses échangées.

Je consultai ma montre. Il était 15 h 30.

— Profitons-en pour déjeuner, répondis-je. Je n'ai encore rien mangé de la journée.

— Que dites-vous du Code Seven ?

— Si vous insistez.

— C'est commode.

— C'est mortel, répondis-je. Oh, et puis d'accord. Dans dix minutes.

— À tout de suite.

Code Seven, dans l'argot de la police, signifie pause-déjeuner, et c'était aussi le nom d'un bar-grill sombre et enfumé de First Street qui servait de point de rendez-vous à la crème de Los Angeles. L'affection que portait Freeman à cet endroit remontait à l'époque où il était flic. Ne l'ayant jamais été, je ne partageais pas son enthousiasme. Entrer au Code Seven en quittant la lumière éblouissante de l'après-midi fut comme ramper sous terre. L'objet le plus lumineux de la salle était une vitrine exposant des plaques et des insignes de divers services de police, accrochée près de l'entrée. Passé la vitrine, l'endroit devenait plutôt glauque. Je trouvai une alcôve, commandai un hamburger et un café et attendis que Freeman fasse son apparition.

Patsy Cline roucoulait dans le juke-box pendant que deux types, des flics qui n'étaient pas en service, d'après leur allure, se saoulaient au bar. L'un d'eux avait atteint cet état contemplatif dans lequel les paroles de chansons commencent à vous paraître vraiment profondes. L'autre s'enfilait des verres d'un air lugubre, comme un homme qui s'administre un remède. Les regarder me rappela trop mon propre passé, et je fus soulagé quand Freeman vint se glisser sur la banquette en face de moi, ôta ses lunettes de soleil Porsche et commanda un *Boilermaker* à la blonde fatiguée qui venait de balancer sans ménagement sur la table mon hamburger et mon café comme une femme qui a des revendications à faire.

— Bon appétit, ricana-t-elle.

J'examinai l'assiette : il allait m'en falloir, en effet.

— Alors, comment ça se passe avec votre coureur de gamines à Los Robles ? demanda Freeman.

J'avalai une bouchée.

— On s'est fait baiser en beauté à l'audience préliminaire, dis-je avant de tout lui raconter en détail.

La blonde lui apporta ses verres et il avala le whiskey d'un trait.

— Justice à la Signal Hill.

Il faisait allusion au meurtre d'un détenu noir par des policiers d'une ville voisine. L'affaire avait été étouffée.

— C'est un peu ça, oui. — Je bus une gorgée de café. — Paul pense que son frère a tout manigancé, mais c'est un petit peu trop compliqué pour quelqu'un qui n'est pas du métier.

— Qu'est-ce que la police a dans son dossier ?

— Il a échappé aux poursuites lors de l'affaire de viol de mineur. Le flic qui avait enquêté à l'époque est le même que pour cette affaire. C'est aussi le même DA. Et le procès est prévu devant le même juge. Aucun des trois n'a apprécié qu'il s'en tire à bon compte la première fois. Peut-être qu'ils veulent être sûrs qu'il n'y échappera pas cette fois-ci.

Freeman semblait sceptique.

— Quand j'étais flic, dit-il, j'ai vu pas mal de mes arrestations pulvérisées au tribunal. On finit par se dire que c'est un pourcentage statistique et on ne le prend pas personnellement.

— Los Robles n'est pas Los Angeles. Le DA doit sûrement gagner chaque fois qu'il y a procès. Les flics sont aussi plus considérés, là-bas.

— Vous savez ce que je ne comprends pas dans cette affaire ? dit-il en prenant une gorgée de bière.

— Non, dites-moi.

— Le rôle de McKay. Sa présence à Los Robles était-elle une coïncidence ? Est-ce aussi une coïncidence qu'il se soit fait tuer ?

— Vous pensez que le meurtre fait partie du traquenard ?

— Sauf si c'est Paul Windsor qui a fait le coup.

Je repoussai mon assiette.

— Je suis prêt à croire que les flics ont fabriqué de fausses preuves, mais de là à tuer le mec ?

— Cela nous aiderait sûrement d'en savoir un peu plus sur lui.

— C'est votre boulot.

— J'ai fait chou blanc partout, dit Freeman. La police de Los Angeles n'a jamais entendu parler de lui. Les fédéraux non plus. Rien que ça, ça paraît suspect. Un type de cinquante ans connu comme pédophile, qui trafique du porno, fournit des gosses à ses amis — et le tout sans casier ? — Il secoua la tête. — Bon, peut-être qu'il était très, très prudent et discret, mais j'en doute. Ces mecs mènent publiquement croisade pour que le monde accepte qu'on baise des gosses, sans compter qu'il est risqué de sortir même avec un mineur de onze ans. Ça devrait éveiller les soupçons.

— Vous avez une théorie sur notre McKay ?

— Ouais, dit Freeman en allumant une Winston. Peut-être qu'il ne s'appelait pas John McKay.

— S'il a le moindre casier, on devrait le retrouver sous ses pseudonymes, fis-je remarquer.

— Uniquement si les flics les connaissaient.

Notre serveuse revint, jeta un coup d'œil à ma tasse vide et y versa sans plus de ménagement du café avant de faire claquer l'addition sur la table.

— Oui, c'est juste.

— Tout ce que nous avons, ce sont les jetons des Alcooliques Anonymes.

— Je vous l'ai dit, Freeman, s'il a dit quoi que ce soit dans ces réunions, c'était confidentiel. Ce n'est pas pour rien que c'est anonyme.

— Hé, fit-il en levant son verre vide vers la serveuse. Le but est de protéger l'identité du mec qui parle, pas de ceux qui écoutent, pas vrai ?

— Et alors ?

— Eh bien, le mec est mort, alors qui vous allez protéger, à part celui qui l'a tué ?

La serveuse lui rapporta la même chose. Freeman goûta son verre. Machinalement, je bus une gorgée de café.

— Je n'ai pas raison, Henry ?, ajouta-t-il.

— Si. Il reste tout de même un petit problème de logistique, dis-je. Il y a presque deux mille réunions des AA par semaine rien que dans la région de Los Angeles.

— Il habitait à Grendale, et je parie qu'il allait aux réunions spéciales pour les gays.

— Il était pédophile, pas gay, corrigeai-je par habitude. Mais vous devez avoir raison. Je ne le vois pas prendre la parole devant une assemblée de parents. La solidarité a ses limites, même chez les AA. — Je passai mentalement en revue une carte de L.A. — Les réunions gays les plus proches de Glendale ont lieu à Silver Lake.

— Il y en a une à 18 heures, sourit Freeman.

— Vous avez été très méticuleux dans vos recherches, remarquai-je.

— Et elle est suivie de deux autres, à 20 et 23 heures.

— Eh bien, j'avais besoin d'y aller, de toute façon.

— Je m'appelle Todd et je suis alcoolique.

Cette annonce fut accueillie par un chœur de « Bonsoir, Todd » d'une douzaine d'hommes, dont moi, assis autour d'une table couverte de bougies allumées dans des pots orange couverts d'un filet en plastique. C'était le genre de bougie qu'on trouve dans les restaurants italiens soucieux d'économie et les réunions des Alcooliques Anonymes. L'homme qui venait de parler, un grand type brun dans les vingt-cinq ans, au visage franc, ouvrit un bloc-notes et commença à lire :

— Les Alcooliques Anonymes est une association d'hommes et de femmes qui partagent leur expérience, leur force et leur espoir afin de résoudre leur problème commun et d'aider les autres à surmonter leur alcoolisme. La seule condition d'admission est la volonté d'arrêter de boire. Aucune participation financière n'est demandée...

Mon esprit commença à vagabonder pendant que Todd continuait de lire le préambule. C'était la dixième réunion à laquelle j'assistais depuis deux jours et demi. Je ne retournais chez moi que pour manger, dormir et jeter un coup d'œil à mes dossiers en cours. J'avais appelé Peter pour lui demander de présenter notre requête, et j'étais censé retourner à Los Robles le vendredi pour l'audience.

Je n'avais abouti nulle part concernant McKay jusqu'au moment où j'étais tombé sur Todd juste avant le début de la réunion. Nous nous connaissions de vue, c'était l'un de ces membres des AA qui se font une mission de venir parler aux cancres comme moi. Il ne m'ennuyait pas comme les autres gardiens autoproclamés de la sobriété : il était plus délicat que la plupart. Juste avant la réunion, nous avions bavardé quelques minutes. J'avais mentionné le nom de John McKay sans grand espoir et j'avais été surpris qu'il me dise :

— John M. Je le connais.

Mais avant qu'il ait pu m'en dire plus, la réunion commençait et, comme il l'animait, nous ne pûmes poursuivre. Il me proposa de prendre un café avec lui après.

— J'ai déclaré que j'étais un alcoolique, disait Todd. D'autres alcooliques sont-ils présents dans la salle ?

Tout comme les autres, je levai la main, geste qui me venait comme un réflexe à présent, mais qui avait été épouvantablement pénible les premières fois.

— Selon la procédure de cette réunion, dit Todd, l'animateur expose un sujet de son choix durant vingt à trente minutes, puis le groupe est autorisé à poser des questions ou à formuler ses commentaires. — Il sourit timidement. — Ce soir, le sujet que j'ai choisi est « rester serein ». — Le sourire vacilla, puis disparut. — Quand j'ai dû choisir un sujet la semaine dernière pour cette réunion, rester serein est la première chose qui m'est venue à l'esprit. J'ignore pourquoi. Eh bien, hier, j'ai reçu les résultats de mon test. Il était positif, donc je crois que je vais avoir besoin de toute la sérénité possible.

» À la fin, quand je buvais, continua-t-il, je voulais mourir. J'essayais de me tuer. — Il sourit. — Au ralenti, parce que je suis un lâche, comme vous tous. — Nous éclatâmes de rire. — Mais quand je suis venu dans cette salle, c'était parce que j'avais eu ce moment de lucidité où j'ai compris que je voulais vivre.

Il passa la main au-dessus de la bougie et fit trembloter la flamme.

— Je suis ici pour vivre. C'est ce que j'ai pensé quand le docteur m'a annoncé le résultat du test. Je suis là pour vivre, insista-t-il en me regardant, les yeux brillants. J'accepte ma vie. C'est ainsi que je reste serein. Mais avant que nous en arrivions à cette belle fin, je dois d'abord vous raconter tous les détails peu ragoûtants. Comment c'était, ce qui s'est passé, et comment c'est à présent.

Une heure passa. Quand Todd eut terminé, une demi-douzaine d'autres hommes parlèrent. Je ne fus pas de ceux-là.

— Voici qui conclut notre réunion, dit Todd. Après un moment de méditation silencieuse pour l'alcoolique qui continue à souffrir, j'aimerais, dit-il en levant les yeux vers moi, demander à Henry R. de nous réciter la prière.

On ne refusait pas ce genre de demande. Je baissai la tête, répétant silencieusement les mots pour m'assurer que je m'en souvenais bien dans l'ordre. Habituellement, je marmonnais avec les autres sans réfléchir, parce que j'étais sûr que si j'écoutais ce que je disais, mon propre scepticisme m'aurait étouffé.

Quelqu'un s'éclaircit la voix et je levai les yeux. Todd attendait en souriant.

— Euh... Notre Père, commençai-je, puis, lorsque d'autres voix se joignirent à la mienne, je me mis à marmonner, soulagé quand j'atteignis le « Amen ».

— Je suis désolé pour tes résultats, dis-je à Todd alors que nous prenions un café dans un restaurant de Sunset, près de la librairie gay qu'il tenait.

— Je le sentais venir, Henry. Mon ex est mort l'an dernier. Pneumocystose. Je suis resté avec lui pendant cinq ans, ivre ou défoncé la plupart du temps. Le sexe sans risque ? C'est quoi ? Je suis heureux d'être asymptomatique, et heureux d'être en vie et sobre. — Il sourit faiblement. — On dirait du Betty Ford ou quoi ? Comment vas-tu, Henry R. ?

— Ça va.

— Ah ouais ? demanda-t-il en inclinant la tête, sceptique.

— Oui, répétai-je, sans brusquerie, mais fermement.

— Je ne t'ai pas vu depuis un moment, insista-t-il.

— J'étais en déplacement sur une affaire. C'est d'ailleurs de cela dont je voulais te parler.

— Du moment que tout va bien pour toi, dit-il, une lueur d'ironie dansant dans ses yeux noirs.

— Je te mentirais, Todd ?

Il me fit son plus joli sourire, un à vous faire fondre.

— Parce qu'un ivrogne ne ment pas ? — Il arrêta une serveuse pour qu'elle remplisse nos tasses. — C'est une maladie, de nier. Mais bon, on fera comme tu veux. Que veux-tu savoir sur John M., ou, ajouta-t-il, théâtral, dois-je dire Howard T. ?

— Howard T. ?

— Il prenait les deux noms, expliqua Todd. Il aimait le mystère. Il disait qu'il était « en cavale » et sous-entendait qu'il avait un lourd et sombre secret.

— Sais-tu ce que c'était, son secret ?

— Il était maître d'école, il avait baisé un de ses élèves et s'était fait pincer. — Il alluma une cigarette. — Quant à savoir si c'était vrai…

— Pourquoi dis-tu ça ?

— Je viens de te le dire. C'était une *drama-queen* totale. Il adorait qu'on s'intéresse à lui.

— Où était-ce censé être arrivé ? À L.A. ?

— Nan. Quelque part dans le nord. C'est pour cela qu'il était, entre guillemets, en cavale. Il disait qu'il avait rompu sa conditionnelle ou je ne sais quoi. J'ai fini par ne plus m'y intéresser au bout de la huitième fois.

— Était-ce dans un endroit qui s'appelle Los Robles ? demandai-je, poussé par une intuition.

— Non, ce n'était pas ça, dit Todd en soufflant sa fumée.

— Quel était son nom de famille, celui qu'il utilisait quand il se faisait appeler Howard ?

— Je ne connais que « T ». Nous sommes anonymes, n'oublie pas.

— Tu m'as demandé mon nom de famille la première fois, lui fis-je remarquer.

— Je croyais que tu étais célibataire, sourit-il. C'est pour ça. Je me fichais bien de savoir si Howard T. l'était ou pas. Pourquoi cet intérêt pour lui ? Il n'a jamais été fichu de rester ne serait-ce qu'un tout petit peu sobre. Presque chaque fois que je le voyais, il prenait un jeton de trente jours.

— Il est mort, Todd. Il a été assassiné il y a deux mois à Los Robles. J'ai été engagé pour défendre le type qu'on accuse du meurtre.

— Mon Dieu, murmura-t-il, visiblement choqué. Qui aurait pu vouloir le tuer ? C'était juste un hâbleur. Il n'aurait fait de mal à personne.

— Si, une fois.

Le lendemain matin, j'étais dans le petit bureau de Freeman sur Grand Street, pendant qu'un bulldozer grondait à travers les murs d'un bâtiment voisin. Je venais de terminer de lui raconter ma conversation avec Todd.

— Je vous avais dit que ces jetons nous porteraient chance, dit-il.

— Ça reste encore à voir.

— Il y en a qui ne sont jamais contents. Vous savez, énuméra-t-il en comptant sur ses doigts osseux, le vrai nom du type, vous savez qu'il était professeur, qu'il baisait avec un de ses élèves, qu'il s'est fait pincer, qu'il était en cavale. Qu'est-ce qu'il vous faut d'autre ?

— Nous avons, corrigeai-je, un prénom et une initiale de nom de famille. Il prétendait être professeur, mais c'est lui qui le disait, et venir de quelque part en dehors de L.A., ce qui fait une sacrée distance, dans cet État. Quant à l'abus sexuel sur un élève, eh bien, c'est probablement vrai qu'il a fait quelque chose de ce genre.

— Comment ça se trouve que vous soyez aussi sceptique ?

— Parce que Todd a raison, répondis-je. Les alcoolos sont les gens les moins fiables.

— Eh bien, c'est mieux que rien.

— À peine.

— Fixons quelques paramètres.

— Quelques quoi ? demandai-je en haussant un sourcil.

— Traîner avec des avocats me ruine mon vocabulaire, dit-il. Supposons qu'il a été inculpé sous le nom de Howard quelque chose, pour abus sexuels sur mineur. Depuis combien de temps Windsor le connaissait-il ?

— Quatre ou cinq ans.

— Donc il se faisait appeler McKay depuis au moins cette durée. L'inculpation doit remonter à cinq ou dix ans.

J'opinai, ayant moi-même effectué ce genre de calcul.

— Peut-être plus, répondis-je, mais disons vingt au maximum.

— Il est forcément inscrit quelque part, dit Freeman. Dans le nord. Vous connaissez des flics là-haut qui relèveraient le défi ?

Je réfléchis une seconde.

— En fait, oui. Si elle est revenue de sa lune de miel.

C'était le cas. Je pus joindre Terry Ormes plus tard dans la journée et lui expliquer la situation. Elle me dit qu'elle ferait tout son possible, ce qui, d'après mon expérience de sa collaboration avec moi, signifiait qu'elle irait quasiment jusqu'à feuilleter jusqu'au dernier dossier d'abus sexuel sur mineur existant dans la moindre ville et le moindre hameau de l'État depuis vingt ans. Pour conclure, elle me déclara que Kevin et elle avaient adoré Maui, surtout la patrouille qu'ils avaient faite avec la police d'Honolulu. Kevin, me dit-elle, avait failli être utilisé pour une parade d'identification.

— Comme c'est romantique, dis-je. Cela me donne envie de sortir dans la rue épouser le premier flic que je vois.

— Écoute, dit-elle, si Josh et toi vous rompez un jour, je connais un mec vraiment bien à la Criminelle qui adorerait faire ta connaissance.

18

Le vendredi, j'étais de retour à Los Robles, devant Burton K. Phelan, juge du tribunal de première instance désigné pour siéger sur l'affaire *État de Californie contre Windsor*, afin de défendre la requête de transfert de juridiction que j'avais rédigée avec Peter. En entrant dans la salle, je fus surpris de voir l'énorme silhouette de Peter, dangereusement perchée au bord d'une table, alors qu'il parlait à un jeune huissier latino.

— Hé, Henry, m'appela-t-il. Venez que je vous présente Eddie Ramirez. Henry est un de vos *compadres*, Eddie.

— Bonjour, Eddie, dis-je en tendant la main.

— Salut Henry. Vous connaissez ce clown ?

— Eddie m'a connu quand j'étais un DA assoiffé de sang, dit Peter.

— Dites, vous allez me défoncer ma table, répondit-il.

Une lumière clignota sur son téléphone. Il décrocha, nous faisant signe de partir de la main, et je l'entendis dire :

— Oui, monsieur, les avocats de la défense sont là.

— Que faites-vous ici ? demandai-je à Peter en le rejoignant.

— Je me suis cassé le cul sur cette requête, répondit-il. Vous ne pensiez pas que j'allais manquer l'occasion de voir ce qu'elle donne, tout de même ?

Il y avait déjà un attaché-case en cuir fatigué sur la partie de la table réservée à la défense, frappée d'un monogramme presque effacé : P. B. S.

— Par ailleurs, ajouta-t-il alors que nous nous asseyions, un avocat d'ici vous serait bien utile.

— Je suis d'ici.

Il donna une chiquenaude sur le bout de ma cravate Ralph Lauren.

— Vous n'êtes pas assez délicat, Henry. Quand j'ai relu vos documents, je me suis dit : ce type pense déjà à la cour d'appel.

— C'est le cas.

— Peut-être que si vous étiez moins agressif, vous pourriez gagner, ici.

— C'est peu probable, non ? Phelan est le juge qui refusait d'abandonner les poursuites contre Paul la dernière fois.

— Et du coup, vous vous dites qu'il va vous faire tourner en bourrique aujourd'hui, dit Peter. Et vous allez vous jeter sur lui, ne lui laissant d'autre choix que de riposter.

— Venez-en au fait, dis-je sèchement, piqué.

— Réfléchissez à ce que vous lui demandez, dit Peter en baissant la voix alors que le DA passait la balustrade et laissait tomber son attaché-case à l'autre bout de la table. Vous dites : mon client n'a aucune chance de bénéficier d'un procès équitable ici. Peut-être que dans une grande ville, un juge peut entendre cela sans le prendre pour lui, mais pas chez nous. Ne vous attaquez pas à l'accusation, Henry. Et surtout, ajouta-t-il, pressant, l'haleine chargée de café, n'imaginez pas un instant accuser le tribunal. Prenez-vous-en au *Sentinel*. Gordon Wachs n'est pas d'ici et le *Sentinel* est considéré comme très libéral, pour la région. Phelan est très conservateur. Une dernière chose : vous allez ravaler votre fierté. Lui dire combien vous répugnez à soumettre cette requête, que vous savez à quel point la population locale tient à ce procès...

— Ça va un peu trop loin, dis-je.

— Non, comme je vous l'ai dit, Phelan pense que Paul est passé entre les mailles du filet la dernière fois, et bien des gens pensent comme lui. Reconnaissez-le. — Il désigna du menton le DA qui nous regardait d'un air inquiet. — Ne laissez pas Rossi soulever la question. Vous devez vous débarrasser du problème. Ça, c'étaient les mauvaises nouvelles.

— Parce qu'il y en a des bonnes ? demandai-je, sceptique.

— Oui. Phelan est juge depuis une éternité. Il pense ne devoir de comptes à personne, sauf à lui-même. Cela le rend un peu imprévisible. Parfois, il agit comme il faut.

— Peter.

Nous vîmes Rossi qui arrivait et posait une main amicale sur l'épaule de Stein.

— Salut, Dom, dit Peter. Comment ça va ?

— On ne peut mieux, dit-il en posant son regard sur moi. Bonjour, Henry.

— Bonjour.

— Peter vous donne des tuyaux ? demanda-t-il aimablement.

— Si on veut, oui. Il m'a aidé à rédiger ma requête.

— Vous êtes vraiment passé de l'autre côté de la barrière, Peter, gloussa-t-il.

— Je voulais que le combat soit égal, répondit celui-ci.

Une sonnerie retentit dans la salle et Rossi fila à sa place. Derrière l'estrade, une porte s'ouvrit et Burton K. Phelan gagna son siège d'un air sinistre, s'arrêta et nous fixa d'un œil noir. Il était grand, plus d'un mètre quatre-vingt, et dans la soixantaine. Il semblait avoir trop de chair sur le visage — elle formait des poches sous les yeux, les mâchoires et le menton. Je me surpris à fixer ses cheveux qui hérissaient le crâne de touffes irrégulières brunes et grises. J'avais récemment vu ce genre de calvitie alors que je rédigeais le testament d'un malade du sida atteint du sarcome de Kaposi. La perte de cheveux était un effet secondaire de la chimiothérapie.

— Il a le cancer, chuchotai-je à Peter alors que nous nous levions.

Il me regarda, surpris, mais il ne répondit rien.

— La deuxième section du tribunal d'instance de Los Robles est maintenant en séance, annonça l'huissier. Sous la présidence de l'Honorable Burton K. Phelan.

— Asseyez-vous, ordonna Phelan. *État de Californie contre Windsor.* L'accusé est-il présent ?

Je m'étais dit que ce ne serait pas une bonne idée de faire affronter à Paul une ancienne rancune. Je me levai.

— Monsieur le juge, Henry Rios pour l'accusé, qui ne sera pas présent à cette audience.

Brusquement, Peter se leva à son tour.

— Et Peter Stein, pour l'accusé, monsieur le juge.

Phelan sembla interloqué.

— Je ne vois pas de demande de défense conjointe, maître Stein.

— Veuillez m'excuser, dit Peter, je n'ai pas eu le temps de la déposer, mais je me retirerai si vous le souhaitez.

— Très bien, ronchonna Phelan. Votre présence est notée, mais déposez la demande avant la fin de la journée.

— Oui, monsieur, dit Peter en se rasseyant.

— Clayton est au courant ? chuchotai-je prenant une chaise à mon tour.

— Qu'il aille se faire foutre, dit-il avec un bon gros sourire.

— ... Rossi pour l'accusation, monsieur le juge, disait le DA.

Sur l'estrade, Phelan croisa les mains sous son menton et me regarda.

— L'accusé a déposé une requête de transfert de juridiction. J'ai lu les arguments de la défense et ceux de l'accusation. Je désire entendre Me Rios.

Je me levai, cramponné à la table pour ne pas trembler. Cela m'ennuyait d'avoir encore le trac au tribunal, mais j'avais fini par comprendre que c'était simplement parce que j'avais encore foi dans mon travail.

Malgré le cynisme quotidien de la vie d'un avocat pénal, la nonchalance avec laquelle on décrit les comportements les plus horribles et l'idée répandue que les procès sont un jeu, pour moi, un tribunal est un endroit où il se passe des choses graves. Si je venais à changer d'avis, il serait temps que je change de carrière.

— Monsieur le juge, commençai-je, je ne répéterai pas l'argument légal développé dans ma requête. Je préfère au contraire la résumer à ses éléments fondamentaux. — Je marquai une pause et baissai les yeux. J'avais les phalanges blanches. — Paul Windsor n'est pas un inconnu devant ce tribunal.

Rossi remua à l'autre bout de la table.

— Il y a plusieurs années, il a été accusé d'un grave crime. La vérité ou la fausseté des allégations contre lui étaient un enjeu de taille non seulement pour M. Windsor et sa famille, mais aussi pour toute la communauté, dis-je en fixant Phelan qui me regarda, intéressé. Comme vous le savez, cette affaire n'est pas passée en procès. — Les lèvres pincées, Phelan hocha la tête. — Il est parfaitement compréhensible qu'il y ait eu dans cette communauté une certaine insatisfaction à l'issue de cette affaire, mais, monsieur le juge, continuai-je en haussant légèrement la voix, ce que je désire souligner, c'est qu'elle a connu une issue.

— Vous n'êtes tout de même pas en train de me dire que cette renonciation aux poursuites était l'équivalent d'un acquittement ? gronda Phelan.

— Absolument pas, monsieur. Ce n'était ni un acquittement ni une reconnaissance de sa culpabilité, mais une disposition parfaitement légale. — Je choisis les mots suivants avec le plus grand soin. — Et je pense qu'il est juste de dire qu'une fois cette affaire classée, selon notre système de justice, Paul Windsor n'avait plus à répondre de ces accusations.

— Du calme, souffla Peter.

— Selon moi, répondit Phelan, notre système judiciaire a lamentablement démontré ses faiblesses dans cette affaire.

— Oui, je le comprends, dis-je, et je comprends également qu'un grand nombre de personnes partagent cette opinion, mais une fois encore, le système a suivi son cours dans cette affaire. À présent, Paul Windsor est accusé d'un crime différent, tout aussi grave, mais il ne s'agit pas des charges auxquelles ce tribunal a renoncé, bien qu'avec réticence, il y a trois ans. — Je lâchai la table et tendis le bras vers lui. — Je ne doute pas le moins du monde que ce tribunal comprendra et que M. Windsor bénéficiera d'un procès équitable. Je ne doute pas non plus que les gens de cette communauté sauront se montrer justes, si l'occasion leur en est donnée. Cependant, la raison de ma requête de ce jour, c'est précisément qu'ils n'en ont pas la possibilité. — Je haussai de nouveau le ton. — Paul Windsor a été jugé et déclaré coupable dans les pages du *Los Robles Sentinel*. Mais mon client n'est pas coupable, monsieur le juge. Il est présumé innocent. — Je m'avançai au bout de la table. — À présent, au cours de mes années de pratique, j'ai observé que la presse comprend fort peu et oublie trop souvent ce que signifie la présomption d'innocence. J'ai remarqué qu'elle traite cette notion comme les petits caractères au bas d'un contrat, comme quelque chose qui n'a pas d'importance. Mais pour nous, c'est autre chose. — Je croisai le regard renfrogné de Phelan et continuai : — Nous déclarons aux jurés au commencement de tout procès qu'ils doivent présumer de l'innocence de l'accusé et que, s'ils nourrissent la moindre réserve à cet égard, ils ne peuvent siéger. Nous le leur disons, parce que nous savons que notre système judiciaire dans son entier repose sur cette notion.

Je me détendis un peu.

— Certes, je ne prétends pas que les jurés potentiels n'aient aucun préjugé envers les accusés. Si la police s'est donné le mal d'arrêter quelqu'un pour un crime et que le procureur prend la peine de l'inculper, il est tout naturel qu'un juré potentiel pense qu'il doit bien y avoir une raison. Mais cela ne compromet pas la présomption d'innocence. Au contraire, cela la rend d'autant plus vitale que c'est l'unique moyen à notre disposition pour tenter de neutraliser ce préjugé naturel et donner à l'accusé la chance de se défendre. Mais dans le cas présent, monsieur le juge, mon client n'en bénéficie pas.

Je sortis de mon attaché-case une pile de numéros du *Sentinel* et lus des passages choisis de différents articles.

— Même moi, j'aurais du mal à juger objectivement mon client après l'exposition de tels faits.

À ma grande surprise, Phelan hocha la tête, mais répondit :

— Maître Rios, même si je conviens que la presse a traité injustement votre client, en quoi cela le rend-il différent des autres accusés dont les médias s'emparent ?

Je vis là une ouverture.

— Je vais vous le dire, monsieur le juge. La différence, c'est la raison pour laquelle mon client a été jugé et condamné à la une de l'unique journal à grand tirage de ce comté. Cela n'a rien à voir avec son innocence ou sa culpabilité. La raison, c'est que ce journal souhaite affirmer des positions politiques, et interdire l'expansion de la ville, et il peut y parvenir en causant du tort à la famille Windsor. Je ne pense pas que les mérites de toute controverse politique doivent être jugés sur le dos d'un accusé. C'est tout simplement injuste. Et je suis vraiment navré que le *Sentinel*, et d'autres médias, aient rendu impossible un procès équitable pour Paul Windsor dans cette ville, car nous n'aurions souhaité que cela. Mais c'est impossible, c'est pourquoi je vous demande d'accepter notre requête.

— Trop sucré ? chuchotai-je à Peter en m'asseyant.

— Juste ce qu'il fallait, répondit-il sur le même ton.

— Maître ? demanda le juge à Rossi.

— Monsieur le juge, commença Rossi en se levant, Paul Windsor a le droit d'être jugé par ses pairs, mais il refuse de les affronter. C'est l'unique raison de cette requête. Il se sait coupable et préfère tenter sa chance ailleurs...

— Maître Rossi, grasseya Phelan, si l'État détient des preuves de la culpabilité de cet homme, peu importe qu'il soit jugé ici ou à Tombouctou. Ce n'est pas de cela dont il s'agit ici. Nous nous interrogeons sur sa possibilité de bénéficier de jurés impartiaux. Ou bien êtes-vous en train de me dire, conclut-il en plissant les yeux, que le dossier de l'accusation est si mince qu'il faudrait un jury influencé pour déclarer l'accusé coupable ?

— Absolument pas, glapit Rossi. Mais enfin, monsieur le juge, il y a un quart de million d'habitants dans ce comté. L'accusé ne peut prétendre qu'ils sont tous, jusqu'au dernier, mal disposés envers lui.

— Ce n'est pas nécessaire qu'il le dise, répliqua sèchement Phelan. Il lui suffit de me convaincre que la presse a agi de telle sorte qu'il y a une probabilité raisonnable d'influence sur le jury. Concentrez-vous sur ce fait et peut-être parviendrons-nous quelque part.

Et cela continua sur le même ton. Rossi plaçait deux phrases et Phelan l'interrompait avec une question ou un commentaire. De plus en plus tranchants, à mesure que le DA, qui n'était manifestement pas préparé à cet accueil, s'embourbait, sur la défensive. Je repris espoir pour la première fois dans cette affaire. Phelan ne suivait manifestement pas Rossi, qui paniquait. Finalement, il conclut son argumentaire et s'assit, le souffle court.

Phelan se frotta les yeux.

— Arguments clos ? aboya-t-il.

— Clos, répondis-je.

— Clos, répéta Rossi.

— Cette requête est compliquée, dit Phelan. Et je dois vous dire à tous les deux que la marge de décision est mince, très mince. J'accepte la requête jusqu'à nouvel ordre.

— Monsieur le juge, la défense a demandé une mise en liberté sous caution, commençai-je.

— Rejetée pour le moment, répondit Phelan avec un regard aigre. Vous aurez ma décision sous une semaine. La Cour se retire.

Brusquement, il quitta l'estrade, nous laissant à peine le temps de nous lever.

— Qu'est-ce que c'était que cette histoire de Clayton qui peut aller se faire foutre ? demandai-je à Peter en me rasseyant.

— Le mémo dont je vous ai parlé, où Clayton disait que je ne faisais pas l'affaire, vous vous souvenez ? répondit-il avec une nonchalance étudiée. Il m'a licencié ce matin. Avec un préavis de trois semaines.

— Je suis désolé, Peter.

— C'est ce qui pouvait m'arriver de mieux, dit-il en haussant les épaules.

— Beau boulot, Henry, me lança Dom Rossi de l'autre bout de la table.

— Merci. Vous aussi. — Il fit une grimace et se détourna. — Qu'allez-vous faire, à présent ? demandai-je à Peter.

— Accrocher ma plaque quelque part, probablement.

— Pourquoi ne vous occuperiez-vous pas de cette affaire avec moi ? Officiellement, je veux dire.

— Je pensais que vous ne me le demanderiez jamais, sourit-il. Au fait, dit-il en prenant le paquet de *Sentinel*, les fédéraux ont commencé leur audit de Pioneer. Vous risquez d'avoir un autre client Windsor dans pas longtemps.

— Quand est-ce arrivé ?

— La semaine dernière. …Vous n'avez pas vu Mark ?

— Si, mais nous ne nous sommes pas parlé.

— Vous retournez au bureau ?

— Non, il faut que je retrouve un témoin. Ruth Soto.

19

Je sortis du tribunal dans la chaleur de la mi-septembre. Une âcre fumée flottait dans l'air, provenant des brûlis des rizières entourant la ville. Allié à la chaleur implacable, cet air aigre et suffocant rendait la ville insupportable, comme lors des pires journées de smog à Los Angeles. Mais bientôt, vers le début d'octobre, la chaleur diminuerait, l'atmosphère serait plus claire et la température descendrait durant la brève saison d'automne qui précédait les longues pluies hivernales. Avec un peu de chance, je serais parti d'ici là et je plaiderais l'affaire à San Francisco.

Je me rendis à Paradise Slough en répétant mentalement un autre petit discours sur la justice et la moralité pour persuader Ruth Soto de témoigner en faveur de Paul. Je ne l'avais pas rappelée depuis que j'étais retourné à Los Angeles, et j'espérais qu'elle aurait sérieusement réfléchi durant cette période. Plus le temps passait, plus je voyais en elle la meilleure chance d'acquittement pour Paul. Elle n'était pas le témoin classique pour confirmer un alibi — une amie ou un ami de la famille de l'accusé dont le jury aurait pu légitimement penser qu'elle avait des raisons de mentir. Et son témoignage n'était pas davantage un alibi classique : elle n'allait pas prétendre qu'elle était avec Paul quand McKay avait été assassiné. Son témoignage causerait bien plus de tort, car il détournerait l'attention sur les flics, et c'était exactement ce que je souhaitais pour pouvoir saper les preuves que la police avait rassemblées contre lui. Cela pouvait ne pas très bien fonctionner à Los Robles, mais dans une grande ville comme San Francisco, on ne révérait pas autant la police.

Je m'arrêtai devant la maison, remontai l'allée et frappai. J'attendis quelques minutes et frappai à nouveau. Finalement, la porte s'ouvrit sur Mme Soto qui me regarda d'un air renfrogné.

— *¿ Puedo hablar con Ruth ?* [1] demandai-je

— *Ya se fui* [2], répondit-elle aussitôt, d'un ton qui sous-entendait que cela durerait plus qu'un après-midi.

— *¿ Adonde ?* [3]

— *Para ver su hermana.* [4]

— Ma sœur, dis-je. Quand ?

— *Hace tres dias, señor*, dit-elle en refermant la porte. *Buscla allá.* [5]

— Merci, marmonnai-je.

Revenu à l'hôtel, j'appelai ma sœur et tombai de nouveau sur le répondeur. Je lui demandai de me rap-

---

1. Puis-je parler à Ruth ?
2. Elle est partie
3. Où ça ?
4. Voir votre sœur.
5. Il y a trois jours, monsieur. Vous la trouverez là-bas. (NdT)

peler et raccrochai, réfléchissant à la soudaine décision de Ruth d'aller la voir à Oakland. Avant que j'aie pu approfondir, le téléphone sonna.

— J'ai des nouvelles pour toi, dit Terry Ormes.

— Sur Howard T. ? demandai-je en prenant mon bloc.

— Howard Thurmond. T.H.U.R.M.O.N.D, ajouta-t-elle, toujours aussi méticuleuse. Il a été inculpé et convaincu d'un PC 288 il y a treize ans ici. Condamné à deux ans à la prison de Folsom, où il a fait dix mois avant de revenir ici et de déménager à L.A., il y a huit ans.

Le Penal Code 288 était l'attentat à la pudeur sur la personne d'un mineur de moins de quatorze ans, crime qui exigeait que le condamné soit enregistré auprès de la police de son domicile comme délinquant sexuel.

— Il était enregistré auprès de la police de Los Angeles ?

— Arrête, Henry. Pourquoi tu crois qu'il a déménagé et changé de nom ?

— Oui, logique. Tu as un numéro de dossier au tribunal ?

Elle me dicta un numéro que je griffonnai.

— Attends, c'est drôle, il y en a un autre. — Elle me le lut. — Je me demande pourquoi.

J'examinai les deux. Ils avaient chacun sept chiffres et lettres, mais l'un commençait par un A et l'autre par un R.

— Tu les as trouvés où ? Sur son casier ?

— Oui, sur une sortie imprimante du réseau informatique de l'État.

— Qui l'a arrêté ? San Francisco ?

— Comment j'ai pu être aussi idiote, grogna-t-elle. Ce n'est pas nous, c'est quelque chose du nom de

WCSO. Écoute, laisse-moi le temps de chercher ce que ça recouvre et je te rappelle.

— Ce sera peut-être plus rapide que je jette un œil au dossier du tribunal. Laisse-moi appeler Kevin. Il est au bureau ou il plaide ?

— Au bureau, je crois, répondit-elle. Pendant ce temps, je vérifierai le sigle.

— Henry, dit Kevin quand je le joignis à son bureau, d'où tu m'appelles ?

— De Los Robles.

— Terry m'avait bien dit que tu avais une affaire là-bas. Quelle merde.

— C'est là que je suis né, répondis-je.

— Eh bien, essuie la bouse de tes chaussures avant de venir me voir la prochaine fois. Qu'est-ce qu'il y a ?

— J'ai besoin que tu me rendes un service.

— Vas-y.

— Pourrais-tu passer au greffe du tribunal et jeter un coup d'œil à un dossier ? C'est une vieille affaire de PC 288. Il me faudrait une copie de la plainte et du rapport de police.

— Je ne pourrai pas avant demain matin. Ça ira ?

— Ouais.

— Quelle est la référence du dossier ? — Je lui donnai les deux. — Deux références ? Donc, c'est qu'il venait d'ailleurs ?

Je considérai les numéros, me sentant un peu idiot.

— Pourquoi je n'ai pas réfléchi à ça plus tôt ? Lequel est celui de San Francisco, le A, c'est ça ?

— Exact.

— Tu as une idée, pour le R ?

— L.A. ?

— Non, L.A., c'est G. Sinon, Oakland, les tribunaux d'East Bay ?

— C'est F. Écoute, Henry, il y a cinquante-huit comtés en Californie et on pourrait passer la nuit à essayer de deviner. Laisse-moi jusqu'à demain et je te rappelle.

— Merci, Kev.

Ayant raccroché, je pris la plainte contre Paul dans mon attaché-case et regardai la référence. Elle commençait par un S. L'affaire Thurmond n'avait pas été traitée à Los Robles.

Je rappelai Elena et eus droit une fois de plus au répondeur. Je laissai un autre message et appelai le bureau de Clayton pour savoir s'il y avait des messages pour moi. On frappa. Je raccrochai et criai :

— Entrez.

Ben Vega ouvrit lentement la porte et se glissa dans la chambre.

— Bonjour, Henry.

— Bonjour, Ben.

Il referma et resta en hésitant dans l'entrée.

— Venez vous asseoir, dis-je. Vous étiez en route pour le bureau ?

— Non, c'est mon jour de congé. — Il s'approcha de la fenêtre. — Vous avez une jolie vue, d'ici. On voit la rivière.

— Vous voulez boire quelque chose ? demandai-je en décrochant pour appeler le service d'étage.

— Non, non, je ne veux pas qu'on sache que je suis venu.

— OK. Pourquoi être venu, alors ?

— Pour vous dire que vous vous étiez trompé concernant Morrow, dit-il en s'asseyant sur le lit.

— Comment pouvez-vous le savoir ?

— Après ce que vous m'avez dit sur les photos, j'ai décidé de fouiner un peu.

— Où ça ?

— Dans son casier, pour commencer. Son van. Chez lui. Rien à signaler.

— Comment avez-vous pu y accéder ?

— Je vous ai déjà dit que Morrow et moi étions *compadres*, dit-il, presque agressif. Il n'y a pas d'autre pellicule.

— Vous pensiez vraiment que vous alliez en trouver une, si elle existe ? Morrow ne risque pas de laisser traîner un truc pareil.

— Nom de Dieu, vous le connaissez pas, s'emporta Ben. Vous le traitez de voleur et de menteur alors que c'est faux.

— J'ai un témoin prêt à témoigner que Paul Windsor a pris des photos trois jours avant que vous ne trouviez une pellicule dans sa voiture, dis-je calmement.

— Quel témoin ? demanda-t-il. Laissez-moi lui parler, à cette femme.

— Cette femme ? Comment savez-vous que c'est une femme ?

Il fut troublé un instant, puis il répondit :

— C'est sa femme, non ? C'est elle, votre témoin.

— Non, ce n'est pas sa femme, dis-je en le fixant. Et ce n'était pas à elle que vous pensiez, n'est-ce pas ?

Brusquement, il se leva et fit deux pas vers moi.

— Sortez pas des conneries comme ça contre Morrow durant le procès.

— Ce sont des menaces, Ben ?

— Non. C'est un type bien, Henry. Largement mieux que cet enfoiré de richard pour qui vous bossez.

— Il recula. — Vous avez grandi ici, vous êtes mexicain. Qu'est-ce qu'ils ont fait pour vous, ces gens de River Park ? Vous êtes des nôtres, Henry. On doit se serrer les coudes.

— Ce n'est pas si simple, Ben.

— Soyez pas un traître, mon vieux. Soyez pas une saloperie de *bolino*.

Cela faisait des années que je n'avais pas entendu ce mot, qui signifie noix de coco en espagnol : brun dehors, blanc dedans. C'était l'équivalent local d'Oreo, ces biscuits bruns fourrés d'une crème blanche, qu'utilisent les Noirs pour qualifier un des leurs passé au camp adverse.

— Je ne choisis pas mes clients d'après la couleur de leur peau, répondis-je avec raideur. Je ne crois pas que Paul Windsor ait tué McKay. Je pense que quelqu'un l'a piégé et je crois que c'est Morrow. Et c'est ce que je vais essayer de prouver.

— Mince, vous êtes dégueulasse, dit-il, incrédule. Mais j'aurais dû piger ce que vous étiez quand j'ai vu le petit jeune dans votre chambre. Vous êtes comme Windsor. Une saloperie de pédale.

— Paul est hétéro.

Ben ricana, méprisant, tourna les talons et sortit à grands pas de la chambre en claquant la porte. Je me levai et allai la fermer à clé.

Un peu plus tard, allongé sur le lit, je repassai mentalement la scène. Il était difficile de savoir ce que Ben avait prévu de me dire et ce qu'il avait improvisé, mais il était évident que le but de sa visite n'était pas d'innocenter Morrow, mais de me convaincre de le lâcher. Cela balayait mes derniers doutes sur la substitution de la pellicule par Morrow. J'avais déjà envisagé comment il avait développé la pellicule que Vega avait saisie dans la voiture de Paul. La solution m'était venue durant le week-end, à Los Angeles. Josh m'avait demandé d'aller chercher pour lui des photos qu'il avait prises à l'anniversaire d'un ami. Elles avaient été développées dans un labo dont l'argument commercial était de faire les travaux en une heure.

Morrow aurait eu juste le temps pour trouver le même genre de labo à Los Robles, faire développer la pellicule, voir qu'elle ne contenait que des photos de Ruth et la remplacer par une autre récupérée dans un dossier des Mœurs, où il travaillait avant de passer à la Criminelle. J'étais sûr qu'en enquêtant auprès des labos de la région, on trouverait quelqu'un qui se souviendrait d'avoir vu Morrow apporter la pellicule, mais je gardais cet atout pour le procès.

S'il avait lieu. Morrow commençait à s'inquiéter, s'il m'avait envoyé Ben. Suffisamment pour faire une bêtise, peut-être. À moins qu'il ne l'ait déjà commise. Ben avait dit « la femme » en parlant de mon témoin. Je savais — tout comme lui — qu'il ne parlait pas de Sara. Plus j'y pensais, plus il me semblait clair que Morrow et lui avaient compris que j'avais parlé à Ruth. Cela expliquait sa brusque disparition. Elle avait été mise en garde — ou menacée.

J'allumai la lampe de chevet et consultai ma montre. Il était un peu plus d'une heure. Je me redressai, pris le téléphone et appelai Elena. J'eus droit à ce même fichu répondeur sur lequel j'avais déjà laissé deux messages. Apparemment, ma sœur filtrait ses appels. Cela aussi, c'était logique. Je lui laissai un troisième message lui disant qu'il était urgent que je parle à Ruth.

Quelques minutes plus tard, le téléphone sonnait. Je décrochai, m'attendant à entendre Elena.

— Maître Rios ? demanda une voix d'homme inconnue.

— Oui.

— C'est Don, à la réception, dit-il en montant d'un ton comme s'il n'était pas très sûr de son identité. Je suis désolé de vous ennuyer, mais quelqu'un a appelé pendant que vous étiez en ligne. Il a dit que c'était urgent. Mark Windsor.

— Il vous a dit ce qu'il voulait ?

— Juste que c'était urgent. Il a laissé un numéro.

— Dites-le-moi.

Il me le donna lentement. Je reconnus immédiatement celui de Sara.

— Vous êtes sûr que c'était Mark Windsor, pas Sara Windsor ?

— C'était un homme, dit-il, et c'est le numéro qu'il a laissé. Vous voulez que je vous l'appelle ?

— S'il vous plaît.

J'entendis deux sonneries, puis on décrocha.

— Callahan.

— Excusez-moi, dis-je, complètement dans le brouillard. J'essaie de joindre Mark Windsor.

— Ouais, dit-il.

Je l'entendis poser l'appareil sur une surface dure. Puis un brouhaha de voix dans le fond. Je crus tout d'abord qu'il y avait une fête, mais cela me semblait bizarre. Après d'autres bruits sourds, une voix reprit :

— Allô ? dit Mark.

— Mark, c'est Henry Rios. Mais qu'est-ce qui se passe, à la fin ?

Avec un calme surnaturel, il répondit :

— Sara est morte, Henry. Tu pourrais venir, s'il te plaît ?

20

Je n'avais pas vraiment remarqué la piscine la première fois, mais il faut dire que je ne m'étais pas aventuré plus loin que la roseraie et que je ne me doutais pas de l'ampleur du terrain derrière la maison. La piscine était située à l'est de la roseraie, au bas d'une pente. Tout ce que l'on en voyait depuis l'arrière de la maison, c'était des arches qui la longeaient. Entre elles et le bassin, s'étendait une terrasse pavée meublée de fauteuils de jardin et de tables en fer forgé laqué blanc. L'un des fauteuils était retourné. Une bouteille de sauvignon blanc presque vide, encore couverte de buée, était posée sur une table. Le verre dans lequel on avait bu était au fond de la piscine, pas loin, me dit Mark, de l'endroit où l'on avait repêché le corps de Sara.

Des projecteurs éclairaient les profondeurs calmes de la piscine. Le corps avait été sorti et tout le monde était parti ou sur le point de s'en aller — flics, premiers secours, la voisine dont Sara avait dérangé le sommeil pour la dernière fois. La femme avait entendu un hurlement et des cris, mais elle n'avait pas réussi à distinguer des paroles. Effrayée par le bruit, elle avait appelé la police. Quand ils étaient arrivés, les policiers avaient trouvé la porte d'entrée fermée à clé, la maison intacte et Sara Windsor au fond de la piscine. Ils étaient parvenus à la conclusion pas très remarquable que Sara, ivre, était tombée dans l'eau et s'était noyée.

— Mais pourquoi ici ? demandai-je en m'approchant du bord de la piscine, où les dalles étaient encore trempées.

Mark jeta son allumette et haussa les épaules.

— Comment savoir ? Elle était ivre. Quand elle avait bu, elle errait n'importe où.

Je me retournai vers lui. Il fumait entre deux arches, le dos tourné à une lune pâlissante, et je remarquai qu'il portait son blouson du lycée, bleu et blanc, avec les grosses lettres L.R. sur un côté. L'espace d'un instant, dans cette lumière fantomatique, il aurait pu avoir de nouveau seize ans, mais il bougea et l'illusion s'évanouit. Il avait l'air d'un trentenaire fatigué et bouffi, comme moi.

— Paul est au courant ? demandai-je en m'approchant.

— Non. Je vais aller le voir demain.

— Tu veux que je vienne avec toi ?

— Merci, mais je pense qu'il vaut mieux que j'y aille seul. — Il bâilla. — Écoute, je prendrais bien un verre. Et toi ?

— Du café, plutôt.

— Rentrons, il fait froid.

Il avait raison. Une fine vapeur flottait à la surface de l'eau et je sentais l'humidité de l'automne à travers ma chemise. Nous retournâmes vers la maison et nous rendîmes à la cuisine. Il se mit en devoir de préparer du café pendant que je le regardais, assis à la table, en me remémorant les événements de la journée. La disparition de Ruth. La visite de Ben. La mort de Sara. J'étais pratiquement sûr que deux sur trois étaient liés. Et bien que ne voyant pas où se situait Sara dans l'équation, je ne pouvais pas la résoudre sans elle.

— Tu le prends comment ? demanda Mark en servant deux tasses.

— Noir.

Il s'excusa, sortit un instant et revint avec une bouteille de Jameson. Il s'en versa un peu dans la sienne et apporta les deux tasses qu'il posa délicatement sur la table avant de s'asseoir. Les yeux fermés, il but une gorgée.

Il frissonna, continua de boire et attrapa la bouteille.

— J'ai un penchant pour ce truc, moi aussi, dit-il en s'en versant encore. Mais pas autant que Sara.

— On ne naît pas alcoolique, répondis-je.

— C'est pour ça que tu as arrêté ?

— Ouais. Je ne me maîtrisais plus.

— Je n'arrive pas à t'imaginer ne te maîtrisant pas, sourit-il faiblement.

— Fais-moi confiance, dis-je, me rappelant ma dernière cure de désintoxication. C'est vrai, Mark.

— Café et œufs sur le plat, dit Mark. C'est mon régime. Tu cuisines ?

— Parfois.

Un silence gêné s'installa.

— Sara était parfois une sacrée garce, dit brusquement Mark, le regard sombre. Mais je ne pouvais pas lui en vouloir, avec ce que lui a fait subir Paul. Il faut lui reconnaître le mérite d'être restée avec lui.

— Pour l'argent ? demandai-je, cynique.

— Tu ne le demanderais pas si tu avais connu un divorce, dit-il avec un sourire douloureux.

— Eh bien, d'après ce que j'ai vu de ce couple, l'argent me paraît une raison plus probable que l'amour.

Il rumina ses pensées en fixant sa tasse.

— On dirait qu'on n'aime pas les gens qu'on devrait aimer, dit-il en caressant le rebord du bout de l'index. C'est comme pour Paul. C'est mon frère, mais je ne l'ai jamais aimé. Ni mon père. — Il joua avec sa tasse. — Ce n'est pas vrai. J'aimais mon père, même si c'était un connard, même s'il ne s'est jamais soucié de moi.

— Qu'est-ce que tu méprises à ce point chez Paul ? Le fait qu'il n'a jamais tenu tête à ton père ? Ce n'est pas sa faute s'il n'était pas aussi fort que toi. Ce n'était qu'un gosse, Mark.

Ses mâchoires se serrèrent.

— Il me faut un autre verre, là, dit-il avant de remplir sa tasse. Il n'y avait que nous quatre. Je n'avais personne d'autre à qui parler de ce qui se passait en dehors de Paul. Comme le soir où maman était tellement ivre au dîner qu'elle a vomi et que papa nous a obligés à rester assis et à continuer le repas comme si de rien n'était. J'étais obligé de compter sur Paul. — Il remplit à nouveau sa tasse. Sa voix était devenue pâteuse. — Mais Paul était pire qu'eux. Ils faisaient comme si tout allait bien. Paul, lui, il le croyait. Vraiment. Je crois qu'il est volontairement devenu fou pour ne pas avoir à affronter tout ça. Et du coup, je me suis retrouvé tout seul.

Ma première pensée fut que l'auto-apitoiement était un trait de caractère des fils Windsor, puis je songeai à Elena et moi. La seule différence entre les enfants des Rios et ceux des Windsor était l'amplitude de notre isolement mutuel.

— Toi excepté, murmura Mark. Parce que toi, tu étais là. Tu n'es pas obligé de me croire, mais quand j'ai appris que tu revenais ici, j'ai vraiment été heureux. Cela faisait si longtemps.

— Je t'ai écrit une fois, dis-je.

Si je n'avais pas été aussi fatigué, j'aurais moins eu l'air d'un amoureux dépité. Mais il faut dire que c'était une conversation épuisante, après toutes ces années. Elle l'était pour Mark aussi. Il était blême de fatigue.

— Ouais, j'ai encore la lettre quelque part. Tu me disais que tu étais pédé. — Il serra l'anse de la tasse entre ses doigts. — Qu'est-ce que tu voulais que je fasse ? demanda-t-il agressivement. Que je t'envoie des fleurs ? Que je te dise que ça ne changeait rien ? Je peux te dire que si, ça changeait vachement de choses, Hank. Je te faisais confiance, mon vieux, et toi... Je ne suis pas comme ça, pas comme toi.

— Tu crois que tout ce qui m'intéressait, c'était de baiser avec toi ?

Il se recroquevilla, l'espace d'une seconde. Puis d'une voix sourde et furieuse :

— Dans ta lettre, tu disais que tu m'aimais, dit-il. Qu'est-ce que j'étais censé comprendre d'autre ?

— Oui, je t'aimais, répondis-je sur le même ton. Je comptais sur toi tout comme tu comptais sur Paul, pour me comprendre.

Je le vis essayer d'assimiler tout cela et je fonçai, ayant attendu vingt ans qu'arrive ce moment.

— Ça n'avait rien à voir avec le sexe. Enfin, concédai-je, sentant qu'il valait mieux être honnête, le sexe n'était pas le principal. J'aurais pu vivre avec toi en faisant une croix dessus. Mais en ne répondant pas, tu as refusé tout, y compris notre amitié et le seul bonheur que j'aie jamais eu.

— C'est ce que j'ai ressenti quand j'ai reçu la lettre, dit Mark, sans céder d'un pouce à ma colère. Je savais déjà que je n'étais pas comme les autres, Henry, avec l'enfance que j'ai eue dans cette maison. Être ton ami, ça a été le truc le plus normal que j'aie pu faire. Mais ta lettre a tout changé.

— Mais alors, qu'est-ce que tu éprouvais pour moi, bon sang ?

La question le prit de court et je vis la colère s'évaporer sur son visage.

— Tu étais mon frère, dit-il finalement.

— Parce que les frères ne s'aiment pas ?

— Bon sang, murmura-t-il — mais je ne pus discerner si c'était une révélation ou la résignation qui l'avait provoqué.

— Ils ne s'aiment pas ? répétai-je, calmement.

Il posa la main sur la table et acquiesça.

— Je t'aimais, dit-il.

L'aigreur que je sentais dans ma bouche ne venait ni du café ni du manque de sommeil. Et ce n'était pas une victoire, oh, non. C'était vingt années de regret.

— Tu as encore des cigarettes ? demandai-je.

— Bien sûr, s'étonna-t-il, et il chercha son paquet de Winston dans son blouson, en sortit deux et les alluma. Je croyais que tu ne fumais pas.

— J'ai arrêté après la fac, dis-je en savourant l'âcre fumée.

Nous restâmes silencieux pendant quelques minutes. Je songeai à Sara, que j'avais complètement oubliée depuis une demi-heure. Pourtant, ce n'était que la proximité de la mort, de sa mort, qui nous avait fait nous confier l'un à l'autre.

— Je crois que je comprends, à présent, dis-je finalement.

— Tant mieux. Ça me fait plaisir. — Il éteignit sa cigarette dans sa tasse. — Je suis ruiné, Hank. Et je vais probablement finir en prison.

— Je sais. Stein me l'a dit. Il a lu des documents dans le bureau de Clayton.

— Eh bien, bâilla-t-il. Au moins, je n'aurai pas à me demander de quel côté tu es.

— Je peux te représenter, si tu veux.

— Merci, dit-il en se levant, mais je ne crois pas que je peux m'offrir tes services.

— Je n'ai pas dit que je les facturerais.

— Je suis fier de toi, Hank, dit-il en me tapotant l'épaule. Tu le sais ? Je crois qu'on devrait s'en aller, ajouta-t-il dans un nouveau bâillement.

— Je peux te reconduire.

— Non, je vais marcher. Ce n'est pas loin, ça me dégrisera. Quelle heure il est, au fait ?

— Presque 5 heures.

— Mince, si j'avais vingt ans de moins ou si je n'avais pas autant bu, je serais bien allé courir.

Nous verrouillâmes la maison et il me raccompagna à ma voiture. Le ciel virait au gris fumée tandis que les premières lueurs de l'aube apparaissaient lentement sur l'horizon, et l'air était frais et humide. Un temps idéal pour courir.

— À bientôt, dit-il.

— Mark, de quoi tu voulais me parler, l'autre soir, au Hyatt ?

— De rien que je ne t'aie déjà dit ce soir. Au revoir.

— Au revoir.

Il remonta la rue de la démarche hésitante d'un ivrogne, en sifflotant faux et je songeai qu'il ne m'appellerait pas le moment venu. Il avait avancé tout seul dans la vie et il continuerait ainsi sans accepter la charité ni jouer sur une vieille amitié. Peut-être était-ce simplement un névrosé. Sans doute avait-il fait du mal à beaucoup de gens pour édifier l'entreprise qui s'effondrait désormais autour de lui. Pourtant, cela m'est si rarement arrivé que j'éprouve une dette envers ceux que j'ai aimés, pour avoir brisé ma solitude. Et c'est le poids de cette dette que je sentais en le regardant s'éloigner.

Le téléphone me réveilla à midi. À tâtons, je cherchai le téléphone, le fis tomber et le ramassai péniblement. Je portai l'écouteur à l'oreille en fermant les yeux devant la lumière éblouissante des fenêtres.

— Ouais, parvins-je à articuler.

— Je tombe au mauvais moment, bonhomme ?

— Je dormais, Kev.

— Elle est dans un autre fuseau horaire, ta ville de ploucs, ou bien tu as eu une nuit difficile ?

— La femme de mon client s'est noyée hier soir, dis-je.

— Ah. Et tu sais déjà comment tu vas verser ça au dossier des preuves ?

— Dis pas de conneries, répondis-je en me réveillant. Tu m'appelles concernant les documents, j'imagine. Tu as pu t'en occuper ?

— Impossible, mon vieux. Le dossier a été mis sous scellés par ordre du tribunal.

— Pourquoi ? demandai-je en me redressant.

— Je pense que c'était pour protéger l'identité de la victime.

Oui, c'était logique, puisque la victime était mineure.

— Quel délai faudrait-il pour obtenir une main levée du tribunal ?

— Eh bien, si je fais une demande de communication confidentielle, nous pourrions avoir une audience dans une semaine.

— Trop long. Tu n'as pas un juge qui te doit une faveur, là-bas ? Celle que tu avais épousée ?

— Frances Flynn ? demanda-t-il, incrédule. Tu ne te rends pas compte de ce que tu me demandes, là.

— C'est vraiment important. Il se passe des choses carrément troubles dans cette affaire, y compris le décès de la femme hier soir. Il faut que je voie ce dossier.

— Bon, tu connais le métier. Je vais peut-être réussir à nous faire caser une audience demain, mais je préférerais nettement que tu viennes t'en occuper en personne.

— Pas de problème, de toute façon, je suis obligé d'aller à Oakland.

— Personne n'est obligé d'aller à Oakland, répondit-il. Laisse-moi voir ce que je peux faire et je te rappelle.

— Merci.

Je rejetai les couvertures, me levai et arpentai la chambre pour m'éclaircir les idées. Cela fait, je commandai du café et me préparai à la tâche qui m'incombait : aller voir Paul.

Mark était déjà passé, mais Paul avait été mis au courant de la mort de Sara avant cela. L'un des flics qui s'étaient rendus sur place avait appelé la prison. On avait réveillé Paul à 3 heures du matin pour lui annoncer que sa bonne femme s'était tuée. D'après son allure, il était clair qu'il n'avait pas dormi depuis. Il était assis en face de moi, pas rasé, hirsute, le regard fou, mais il parlait calmement. Dans ce visage épuisé, je distinguai pour la première fois sa ressemblance avec Mark.

— Tu ne peux pas savoir si c'était un suicide, répétai-je pour la troisième ou quatrième fois sans parvenir à le convaincre. Cela peut très bien être un accident.

Je n'en étais pas moi-même très persuadé, mais il était dangereux d'alimenter sa culpabilité ou sa paranoïa.

— Comment tu le sais, tu n'étais pas là quand c'est arrivé.

— Paul, je lui ai parlé la semaine dernière. Elle allait bien.

— Tu ne comprends pas ce que je lui ai fait subir, ce dont je l'ai privée. Elle n'avait pas d'amis. Pas de vie. Juste l'alcool.

— Vas-tu enfin arrêter de t'apitoyer sur ton sort ? — Il frémit, mais ne répondit pas. — Tu n'es pas Dieu, Paul. Tu n'as pas à donner aux gens des raisons de vivre ou de mourir. Sara était solide, elle a traversé beaucoup d'épreuves, tu le sais aussi bien que moi. Ne lui enlève pas cela.

Il se mit à sangloter, tendit la main et me saisit le poignet.

— Tu ne sais rien.

— Tu ne m'as pas entendu ?

— Elle me détestait, dit-il en me regardant de ses yeux rougis. Elle voulait me faire du mal.

— Tu ne penses jamais à personne d'autre, Paul ? demandai-je en retirant ma main.

Il s'essuya sur sa manche.

— Tu ne comprends pas.

— Je crois que tu as raison. Ta femme est morte et tu pleures sur ton sort. Je ne comprends pas.

— J'ai souffert, se lamenta-t-il. Tu ne sais pas ce que c'était quand j'étais gosse.

— Mark m'en a parlé. C'était pénible. Je compatis, mais tu as trente-deux ans, Paul. Tu es trop vieux pour rejeter la faute sur papa et maman.

— Va te faire foutre. Qu'est-ce que tu sais de mes parents ?

— Mark m'a dit...

— Je l'ai baisée, Henry, cria-t-il. Elle m'a obligé.

— Mais de quoi tu parles ?

— C'était une salope et une ivrogne. J'étais tellement heureux quand elle est morte. J'ai cru qu'elle avait emporté ce sentiment dans la tombe. Et puis j'ai connu Ruth.

— Mais de qui tu parles ?

— De ma mère, chuchota-t-il. De ma mère.

21

— Je venais de rentrer de la piscine, raconta Paul, et je l'ai entendue faire son vacarme dans la maison, saoule comme d'habitude. Il n'y avait personne d'autre, sauf la bonne, peut-être, je ne sais pas. Je l'ai entendue parler toute seule devant ma chambre, puis elle est entrée, avec la boîte de talc de mon père à la main. (Pendant un moment, il digressa sur son père, puis il reprit le fil de son récit :) J'étais là en maillot de bain et elle s'est mise à me talquer partout. Jusque dans les yeux. Je n'y voyais plus rien. Et en répétant des âneries. « Mon bébé » : voilà ce qu'elle répétait. « Mon bébé. »

Je n'ai jamais raconté cette histoire à personne. Enfin si, à Sara. Je lui ai raconté. — Il se remit à pleurer. — Je l'ai repoussée, mais elle revenait à la charge. Puis je me suis retrouvé sur mon lit et elle s'est mise à me frictionner, allongée sur moi. Elle empestait. Les cheveux, la peau. Elle ne se lavait plus quand elle buvait. Bon sang, Henry, dis quelque chose.

— Je suis désolé, Paul. Désolé que ce soit arrivé.

— Elle a glissé la main dans mon maillot de bain et m'a serré les couilles à me faire mal. — Il se frotta nerveusement le cou. — Elle s'est mise à me branler, en me mettant la langue dans la bouche, ça avait un goût de gin. Elle buvait ça. — Il retira la main de son cou. — Sara aussi aimait le gin. Tout comme maman. « Fais-moi un G&T puisque tu es debout, Herb » : c'était la litanie de maman.

— Tu n'as pas besoin de me raconter la suite, dis-je.

— Mais je le veux ! Elle m'embrassait et me branlait. Écoute, j'avais treize ans, tu sais. Je bandais toute la journée, avoua-t-il, respirant de manière haletante et saccadée. Ça a commencé à devenir agréable. J'ai enlevé mon maillot de bain. — Il me jeta un regard et se détourna. — Pour lui faciliter la tâche.

— Tu devais être terrifié.

— Oui, j'oscillais entre terreur et... eh bien, cette sensation physique. Comment tu voulais que je réagisse avec quelqu'un qui me branlait ?

— Je comprends, Paul.

— Ah bon ? demanda-t-il aigrement. Elle a soulevé sa robe et elle... Je n'en revenais pas de ce qui se passait. Ça a été comme me faire avaler. Et puis j'ai joui. Pas elle. Pas cette fois-là.

— Ça a recommencé ?

Il se calma.

— De temps en temps, jusqu'à ce que je parte à l'université. Elle était tout le temps bourrée. À moitié dans le coma.

— Tout le temps ?

— Enfin, on n'en a jamais parlé.

— Tu n'as jamais pensé à t'adresser à quelqu'un ?

— Quand ça a été terminé, c'était terminé.

— Et Ruth ?

— Oui, je sais. J'ai lu ce qu'on en dit dans ces foutus bouquins, Henry. Je sais tout sur les pédophiles. Je sais parfaitement comment ça fonctionne. Eh bien, crois-moi, ça n'est pas si simple. Je ne transmettai pas ce que m'avait enseigné ma mère. Mes sentiments pour Ruth étaient sincères.

— Mais tu dois bien voir qu'il y a un lien.

— Et qu'est-ce que tu voulais que je fasse ? Que je dise non ? Que je m'en veuille ? Que je me suicide ? Conneries, dit-il en se levant.

— Que tu en parles à quelqu'un, répondis-je.

— Merci. Merci bien.

Il gagna la porte.

Je trouvai un message de Kevin en rentrant à l'hôtel.

— Quoi de neuf ? demandai-je quand on me le passa.

Il y eut un petit silence.

— Tu as l'air dans un état encore pire que ce matin, mon vieux.

— La journée a été dure.

— Nous sommes prévus à 13 h 30 avec le juge Flynn, demain. Pour ta requête de mainlevée. J'en ai rédigé une à toute vitesse en disant que cela pourrait mettre au jour des preuves cruciales pour une affaire que tu traites en ce moment. C'est ce que tu voulais ?

— Ouais.

Dehors, le soir tombait. La perspective de passer une autre nuit à Los Robles m'était insupportable.

— Écoute, si je rentre à San Francisco cette nuit, je peux dormir chez vous ?

— Bien sûr. À quelle heure tu comptes arriver ?

— Si je pars maintenant, je peux y être vers 20 heures.

— Ça me va. Tu es sûr que ça va ?

— Ouais, on se voit tout à l'heure.

Je raccrochai, fixai le téléphone un instant, puis appelai chez moi à Los Angeles. Josh décrocha au bout de deux sonneries.

— Salut, dis-je.

— Salut. J'allais t'appeler, tiens.

Je ne savais pas très bien comment lui raconter de manière cohérente tout ce que j'avais en tête.

— Sara Windsor est morte hier soir.

— Comment est-ce arrivé ?

— D'après les flics, elle avait bu et serait tombée dans la piscine.

— Tu n'en es pas convaincu.

— Je ne sais pas très bien, répondis-je avec lassitude. Je voulais juste entendre ta voix.

— Henry, dit-il d'un ton inquiet. Ça va ?

— Tu me manques.

— Je crois qu'il faut que je vienne.

— D'ici à deux jours, peut-être. Il faut que j'aille à San Francisco ce soir. Et à Oakland. Je ne sais pas exactement quand je reviens.

— Tu es sûr que tu es toujours obligé de tout garder pour toi ?

— J'essaie de ne pas le faire. C'est pour ça que je t'ai appelé.

— Rappelle-moi demain, OK ?

— Promis.

Je remontai l'allée de la maison de Terry sur Nœ et me garai. À peine avais-je sorti mon sac du coffre que j'entendis la porte s'ouvrir et que je vis Kevin en haut des marches, un verre de vin à la main, pieds nus, mais toujours en costume.

— Salut. Besoin d'un coup de main ?

Je gagnai le perron en secouant la tête.

— Tu viens de rentrer ?

— Ouaip. Terry nous retrouve au restaurant. — Il s'effaça pour me laisser passer et je posai mon sac dans l'entrée. — Tu veux un Coca, autre chose ?

— Du café ?

— Il en reste de ce matin. Monte.

Je le suivis dans la cuisine. Une porte-fenêtre ouvrait sur une terrasse qui donnait sur China Basin.

— Nous avons réservé pour 21 heures, expliqua-t-il en me servant un mug de café. Sortons.

Je le suivis sur la terrasse et le regardai rouler un joint sur la balustrade, l'allumer et en prendre une bouffée.

— Dommage que tu aies renoncé aux stupéfiants, siffla-t-il. J'ai rapporté ça de Maui.

— Est-ce que Terry... ?

— Nan, souffla-t-il. Elle sort de la pièce quand je me l'allume. — Il haussa les épaules. — Tu as l'air d'avoir eu une sacrée journée, Henry.

— J'ai entendu une histoire plutôt effrayante, ce matin.

— Ah oui ? J'adore les histoires effrayantes.

— Mon client a été violé par sa mère.

Il haussa un sourcil.

— C'est ce que j'aime, dans ce métier. Si on reste assez longtemps, on entend vraiment de tout.

— Parfois, je n'en reviens pas de ce que les gens s'infligent mutuellement.

— Reviens-en. Il n'y a plus rien qui n'ait déjà été fait. Les règlements de comptes, c'est notre gagne-pain.

— Oui. Peut-être que c'est pour ça que les flics ont fabriqué de toutes pièces des preuves contre mon client.

— Ça n'arrive que dans les séries policières, répliqua-t-il en tirant sur son joint.

— Arrête, Kev, ça arrive tous les jours. Tu te retrouves avec un flic dans le box pour démontrer une arrestation abusive. Ton client vient de raconter que la police a défoncé la porte et l'a mis en joue à bout portant et tu demandes : « Alors, agent Jones, est-il exact que vous avez défoncé la porte ? » Qu'est-ce que tu crois qu'il va faire ? Avouer ? Non, il te répond : « Nous avons frappé et l'accusé est venu nous ouvrir. » Ils savent très bien qui le juge va croire.

— Ce n'est pas pareil que de fabriquer littéralement des preuves.

— C'est une simple question de degré, dis-je en contemplant un bateau brillamment éclairé qui remontait dans la baie. Tout dépend de ce qu'ils pensent pouvoir faire impunément. Dans une petite ville comme Los Robles, où tout le monde se serre les coudes, ils peuvent s'autoriser ce qui leur chante.

— Et pourquoi l'ont-ils fait ?

— Il y a quelques années, mon client a été accusé d'abus sexuels sur mineur. L'affaire a bénéficié d'un non-lieu parce que la victime refusait de témoigner. Le même flic et le même DA qu'à l'époque s'occupent du dossier actuel. Peut-être qu'ils essaient de faire eux-mêmes justice pour le passé.

Il écrasa le joint et jeta le mégot dans les buissons au-dessous de la terrasse.

— J'espère que tu as une position de repli.

— C'est pour ça que je veux voir ce dossier demain.

— Terry dit que l'affaire remonte à quinze ans. Qu'espères-tu découvrir ?

— Je ne sais pas.

— Bonne chance, *compadre*. On ferait bien d'y aller.

Nous gagnâmes à pied un restaurant de la Vingt-Quatrième Rue, un italien qu'on sentait à cent mètres. Terry nous attendait déjà et examinait avec entrain le menu quand nous entrâmes.

— Dix minutes de retard, dit-elle sans lever le nez.

— Tu sais le temps qu'il faut aux garçons pour se préparer, lui dit Kevin en l'embrassant sur la joue.

— J'ai cherché à quoi correspondait le sigle sur le casier de Thurmond, Henry, me dit-elle.

— Et qu'as-tu trouvé ?

Elle fouilla dans son sac et me tendit une sortie imprimante.

— Il y a quatre possibilités.

Je pris la feuille. West Covina Sheriff's Office. Westminster Sheriff's Office. West Valley Sheriff's Office. Tous étaient dans la région de Los Angeles, sauf la dernière : Woodlin County Sheriff's Office.

— C'est forcément celle-là, dis-je. Aucun doute.

— Où est le comté de Woodlin ? demanda Kevin.

— Juste à côté du comté de Los Robles, répondis-je.

Le lendemain matin, je me rendis chez ma sœur. En montant la route toute en virages, je vis ce qui avait changé depuis ma dernière visite deux mois plus tôt. Les feuilles jaunissaient et la chaussée était couverte de poussière. Seules quelques roses fleurissaient encore le long de la route, leurs rares pétales tenant à peine au bouton. Je traversai le petit pont menant au jardin d'Elena et fus surpris d'y trouver sa voiture. Je pensais qu'elle serait partie donner ses cours.

Je sonnai, entendis le carillon résonner dans la maison, et attendis. Au bout d'un moment, la porte s'ouvrit et Elena se rembrunit en me voyant.

— Il faut que je parle à Ruth.

— Elle n'est pas là.

— Elle est là, Elena, répondis-je en coinçant la porte du pied. C'est important.

Elle jeta un regarda méprisant à mon pied.

— Ne fais pas de scène. Va-t'en, c'est tout.

Je décidai de jouer mon va-tout.

— Sara Windsor est morte.

Elle releva brusquement la tête.

— C'est cruel, de jouer là-dessus.

— C'est la vérité.

Elle me fixa un long moment, puis lentement, elle ouvrit la porte.

— Entre.

Je la suivis. L'austère et glacial salon était inondé de la lumière du matin. Par terre, près de la table basse, étaient posées des petites voitures, et sur le sofa se trouvait un livre ouvert, à l'envers. Je jetai un coup d'œil au titre : *Poèmes choisis*, d'Elizabeth Bishop. À côté attendait un bloc-notes jaune dont la première page était couverte d'une écriture menue et serrée, ainsi qu'un stylo en laque noire.

— Assieds-toi, dit-elle.

Dans la vive lumière, les rides profondes de son visage se creusaient et ses cheveux gris paraissaient blancs. Que s'était-il passé ?

— Il faut que je parle à Ruth.

— Ne me fais pas de chantage, dit-elle en pinçant les lèvres, méprisante.

— Je ne pense pas que tu me laisses d'autre choix.

— Elle est sortie. Avec Joanne. Elles doivent rentrer bientôt. Tu pourras lui parler à ce moment-là. Maintenant, parle-moi de Sara.

— Il y a deux nuits, elle s'est noyée dans sa piscine. La police pense qu'elle avait bu et qu'elle est tombée.

Je marquai une pause, le temps de lui laisser absorber l'information.

— Continue, dit-elle, impénétrable.

— C'est tout.

— C'est tout ? Et les obsèques ?

— Je suppose que Mark s'en occupera, à moins qu'elle ait encore de la famille ?

— C'est bien ton genre de ne pas le savoir, dit-elle aigrement. Ou de ne pas t'en soucier. Oui, elle en a. Sa mère, des frères. Mon Dieu, dit-elle brusquement.

— Je suis désolé, Elena, je sais que c'était une amie.

— Pourquoi tu ne m'as pas appelée plus tôt.

— J'ai laissé des messages.

— Tu ne m'as pas parlé de Sara.

— Ce n'est pas le genre de choses qu'on laisse sur un répondeur.

Elle acquiesça à contrecœur.

— Que veux-tu de Ruth ? demanda-t-elle après un silence.

— Je veux savoir pourquoi elle est venue ici.

— Pour t'échapper. T'empêcher de l'obliger à revivre quelque chose qu'elle tente d'oublier.

— Qui a eu l'idée de la faire venir ici ? Pas elle.

— Je sais comment tu peux être quand tu t'es mis en tête de faire quelque chose. Ruth n'est qu'une enfant. Elle ne fait pas le poids devant toi.

— Mais toi si, répondis-je vivement, irrité de son agressivité et de sa vertueuse indignation. Tu savais que Ruth risquait d'être mêlée à l'affaire et tu as conseillé à Sara de m'engager comme avocat pour Paul, afin de pouvoir tirer les ficelles.

— Quelles ficelles ? demanda-t-elle en prenant ses cigarettes. Nous nous sommes à peine parlé, ces dix dernières années.

— Nous avons grandi ensemble. Un père alcoolique, une mère folle, tu te souviens ? Tu savais que j'aurais de la peine pour Ruth. Tu espérais que je la protégerais. Mais tu ne pouvais pas totalement me faire confiance, hein ? Alors tu l'as fait venir ici.

— Tu voulais la faire témoigner, répondit-elle derrière un voile de fumée. Je ne vais laisser personne lui faire du mal.

— Mais aucune importance si Paul va en prison pour quelque chose qu'il n'a pas commis ?

— Paul mérite déjà bien assez la prison.

— Ta compassion ne va pas très loin.

— Pas jusqu'aux violeurs d'enfants, si c'est ce que tu veux dire, répliqua-t-elle en pointant sa cigarette sur moi.

— Ou aux *hommes* homosexuels.

Elle me gifla, violemment, à m'en faire tourner la tête.

— Méprisable petit fils de pute.

— Tu crois que ça me pose un problème que tu sois lesbienne ? dis-je en lui attrapant le poignet.

— Alors c'est par cruauté désintéressée que tu harcèles les gens ? demanda-t-elle en se dégageant. Ça te donne plus de droits ?

— Elena, je suis venu parce que tu m'as amené sur cette affaire. Pourquoi ?

— J'avais de la curiosité pour toi, dit-elle en se massant le poignet. Je voulais savoir le genre d'homme que tu étais devenu.

— Tu ne m'as pas vraiment donné la possibilité de te le montrer.

— Peut-être que je voulais aussi en savoir plus sur moi-même, Henry, dit-elle en haussant les épaules.

— Moi, je le sais. Tu es quelqu'un de bien. Le reste n'a pas d'importance.

— Merci. Merci de me dire cela.

— Maintenant, laisse-moi te montrer qui je suis, à mon tour.

Au même instant, la porte s'ouvrit et Carlos fit irruption dans la pièce en piaillant :

— Mamie, regarde ce que j'ai.

Il s'immobilisa en me voyant. Ruth arriva derrière lui, suivie d'une corpulente Noire entre deux âges. Joanne, la fameuse colocataire.

— Qui êtes-vous ? demanda-t-elle.

— Joanne, c'est mon frère, Henry.

— Bonjour, dis-je en me levant.

— Bonjour, répondit-elle en ignorant ma main tendue. Qu'est-ce qu'il fait ici ? demanda-t-elle à Elena.

— Il est venu m'annoncer la mort de Sara Windsor.

— Je suis désolée, ma chérie, dit Joanne en se précipitant sur elle. Comment est-ce arrivé ?

Elena lui prit la main.

— Je te raconterai. Henry doit parler à Ruth, pour l'instant.

Ruth, qui s'était assise dans un fauteuil, me fixait. Carlos courut vers elle et s'agrippa à ses genoux.

— Mme Windsor est morte ? demanda-t-elle.

— Oui. Ruth, pour quelle raison exactement avez-vous quitté la ville ?

Elle me fixa un moment, puis :

— Le policier m'a dit qu'il fallait que je parte.

— Qui ? Morrow ?

Elle se mordit la lèvre en hochant la tête.

— Jusqu'à la fin du procès, il a dit. Il a ajouté que si je partais, vous ne pouviez pas me faire témoigner.

— Vous lui avez dit que nous avions parlé ensemble ?

— Non, il le savait déjà.

Vega, me dis-je. Vega. Il avait dû raconter à Morrow que j'avais un témoin surprise et l'inspecteur avait tout deviné.

— Qu'est-ce que ça veut dire, Henry ? demanda Ruth.

— Que la police essaie de condamner Paul pour un meurtre qu'il n'a pas commis.

22

C'est à 13 h 30 précises que Kevin Reilly et moi nous présentâmes au tribunal devant la juge Frances Flynn, à l'instant où elle infligeait la plus longue peine de prison possible à un homme convaincu de vol qui n'avait aucun casier judiciaire.

— Elle est toujours aussi impitoyable ? chuchotai-je à Kevin.

— Les avocats la surnomment Flynn-le-gril.

— *État de Californie contre Thurmond*, dit-elle avant de se tourner vers son greffier, stupéfaite : Qu'est-ce que ça fait ici, Luis ?

— C'est une requête de mainlevée sur le dossier, madame la juge, répondit le petit Latino. Présentée par Me Reilly.

— Oh, c'est pour cela que Me Reilly est là, se radoucit-elle avec un sourire.

— Allons-y, dit Kevin en se levant et en m'empoignant par le bras. — Nous passâmes la balustrade pour gagner la table des avocats. — Bonjour, madame. Kevin Reilly, demandeur. Mon associé, Henry Rios.

— Ah, oui, dit-elle chaleureusement. J'ai entendu parler de vous, maître Rios, mais je ne crois pas avoir eu le plaisir de vous accueillir dans mon tribunal.

— Tout le plaisir est pour moi.

— Alors, voyons ce que nous avons là. — Elle baissa les yeux, lisant des expressions au passage : — Preuves matérielles... poursuites afférentes... alibi possible... — Elle leva les yeux. — Je ne vois aucune opposition provenant du procureur.

— C'est une demande de communication confidentielle, madame la juge, dit Kevin.

— Vous ne l'avez pas soumise à l'État ? se rembrunit-elle.

— Si, madame. Si vous voulez bien examiner ma déclaration, vous verrez que j'ai contacté le procureur chargé de l'affaire à l'époque et qu'il a indiqué ne pas s'opposer à la requête.

— Bon, je n'aime pas tellement ces demandes de communication confidentielle, dit-elle après avoir lu. Mais comme l'État ne s'y oppose pas, je vous accorde la mainlevée.

— Madame la juge, cette décision pourrait-elle prendre effet immédiatement de manière à ce que nous puissions nous rendre au greffe ?

— Oui, d'accord. — Elle griffonna sur un papier qu'elle tendit au greffier. — Comment va Mme Reilly ?

— Elle vous transmet son bon souvenir, dit Kevin, prenant soudain un accent irlandais.

— Eh bien, transmettez-lui le mien, voulez-vous ?

— Je vous remercie beaucoup, madame.

— C'était un plaisir de vous voir, maître Reilly. Et vous aussi, maître Rios.

Quand le greffier eut terminé de rédiger l'ordre, nous le prîmes et descendîmes aux archives, où Kevin le laissa. J'entrai et donnai le document à une jeune femme indifférente à qui j'expliquai ce dont il s'agissait. Elle fixa le papier comme si c'était un manuscrit de la mer Morte, puis elle le prit et disparut dans une salle.

— Vous voulez le dossier, c'est ça ? demanda-t-elle en revenant quelques minutes plus tard.

— En effet.

— Il est sous scellés.

— Oui, dis-je avec un sourire agacé. Je le sais. C'est pour cela que j'ai apporté cet ordre du juge Flynn, pour obtenir la mainlevée.

— J'ai jamais entendu ce terme-là.

J'allais le lui apprendre de la manière la plus crue quand son chef apparut.

— Quel est le problème ? demanda-t-il.

— Je voudrais consulter ce dossier, dis-je en frappant de l'index sur l'ordre du tribunal.

— Eh bien, quel est le problème ? demanda-t-il après l'avoir lu.

— Il n'y en aura pas si on me l'apporte, rétorquai-je.

— Greta, allez le chercher, dit-il en fronçant des sourcils menaçants.

L'employée retourna dans sa jungle bureaucratique et en revint avec un dossier étonnamment mince, scellé d'un ruban indiquant : À N'OUVRIR QUE SUR DÉCISION DE JUSTICE. Son chef le prit et, très cérémonieusement, rompit le scellé.

— Satisfait ? demanda-t-il en me le tendant.

— Merci.

Je consultai la plainte. Elle comprenait huit chefs d'accusation. Cinq concernaient une violation du Code pénal, section 288, attentat à la pudeur et incitation à la débauche sur un mineur de moins de seize ans. La victime était identifiée par « B, enfant de moins de seize ans ». Les deux autres points donnaient la victime comme « D, mineur ».

Continuant ma recherche, je trouvai deux extraits des minutes du tribunal d'instance du comté de Woodlin. Selon le premier, l'accusé, Thurmond, était détenu et cité à comparaître. Le second annonçait le transfert de l'audience à San Francisco, suite à une demande de changement de juridiction accordée. Je cherchai dans le dossier les minutes de l'audience préliminaire ou la requête afin de connaître l'identité des victimes, mais je ne trouvai rien. Je m'en ouvris à l'employée.

— Oh, là, là, je sais pas pourquoi ils l'ont pas envoyée, dit-elle.

— Il y a peut-être une annexe au dossier.

— Non, c'était tout. Ils ont dû garder le reste à l'autre tribunal.

— Pourriez-vous quand même vérifier s'il n'y a pas une annexe ?

À contrecœur, elle sortit pendant que j'examinais le reste du dossier. J'y trouvai diverses requêtes, communications et retraits de pièces, où je reconnus la patte du bureau de l'assistance judiciaire de San Francisco, mais aucune ne mentionnait le nom de la victime. Finalement, je tombai sur un extrait des minutes consignant que l'accusé avait plaidé selon trois chefs d'accusation et avait été condamné à purger cinq ans de prison et à se faire enregistrer auprès de la police comme délinquant sexuel.

— J'ai rien d'autre, dit l'employée.

Je fis des photocopies de la plainte et des minutes du tribunal de Woodlin, puis cherchai un téléphone. J'appelai le greffe du tribunal de Woodlin pour savoir s'il s'y trouvait un dossier sur cette affaire. Après s'être renseigné, le greffier m'annonça que le dossier était sous scellés par ordre du tribunal.

Je descendis à la cafétéria du tribunal prendre une tasse de café et réfléchir. J'étais dans une impasse. Il ne semblait guère probable que je puisse déposer une requête de mainlevée à Woodlin aussi facilement qu'ici. Je feuilletai les photocopies et relus. B, mineur de moins de seize ans. D, mineur. La différence était que D avait au moins dix-sept ans, alors que B en avait moins de seize.

B. D. Comté de Woodlin. Quinze ans plus tôt.

Et c'est alors que je compris.

Le chef-lieu du comté de Woodlin était la petite ville de Nueces. La rue principale était baptisée Main Street. À un bout se trouvait le cimetière, et à l'autre le lycée. Je me garai devant ce dernier. Nueces n'avait rien d'un tableau de Norman Rockwell. Les petites boutiques qui bordaient Main Street vendaient plus de la nostalgie que des marchandises : derrière les vitrines tachetées de moucherons, la plupart étaient vides, vandalisées, éclairages arrachés, étagères couvertes de poussière, lino fendillé et passé. Du seul endroit qui semblait marcher encore, un bar appelé La Cabaña, s'échappait de la musique mexicaine. Plus loin sur la rue se trouvait un restaurant du nom d'El Faisan. J'en poussai la porte, qui fit tinter une clochette. Quelques box aux banquettes en plastique orange, des tables. Derrière le comptoir donnant sur la cuisine, une Mexicaine rondouillarde me fit un sourire.

— Où vous voulez, dit-elle.

— Je cherche le lycée, dis-je en m'approchant.

Elle sortit de la cuisine en s'essuyant les mains sur son tablier fleuri. La légère odeur de graisse qui flottait dans l'air me rappelait la cuisine de ma mère — haricots frits, ragoût, oignons.

— Par là, dit-elle en agitant la main derrière moi. *Detras del cemetario, en la calle Walnut. Acercita*[1].

— *Muchas gracias, señora*[2]. Ça sent bon, chez vous.

Devant ce compliment, elle me fit un grand sourire qui découvrit quelques dents en or terne.

— *Pues, cuadro cabas en la escuela, vuelves aqui y comes algo*[3].

Je ressortis et suivis ses indications en longeant le cimetière jusqu'à Walnut Street. Au coin de la rue, j'aperçus le lycée, un bâtiment de style Art déco autour duquel de petites constructions cubiques en béton se blottissaient comme un campement de squatteurs.

Il n'y avait pas cours, aujourd'hui. Les couloirs sentaient la craie et le désinfectant. À l'accueil, je demandai à voir le principal. La femme chaussa les lunettes qui pendaient à une cordelette sur sa généreuse poitrine, me regarda et alla dans la pièce voisine. Un instant plus tard, elle revenait, le Père Noël sur ses talons.

---

1. Derrière le cimetière, Walnut Street. Tout près.
2. Merci beaucoup, madame.
3. Eh bien, quand vous reviendrez du lycée, passez ici manger quelque chose. (NdT)

— Je suis M. Hendricksen, dit-il. Vous vouliez me voir ?

— Oui. Je m'appelle Henry Rios. Je suis avocat.

Le gros homme au visage rouge et aux cheveux argentés me regarda avec inquiétude.

— Allons dans mon bureau, maître Rios, dit-il en ouvrant la porte.

Je m'assis et balayai la pièce du regard. Des affiches fanées et les stores tirés baignaient la pièce d'une tristesse incroyable. Des rais de lumière striaient le bureau encombré et les étagères poussiéreuses. Sur l'une d'elles était posée la photo encadrée d'une équipe de football datant des années cinquante.

— C'était l'année où nous avons été numéro un dans la vallée, dit Hendricksen, voyant que je m'y intéressais.

— C'est vous, dessus ?

Son sourire plissa son double menton.

— J'étais arrière, dit-il en se tapotant le ventre. C'était il y a bien longtemps. Alors, que puis-je pour vous, maître ?

— Je m'intéresse à Howard Thurmond. Je crois qu'il enseignait ici.

— Vraiment ? demanda-t-il en plissant les yeux.

— Monsieur Hendricksen, je suis avocat pénaliste. Je représente un homme de Los Robles du nom de Paul Windsor. Peut-être avez-vous entendu parler de lui ?

— Oui, je suis au courant par les journaux. Il a tué quelqu'un, c'est cela ?

— C'est ce qu'on prétend, répondis-je. Ce qui importe, c'est que je crois que la victime était Howard Thurmond.

Hendricksen me fixa. Dans l'autre pièce, j'entendis quelqu'un qui taillait un crayon.

— Ce n'est pas le nom que j'ai vu dans les journaux, dit-il finalement.

— Non, il en a changé, à cause de ce qui est arrivé ici il y a quinze ans. Je ne crois pas que ce soit mon client qui l'ait tué, mais quelqu'un d'autre. Selon moi, ce sont les garçons dont il a abusé.

— Si c'était eux, c'est bien fait pour lui.

— Peut-être, répondis-je, mais ce n'est pas à moi de le dire. Je cherche simplement à innocenter Paul Windsor. Si vous m'aidez officieusement, je pourrai rester discret, mais si je dois commencer à citer à comparaître des témoins et à exiger la communication de pièces, cela pourra rouvrir de vieilles blessures chez beaucoup de monde.

Après un moment de réflexion, il prit sa décision et demanda à l'Interphone :

— Apportez-moi l'album de l'année 1973. Vous voulez du café, maître ? Nous risquons d'en avoir pour un moment.

— Oui, merci.

Il appuya sur un autre bouton.

— Mary, apportez-nous une cafetière, deux tasses, du lait et du sucre. Il reste des biscuits du déjeuner ? Apportez-les aussi.

Quelques minutes plus tard, une serveuse de la cafétéria apportait un plateau.

— Je vous en prie, dit Hendricksen.

Je me servis une tasse de café et pris un biscuit.

— Cela va me rappeler des souvenirs, dis-je.

Je mordis dedans et faillis m'étouffer.

— Il est préférable de les tremper avant, sourit Hendricksen en joignant le geste à la parole.

— Je passe, répondis-je. Nueces n'a pas l'air bien en point, ces temps-ci.

— Il y avait plus de monde dans le temps, avec les *braceros*[1] et tout cela. À présent, toutes les grosses fermes sont mécanisées et elles n'ont plus besoin d'autant de main-d'œuvre. Nous nous desséchons sur pied. Nous avons fermé des classes.

— Et ces bâtiments, dehors ?

Il essuya les miettes sur sa chemise.

— Ils ont été construits dans les années soixante quand nous avions trop d'élèves. Cela doit être votre génération, maître Rios. Vous étiez tous de petits malins chahuteurs, et je n'aurais jamais cru que cette époque me manquerait, mais c'est pourtant le cas. — Il se resservit du café. — Il y avait de la vie, en vous. De nos jours, les étudiants ont tous l'air déprimé.

— Le monde est devenu plus difficile pour les jeunes.

— Je n'aurai plus à m'en soucier à la fin du semestre. Je pars en retraite.

La réceptionniste entra précipitamment et déposa un gros album sur le bureau d'Hendricksen. Il la remercia, l'ouvrit et le feuilleta pour trouver la page qu'il voulait me montrer, puis il le retourna et le fit glisser vers moi.

— La photo du haut.

Un groupe de garçons, rangés selon la taille, se tenaient en demi-cercle. Certains étaient en survêtement, d'autres en short et débardeur portant l'inscription WOODLIN HIGH TRACK. Tous d'une grande jeunesse, on aurait facilement confondu les uns avec

1. Journaliers agricoles. (NdT)

les autres ces visages qui fixaient l'objectif, timides, interdits. J'imaginai le photographe tentant de leur arracher un sourire, mais c'était hors de question : sourire, c'était pour les chochottes. Je scrutai les têtes et trouvai le visage brun d'un garçon de dix-sept ans que la légende identifiait comme D. Morrow. Devant lui se tenait un autre, plus jeune, avec un visage d'angelot de la Renaissance. B. Vega. Puis je vis l'homme, au bout du premier rang, presque caché par un grand. Seule une portion du visage était visible. Je jetai un coup d'œil à la légende. Entraîneur Thurmond.

Je rendis l'album à Hendricksen.

— Quelles classes y a-t-il, là ? De la seconde à la terminale ?

— Non, nous faisons collège et lycée. De la sixième à la terminale.

— Quel âge avaient Ben et Dwight ?

— Dwight était en dernière année, il devait avoir dix-sept ou dix-huit ans. Ben était en troisième, donc il devait avoir, quoi ? Treize, quatorze ans ?

— C'est un peu jeune, pour l'équipe d'athlétisme.

— C'était un sprinter, le plus rapide que j'aie jamais vu, pour sa taille. Je m'en souviens, parce qu'à l'époque, je m'occupais de l'éducation physique. Les autres gosses l'appelaient Speedy Gonzales, d'après un personnage de dessin animé, je crois.

— Une souris, oui. Comment connaissait-il Dwight ?

Hendricksen cassa un morceau du dernier biscuit et l'enfourna.

— Ils étaient voisins, je crois. Le père de Ben était du genre feignasse et la mère avait tout un tas de petits Vega à s'occuper. Le père de Dwight ne valait pas grand-chose non plus, c'était un Indien un peu fou, un ivrogne, mais le gosse était vraiment mature et responsable. Il venait en cours, il travaillait et avait toujours du temps pour s'occuper des autres. D'après ce qu'il me semble, Dwight était devenu une sorte de grand frère pour Ben. C'est lui qui l'a amené à faire de l'athlétisme.

— Et Thurmond ?

Il rejeta la tête en arrière et plissa les paupières, repensant à cette époque.

— Howard, dit-il finalement. Howard était un professeur modèle, maître Rios. Il enseignait l'anglais, entraînait l'équipe d'athlétisme, surveillait les boums, et il était conseiller d'orientation auprès des étudiants et de l'association d'anciens élèves. Il n'y a rien qu'il n'ait fait pour ces gosses. Que ce soit le soir ou le week-end, il avait toujours quelque chose à faire. — Il pencha sa grosse tête vers moi. — Évidemment, cela ne semblait pas bizarre à l'époque que la plupart des élèves dont il s'occupait soient surtout des garçons. Cela paraissait naturel : un professeur qui s'occupe des filles, là, cela aurait éveillé des soupçons. Je n'ai jamais trouvé à redire quand j'ai appris qu'Howard emmenait certains d'entre eux dans la Sierra camper le week-end. Cela me semblait une bonne action de plus, surtout qu'il choisissait des gamins comme Dwight ou Ben, des gosses privés d'un père avec qui avoir ce genre d'activités.

— Comment a-t-il été découvert ?

Il commençait à faire sombre dans la pièce. Hendricksen alluma la lampe de bureau qui éclaira son visage affaissé, pâle comme un beignet.

— Ben a eu un jour des ulcères dans la bouche, et l'un de ses professeurs l'a envoyé à l'infirmerie. On a découvert que c'était une blennorragie. Il en avait aussi à l'anus.

— Et Dwight Morrow ?

Hendricksen se frotta les yeux.

— Là, c'est ce qui est drôle, maître. Apparemment, il se serait passé quelque chose entre Howard et lui pendant quelques années, mais il n'a parlé que lorsque le scandale a éclaté avec Ben. Et là, il a voulu tuer Howard.

— Vous pensez qu'il n'était pas au courant pour Ben et Howard ? demandai-je.

— C'est ce que je crois, oui. Peut-être pensait-il être le seul avec qui Howard faisait cela. Il a dû être bouleversé en apprenant que c'était aussi arrivé à Ben, puisque c'est lui qui les avait présentés l'un à l'autre.

— Que s'est-il passé ? demandai-je. Je sais que le procès a été déplacé à San Francisco, mais ici, que s'est-il passé ?

— Vous avez pu voir que nous sommes une petite ville, répondit tristement Hendricksen. Nous avons tenté de rester discrets, mais l'affaire a fait le tour. Les garçons en ont souffert presque autant qu'Howard. Pas tellement Dwight, parce qu'il était assez grand pour se défendre, mais Ben était encore un gosse. Il s'est fait traiter de pédé pendant longtemps après cette histoire.

— Mais Thurmond a été reconnu coupable. Cela ne comptait pas ?

— Il a plaidé coupable sans procès à peine l'affaire transférée à San Francisco. Il a fallu lui faire quitter la ville, pour sa propre sécurité, mais cela a rejailli sur Ben. Les autres gosses n'ont pas compris pourquoi Howard n'était pas jugé. Ils avaient trop regardé *Perry*

Mason à la télé, sûrement. Pour eux, cela voulait dire qu'Howard était innocent. Les gosses ont l'esprit mal tourné. Vous n'imaginez pas comment ils traitaient Ben, soupira-t-il. Parfois, je repense à eux. Je me demande ce qu'ils sont devenus.

23

La nuit tombait quand je quittai le lycée et retournai à ma voiture. Les quelques vitrines allumées sur Main Street attiraient encore plus l'attention sur celles qui étaient éteintes, et sous le magnifique coucher de soleil qui embrasait l'immensité du ciel, la ville n'en paraissait que plus pauvre. Le café où j'étais passé en arrivant était allumé. La femme à qui j'avais parlé était en train de prendre la commande d'ouvriers agricoles en chemise à carreaux et chapeau de paille. Elle me fit un signe de tête en me voyant entrer. Les quatre clients me toisèrent, virent le costume et retournèrent à leurs verres. Je m'assis au bar. La femme vint m'apporter un menu taché et tapé à la machine.

— *¿ Algo a beber* [1] ? demanda-t-elle.

— Un Coca, répondis-je. *Un plato de pozole* [2], ajoutai-je après avoir jeté un œil au menu.

---

1. Vous voulez boire quelque chose ?
2. Une assiette de pozole. (NdT)

— *Muy bien* [1], dit-elle avec son sourire doré.

Quelques minutes plus tard, elle m'apportait mon assiette de *pozole*, mélange de gruau de maïs et de porc, des tortillas et mon Coca. Je la remerciai et m'apprêtai à manger un plat que je savourais étant enfant dans la cuisine de ma mère. C'était une merveilleuse cuisinière, mais elle préparait toujours trop. Malgré mon jeune âge, je comprenais déjà que c'était une manière de s'excuser et je mangeais donc fort peu, même si je mourais de faim, feignant à l'égard de la nourriture une indifférence qui finit par devenir réelle. Ce plat me la remit en mémoire et toucha un minuscule point sensible qui me fit lui pardonner à nouveau.

Je repensai à mon entrevue avec Hendricksen. Je me demandais surtout comment utiliser l'information qu'il m'avait confiée. Je pouvais la sortir de ma manche au nez de l'accusation durant le procès, mais cela impliquerait Morrow et Vega et je n'étais pas très sûr de l'attitude à adopter à cet égard. Comme je l'avais dit à Hendricksen, ma tâche était de faire acquitter Paul, pas de faire coffrer les assassins de McKay. Cela, c'était du ressort de la police, des tribunaux et d'autres avocats. Seulement, il y avait Sara. Sa noyade était-elle vraiment accidentelle ? Était-il possible que Morrow et Vega y aient été mêlés ? Mais là encore, si tel était le cas, le procès de Paul n'était pas le lieu où dévoiler la vérité sur sa mort.

Ce qui m'amenait à ma deuxième option : exposer au DA ce que j'avais appris et négocier un non-lieu. Si je pouvais le convaincre, Paul n'aurait pas à comparaître et à courir le risque, même infime, d'être

1. Très bien. (NdT)

condamné. En même temps, le DA serait au moins obligé d'enquêter sur Morrow et Vega, et cela pourrait apporter un éclairage nouveau sur la mort de Sara. Je payai ma note, remerciai la tenancière pour le dîner et regagnai ma voiture, toujours aussi indécis.

En rentrant à Los Robles, je passai devant le motel où McKay avait été tué et je décidai de m'y arrêter. En face, sur un terrain vague, un panneau d'affichage faisait de la publicité pour de la soupe. Une autre pièce du puzzle se glissa alors à sa place.

Quand j'arrivai à l'hôtel, le réceptionniste me donna trois messages, tous de Peter Stein. Je l'appelai depuis le hall.

Une femme répondit et me le passa.

— Peter ? C'est Henry. C'était votre femme ?

— Oui. Où étiez-vous, Henry ?

— Il a fallu que j'aille à San Francisco hier. Je viens de rentrer. Quoi de neuf ?

— Phelan nous a convoqués en audience cet après-midi, dit-il. Il a accordé la requête.

Il me fallut un moment pour digérer l'information.

— Vous voulez dire qu'il transfère le procès ?

— Exactement, dit Peter avec allégresse. Il a déclaré qu'il était convaincu que Paul ne pouvait pas bénéficier d'une justice équitable ici et il a renvoyé tout le bataclan au tribunal de San Francisco. Rossi en était vert de rage. Félicitations.

— Il faut qu'on parle, Peter. Je peux passer ?

— Bien sûr. Tout va bien ?

— Je vous dirai ça en arrivant. Quelle est votre adresse ?

Le domicile des Stein était une maison en bois, grise, située juste aux limites de la ville dans une zone résidentielle appelée Fairhaven. La moitié des rues aboutissait à des champs et il n'y avait pas le moindre arbre à des kilomètres. Je sonnai et attendis en respirant l'odeur de terre.

— Henry, tonitrua-t-il en ouvrant la porte, vêtu d'un jean et d'un T-shirt des *49ers*. Entrez donc.

Je pénétrai dans le petit hall. D'un côté s'ouvrait un salon immaculé qui semblait ne jamais servir. De l'autre se trouvait une petite cuisine où une femme mince et assez laide était penchée au-dessus de l'évier, robinet ouvert, dans un nuage de vapeur.

— Ma femme, Gina, dit Peter. Elle est sténographe au tribunal.

La cuisine sentait la sauce tomate et l'ail. Gina ferma le robinet et s'essuya les mains.

— Heureuse de faire votre connaissance, dit-elle. Peter ne tarit pas d'éloges sur vous.

— Merci.

— Vous avez faim ?

— Non, merci, j'ai dîné. Mais cela sent bon.

— C'était le tour de Peter de cuisiner, sourit-elle. Quand c'est le mien, nous mangeons des plats de régime tout préparés. Il en engloutit deux, ajouta-t-elle en lui enfonçant un index dans le ventre.

— Venez au salon, Henry, dit Peter en m'entraînant dans la pièce suivante.

Meublée de fauteuils et de chaises dépareillés, d'un canapé cabossé partiellement recouvert d'une couverture au crochet, d'une bibliothèque remplie de livres de droit et d'un bureau tout simple, la pièce était manifestement la plus utilisée par les Stein. Un téléviseur était allumé dans un coin, son coupé. Un chat roux allongé devant la regardait.

— C'est Calico, me dit Peter en surprenant mon regard. Elle est capable de rester des heures devant la télé, comme une gosse. C'est MTV qu'elle préfère. Asseyez-vous.

À l'écran, un homme en cuissardes de latex rouge avec une tignasse hirsute arpentait une scène en brandissant comme un pénis un micro vers la caméra. Calico était fascinée.

— Alors, que se passe-t-il ? demanda Peter.

— Je sais qui a tué McKay. Et ce n'était pas Paul.

— J'écoute, dit-il d'un ton que j'en étais venu à respecter.

Je lui exposai ma théorie du meurtre et lui racontai ce que j'avais découvert sur McKay durant les deux derniers jours, ainsi que ma conversation avec le principal du lycée.

— À mon tour, à présent, dit-il quand j'eus terminé. Votre premier problème va être d'expliquer comment ils ont retrouvé la trace de McKay.

— Oui, j'y ai pensé, dis-je. Et je me suis souvenu que Paul avait connu McKay sur un forum Internet pour pédophiles. Les flics surveillent ces forums parce qu'ils savent qu'avec un peu de patience, ils finiront par surprendre quelque chose d'illégal. Morrow travaillait aux Mœurs, n'oubliez pas. Il avait accès à l'information sur les pédophiles de tout l'État.

— Mais comment ont-ils su que c'était McKay ? insista Peter. Morrow ne le connaissait que sous le nom de Thurmond.

— Il faut supposer que trouver McKay était devenu une obsession pour lui et qu'il était prêt à y consacrer tout le temps nécessaire. Peut-être qu'il s'était abonné à une des publications de ces associations de pédophiles, peut-être qu'il assistait à leurs conventions.

— Des conventions ? répéta Peter, incrédule.

— Il n'y a rien d'illégal à ce qu'une association milite pour la modification des lois sur la majorité sexuelle, Peter. La NAMBLA fait de la publicité dans de nombreux journaux gays. Trouver McKay aurait été difficile, mais pas impossible. Surtout pour un flic.

Gina entra et alla s'asseoir au bureau devant une pile de transcriptions.

— Cela vous ennuie si je travaille ici ? demanda-t-elle.

— Non, dit Peter.

— Je vous en prie, dis-je avant de revenir au fil de mon raisonnement. À un moment, Morrow a trouvé McKay.

— Et Vega ?

— D'après ce que j'ai vu de Ben, je doute qu'il soit assez futé pour avoir beaucoup contribué à la recherche. Peut-être qu'il est intervenu plus tard.

— Vous pensez que c'est lui l'assassin ?

— Je ne sais pas, Peter, dis-je après réflexion. J'espère que non. J'aime bien ce gamin.

— Dites-moi comment ils ont attiré McKay ici.

— Ils lui ont dit qu'ils avaient une gosse.

— Quelle gosse ?

— La fille que Paul Windsor croyait qu'il allait acheter à McKay.

— C'est vraiment tordu, dit-il.

— Chéri, intervint Gina, j'ai travaillé récemment sur le procès où l'accusé ramenait des bébés d'Amérique du Sud pour les vendre à des couples à qui on avait refusé l'adoption.

— Pensez à l'affaire Steinberg, à New York, ajoutai-je. La petite fille qu'il a tuée avait été placée illégalement. Regardez les photos de jeunes disparus sur vos emballages de lait. À votre avis, qu'est-ce qui arrive à certains d'entre eux ?

— Oui, dit-il pensivement. Mais dans quel monde vivons-nous ?

— Un monde où Paul comme McKay pensaient avoir affaire à une offre de bonne foi.

— Windsor va devoir témoigner, dit-il. Et une fois qu'il aura fait cela, il aura renoncé au cinquième amendement et vous le livrerez au DA.

— Oui, concédai-je, imaginant ce que risquait d'en penser un jury. C'est un problème.

— Et le meurtre proprement dit ? demanda Peter. Comment l'ont-ils commis sans se faire remarquer ?

— Cette partie-là était la plus facile. En face du motel où il a été assassiné, il y a un terrain vague planté d'un panneau d'affichage. Une voiture de police pouvait rester garée là toute la nuit et tout le monde aurait pensé que c'était un radar. À mon avis, la nuit du meurtre, Vega et Morrow étaient là-bas dans une voiture de service. Au moment voulu, l'un ou l'autre, ou les deux, sont allés frapper à la chambre de McKay.

— « McKay, police ! » dit Peter. Il a dû en faire dans son froc.

— Non, je ne crois pas qu'ils l'ont joué comme ça. Ils lui ont dit qu'ils viendraient avec la fille, et il les attendait. Il les a laissés entrer.

— Oui, je vois où vous voulez en venir.

— En outre, vous savez comment on l'a tué ? On lui a fracassé le crâne avec un objet de la taille d'une batte de base-ball.

— Une matraque d'intervention ?

— Oui. C'est pour cela qu'on n'a jamais retrouvé l'arme.

Nous restâmes silencieux un moment. La chatte s'étira et ronronna. Je regardai l'écran de la télé. Une femme à moitié nue rampait à quatre pattes vers une guillotine. Le plan suivant montra le couperet qui tombait. Puis un chanteur bedonnant, déjeté, tout en cuir, brandissait une tête factice par les cheveux.

— Que pouvez-vous prouver de tout cela ? demanda Peter, me ramenant à notre conversation.

— La condamnation de McKay et le lien avec Morrow et Vega. Paul peut témoigner de la raison de sa visite au motel. Peut-être que quelqu'un aura remarqué une voiture de police stationnée en face. — En m'écoutant parler, je me rendis compte que tout cela était bien fragile. — Je n'ai besoin que d'établir un doute raisonnable.

— À condition que le DA se tienne tranquille. Et ça ne risque pas. Il luttera bec et ongles.

— Alors que diriez-vous d'aller le voir et de lui proposer le non-lieu ?

— Rossi ? s'étonna-t-il.

— Non, le chef du bureau.

— Joe Burke ? — Il réfléchit un instant. — Il acceptera.

— Que voulez-vous dire ?

— Qu'il vous écoutera. Mais rien de plus.

Je poussai un soupir.

— Je ne veux pas aller au procès avec ça. Une fois que j'aurai dirigé les soupçons sur Morrow et Vega, il n'y aura pas moyen de revenir en arrière, et si je ne trouve aucune preuve formelle, cela peut nous retomber dessus. Bon, si vous étiez un juré lambda, qui croiriez-vous ? Le DA n'est pas obligé de croire. La seule chose dont je doive le convaincre, c'est que je pourrais rendre la situation très délicate pour les flics et ses services.

Je cherchai son approbation du regard.

— Vous croyez à ce que vous venez de me dire, Henry ?

— À quatre-vingts pour cent, oui.

— Moi, je vous crois à soixante pour cent, sourit-il. Cela me suffirait pour doper mon dossier et plus vous monterez dans la hiérarchie au bureau du DA, plus il faudra que le pourcentage soit bas pour que quelqu'un accepte d'abandonner les poursuites, parce que ce sont les plus haut placés qui mordront la poussière si Windsor est acquitté. Allons voir Burke.

— Quand ?

— Dès demain. En pratique, l'affaire n'étant même plus du ressort des tribunaux de Los Robles, il faut agir vite.

— Merci, dis-je en me levant.

— Vous partez ?

— Je suis épuisé.

Je saluai Gina, et Peter me raccompagna à ma voiture.

— Henry, dit-il alors que je montais dedans, si vous ne vous trompez pas concernant Morrow et Vega, vous feriez bien de faire attention.

La première chose que je fis en rentrant à l'hôtel fut de changer de chambre.

La plaque de la porte annonçait JOSEPH BURKE, DISTRICT ATTORNEY. Dessous figurait le sceau du comté de Los Robles, indéchiffrable, comprenant une rivière, un chêne et une devise en latin qui, d'après ce que j'en pouvais traduire, signifiait don de la terre. Peter, assis à côté de moi, tapait nerveusement du pied.

— Qu'y a-t-il ? demandai-je.

— Quand j'étais DA, la seule occasion qu'on avait de venir voir Joe Burke, c'était pour en prendre plein la tête.

Il enleva bruyamment l'emballage d'un chewing-gum et le mit dans sa bouche.

— Il a un sale caractère ?

— Le pape est catholique ?

La secrétaire de Burke leva les yeux et nous fit taire d'une grimace. La porte de l'antichambre s'ouvrit sur un Dom Rossi pressé qui se figea en nous voyant. Il s'annonça à la secrétaire qui ne se laissa manifestement pas impressionner, se leva et entra dans le bureau de Burke.

— Qu'est-ce que c'est que cette histoire ? demanda Rossi.

— Henry voulait connaître le DA, répondit Peter. J'ai voulu lui faire plaisir.

Rossi nous jeta un regard noir. La secrétaire de Burke réapparut et nous dit d'entrer. Rossi fonça et Peter et moi le suivîmes.

Le bureau de Burke était vaste, mais peu meublé. Les fenêtres donnaient sur la ville, huit étages plus bas. Les lambris de bois blond reflétaient la lumière, donnant à l'endroit un air ensoleillé. Le DA était assis en manches de chemise derrière un long et étroit bureau, mais il n'avait rien d'ensoleillé. Son visage était profondément ridé et marqué, avec des cheveux argentés plaqués en arrière. Un dossier était posé devant lui. En m'asseyant, je jetai un coup d'œil et vis le chef d'accusation de *État de Californie contre Windsor*.

— C'est vous, Rios ? grommela-t-il.

— Oui, bonjour.

Il hocha la tête d'un air rogue.

— Le privé vous va bien, Pete, continua-t-il pour Peter. Vous êtes plus gras que jamais.

— Merci, marmonna Peter.

— Rossi, dit-il en se tournant vers Dom, quand j'attribue un dossier, j'entends à ce qu'il soit traité par mon adjoint du début jusqu'à la fin.

— Je n'ai pas demandé cette entrevue, dit Rossi en s'affaissant un peu dans son fauteuil.

— Cet homme, continua Burke en me désignant, doit penser qu'il ne peut pas traiter avec vous. Ce n'est pas son problème, c'est le vôtre. — Il se tourna vers moi. — Expédions.

— Monsieur Burke, mon client est accusé du meurtre d'un certain John McKay.

— J'ai lu le dossier, dit-il d'un ton aigre.

— Très bien. Je ne ferai donc pas de détours. Mon client n'est pas coupable. John McKay a été assassiné par des membres de la police de Los Robles.

Peter étouffa un sifflement. Rossi se pencha en avant et voulut parler, mais Burke le fit taire d'un geste.

— J'espère que vous pouvez prouver vos dires, me répondit-il. Je l'espère vraiment.

Durant les quinze minutes qui suivirent, je racontai l'histoire d'Howard Thurmond, Ben Vega et Dwight Morrow. Burke me fixa du début à la fin, sans bouger, mais au fur et à mesure, son expression passa de l'hostilité à quelque chose qui ressemblait à de l'intérêt. Quand j'eus fini, ce fut le silence. Je remarquai au-dessus de Burke une plaque accrochée au mur — DISTRICT ATTORNEY DE L'ANNÉE — qui lui avait été décernée deux ans plus tôt par l'Association des District Attorneys de Californie et y trouvai absurdement un réconfort.

— C'est le plus gros tas de conneries que j'aie jamais entendu, dit calmement Burke.

Je me sentis vaciller.

— C'est bien ce que je pense, dit timidement Rossi.

— Fermez votre gueule, aboya Burke. Je m'occuperai de vous ensuite.

Rossi se ratatina sur son siège.

— Ce que vous pensez et ce que pensera un jury sont deux choses différentes, dis-je à Burke. Particulièrement si le jury en question n'est pas constitué d'une meute assoiffée de sang du comté de Los Robles. Vous disiez avoir lu le dossier ? Alors vous devriez savoir que l'affaire est transférée à San Francisco.

— Paradis des fous et surtout des folles, commenta-t-il. Que voulez-vous, Rios ?

— Un non-lieu.

— Chez nous, on ne lâche pas une affaire, dit-il, méprisant.

— Dans ce cas, nous n'avons plus rien à nous dire, conclus-je en me levant.

Alors que nous repartions tous les trois, Burke arrêta Rossi. Et tandis que Peter et moi sortions, nous l'entendîmes hurler sur le procureur.

— Eh bien, ça a été un fiasco, dis-je à Peter. Je n'ai réussi qu'à dévoiler ma stratégie de défense.

— Je n'en suis pas si sûr.

— Comment ça ?

L'ascenseur arriva et nous y montâmes. Il y avait déjà deux personnes à l'intérieur.

— Je vous le dirai en bas.

Quand nous fûmes sortis, il s'arrêta sur les marches et se tourna vers moi.

— Je crois que vous allez peut-être avoir votre non-lieu.

— Qu’est-ce qui vous fait dire cela ?

— Écoutez, Henry, mettez-vous dans la position de Burke. Il entend un truc tout nouveau pour lui et n’a aucun moyen de savoir si c’est vrai ou pas. Pourquoi devrait-il vous croire sur parole ? Vous êtes l’ennemi. Il a besoin de l’entendre de la bouche de ses hommes.

Nous descendîmes et reprîmes le chemin du bureau.

— Vous avez fait le nécessaire : vous avez attiré l’attention de Joe Burke. Et une fois qu’on l’a, on l’a. Je n’aimerais pas être dans les chaussures de Dom Rossi, conclut-il en souriant.

24

Durant le déjeuner, Peter et moi discutâmes de la stratégie durant le procès, si l'affaire devait passer en jugement.

— Je viens de me rendre compte que vous travaillez pour moi, maintenant, Peter, dis-je au moment du dessert.

— Vous me payez combien ? demanda-t-il en piochant dans sa tarte à la banane.

— J'aimerais vous proposer le double de ce que vous donnait Clayton, mais comme je ne sais pas combien c'était...

— J'avais droit à cinquante dollars de l'heure, dit-il. Vous touchez ça ?

— Je me paie cent vingt-cinq de l'heure, quand je les obtiens. Et c'est ce que je touche avec les Windsor. Vous méritez la moitié.

— Je regretterai quand ce sera terminé, dit-il en terminant sa tarte.

J'eus une révélation.

— Vous êtcs vraiment attaché à cette ville ?

— Vous pouvez répéter ?

— J'ai besoin d'un associé, dis-je. J'ai plus de travail que je ne peux en accepter à L.A., sans compter qu'étant une pédale célèbre, je suis appelé aux quatre coins du pays pour des conférences, participer à des débats, ce genre de choses.

— Je m'en doute, dit-il en buvant son café. Mais je ne suis pas gay, c'est clair.

— Ça ne me gêne pas, tant que ça ne vous gêne pas.

— Laissez-moi en parler à Gina.

Je rentrai à l'hôtel, où je passai le reste de l'après-midi au téléphone avec Los Angeles pour essayer de gérer mes affaires à distance. Le temps que j'aie fini, j'étais prêt à offrir à Peter ce qu'il faudrait pour le faire venir à L.A.

Mon dernier coup de fil fut pour Paul à la prison. Quand je demandai à l'adjoint du shérif de me le passer, il me répondit qu'il était parti.

— Excusez-moi, mais vous voulez dire quoi par là ? demandai-je avec appréhension.

Même si l'affaire avait été déplacée à San Francisco, je ne m'attendais pas à ce qu'on transfère Paul sans m'en informer au préalable.

— Il a été libéré il y a une heure, répondit l'adjoint d'un ton indifférent. Son frère est passé le chercher.

Pendant plus de deux mois, on avait refusé la libération sous caution à Paul sous prétexte qu'il représentait un danger pour la société et maintenant, on le laissait en liberté provisoire, c'est-à-dire avec ni plus ni moins que sa promesse de comparaître à son procès et de bien se tenir en attendant. Par ailleurs, ce n'était possible que sur ordre du tribunal, et comme l'affaire avait été enlevée à Los Robles, en théorie, le juge local n'avait plus le pouvoir de prononcer des décisions sur le dossier.

— Qui a signé l'ordre ? demandai-je.

— Le juge Phelan, dit-il après avoir fouillé dans les papiers.

— Aujourd'hui ?

— Ouaip.

— Merci.

Je raccrochai. Peter avait vu juste : l'attention de Burke avait été éveillée, et l'enquête qu'il avait dû mener l'avait convaincu qu'il y avait assez de fond dans mon histoire pour relâcher Paul. Il ne l'avait sans doute pas fait de gaieté de cœur : il devait simplement chercher à se couvrir pour que je ne l'accuse pas d'arrestation arbitraire. Le téléphone sonna.

— Henry Rios, dis-je en décrochant.

— Maître Rios, dit une femme, je suis Mary Flores, du bureau du DA. J'ai été nommée sur l'affaire Windsor.

— Qu'est-il arrivé à Rossi ? demandai-je en souriant intérieurement.

— Il ne s'en occupe plus, dit-elle sans la moindre émotion. J'aimerais prendre rendez-vous avec vous pour discuter d'un éventuel compromis.

— Je viens d'appeler la prison, répondis-je, et il semble que mon client ait été libéré sur parole. Il est d'usage d'informer son avocat, quand on prend ce genre de décision.

— J'ai essayé de vous prévenir tout à l'heure, mais la ligne était constamment occupée. Nous n'avons pas pensé que vous y verriez une objection. Êtes-vous libre demain, disons, vers 9 heures ?

— Non, je n'ai rien prévu, mais j'ai déjà exposé à votre chef ma position sur un compromis. Nous voulons un non-lieu.

— Je comprends, dit-elle. Je pense que nous pourrons arriver à un accord. — Elle marqua une pause. — Bien sûr, nous devrons informer San Francisco de toute disposition que nous prendrons.

— Bien sûr, convins-je.

Je voyais la stratégie du DA : un non-lieu rapide et discret, loin des médias locaux.

— Et, continua-t-elle, si nous acceptons le non-lieu, ce qui ne veut pas dire qu'il est accordé, nous aimerions une contrepartie.

— Du genre ? demandai-je, ironique.

— Eh bien, répondit-elle, un peu gênée, nous ne pouvons pas demander à votre client de renoncer à toute action civile contre les autorités en échange du non-lieu...

— En effet.

— Mais cette éventualité nous cause quelques inquiétudes.

— Vous avez bien raison. Sans me creuser la tête, je vois déjà un procès pour arrestation et détention abusives. Si je me donnais un peu de peine, je suis sûr que je trouverais quelques autres motifs.

— Nous n'avons pas encore accepté le non-lieu, me rappela-t-elle. Si nous y sommes obligés, nous irons jusqu'au procès.

— Ce serait intéressant.

— Nous en parlerons demain, dit-elle. Neuf heures ? À mon bureau ?

— J'y serai. Ah, madame Flores ?

— Oui ?

— Qu'en est-il de Vega et Morrow ?

— C'est une affaire qui concerne la police, maître, dit-elle après un instant d'hésitation.

— Je vois. Au revoir.

— Au revoir.

Je souris. Cette histoire d'aller jusqu'au procès était du bluff. Sans le témoignage de Morrow, il n'y avait rien contre Paul. Nous gagnerions. Mais où était Paul ? J'appelai Mark.

— Ah oui, Henry, dit-il, Paul a essayé de t'appeler, mais tu étais en ligne.

— Où est-il ?

— En haut, il dort. Tu veux que je le réveille ?

— Non, laisse-le dormir. Mais voyons-nous ce soir pour dîner. Disons vers 20 heures.

— C'est d'accord. Nous passerons te prendre.

— Dis-lui que je pense qu'on aura un non-lieu.

— Il va être content.

— Comment ça se passe, vous deux ?

— Comme toujours. On se voit ce soir.

Une sieste me paraissait une bonne idée à moi aussi. Je me déshabillai et me glissai dans le lit. Je m'endormis en quelques minutes pour être réveillé une demi-heure plus tard par le téléphone. Je roulai sur le côté, décrochai et parvins à articuler un « Henry Rios » hébété.

— Il faut qu'on se parle.

La voix de Ben Vega traversa le brouillard.

— De quoi, Ben ?

— Pas au téléphone, dit-il d'une voix tendue par l'inquiétude. Je suis dans un bar de Parkway.

— Je crois que c'est aux flics que vous devriez vous adresser.

— C'est à vous que je veux parler, dit-il d'un ton angoissé. Il faut que vous compreniez.

Je me redressai et allumai. Le seul bruit qui régnait dans la pièce était le ronronnement du climatiseur.

— Je crois que je comprends, Ben. Mais je ne suis pas la personne que vous devez convaincre.

— Je veux que vous me défendiez, dit-il, se jetant à l'eau.

— Ben, dis-je doucement. Je risque d'être un témoin à charge.

— Alors écoutez simplement, chuchota-t-il d'une voix rauque. Il m'emmenait camper dans les montagnes. Pêcher. Des trucs comme ça. — Il y eut un silence. — Il m'a appris à tirer.

— C'était votre ami.

— Morrow m'a dit qu'ils sont tous pareils, qu'ils en profitent, dit-il après une pause. Ils se jettent sur les gosses qui ont pas de père. Mon vieux avait jamais le temps de s'occuper de moi. Lui, il l'avait toujours. — Il se tut et j'entendis le sifflement de sa respiration. — Il y a eu une fois dans la montagne où on était juste tous les deux, comme des tas d'autres fois. On est allés jusqu'au lac et on s'est baignés tout nus. J'y voyais pas à mal. On est revenus, on a mangé, et puis on a discuté longtemps. Et puis il m'a dit : « J'ai oublié mon sac de couchage. On va devoir partager le tien. » Je commençais à faire des rêves humides et j'avais la trouille d'en faire un, alors j'ai essayé de rester loin de lui quand on s'est couchés. Ça l'a énervé et il a dit « mets-toi à l'aise » en m'attirant contre lui. Et puis on s'est endormis.

— Je vous écoute, Ben.

— Quand je me suis réveillé, il faisait encore nuit et j'ai senti quelque chose entre mes cuisses. C'était sa bite, mon vieux. J'ai cru que j'étais en train de rêver, puis je me suis dit qu'il était en train de dormir, alors j'ai essayé de me dégager, mais il me tenait. Et là j'ai compris qu'il dormait pas et que je rêvais pas. — Sa voix se brisa. — Il m'a fait mal, vous savez. Il m'a fait mal.

— Je sais, Ben. Ce n'était pas bien. Ce n'était pas votre faute. Vous n'auriez rien pu faire.

— Il a fait de moi... fait de moi..., bégaya-t-il.

— Ben ?

— Un pédé. Un pédé.

— Où êtes-vous, là ?

— Au bar, dans l'immeuble BA.

— J'arrive dans un quart d'heure.

— Merci, dit-il d'une voix brisée.

— Ben, Morrow est avec vous ?

— Je ne sais pas où il est.

Je m'habillai et descendis. River Parkway était presque déserte. Les employés de bureau étaient déjà rentrés, ne laissant que quelques retardataires à l'air harassé et les vagabonds qui rôdaient entre les tours de verre à la recherche d'une entrée accueillante. Tout au bout de Parkway luisait le néon bleu sur le toit de l'immeuble de la Bank of America.

L'éclairage public clignota et s'alluma, baignant la large avenue d'une lumière verdâtre. Un bus passa en grondant, illuminé et vide. Les rares voitures filaient le long des feux, tous à l'orange. Je partis à pied en pensant à Ben Vega, le gamin au corps de géant, et je compris que ces muscles étaient en fait une armure qui le protégeaient de sa terreur devant ses propres penchants sexuels.

Je savais ce que c'était, car je l'avais éprouvée moi-même, à l'âge où Ben avait été victime de McKay. Douze, treize ans. Je me rappelais avoir regardé un matin dans la douche avec inquiétude les touffes de poils qui étaient apparues entre mes cuisses.

J'avais été encore plus angoissé en me réveillant au cœur de la nuit dans des draps mouillés, mon slip collé à la peau. Je m'étais levé sans un bruit et j'étais allé le nettoyer dans la salle de bains, puis j'avais rapporté une serviette pour essuyer les draps. Sans qu'on m'ait jamais rien dit, j'avais compris qu'il ne fallait pas que ma mère l'apprenne. Je n'ai jamais fait le rapport entre les rêves qui précédaient mon réveil, et dont je ne me souvenais pas très clairement. Ils semblaient composés de sensations plus que d'images : un grondement sourd qui naissait au creux de mon ventre et semblait submerger ma poitrine et tout le reste de mon corps, une émotion qui me saisissait, à la fois terrifiante et excitante. Et quelque part, dans tout cela, il y avait ces brèves images de moi et du fils d'un voisin, tout nus, en train de plonger dans la rivière par un calme après-midi d'été. Je voyais la longue courbe solide de sa cuisse, son sexe flasque qui oscillait tandis qu'il se jetait dans l'eau et m'éclaboussait.

Instinctivement, je savais que c'était un secret encore plus dangereux que les draps mouillés, les slips tachés. Durant les heures qui suivaient, je restais allongé à essayer de ne pas y songer, à prier le ciel de me libérer de ces pensées impures. Mais toujours, épuisé et désorienté, mon esprit revenait à cette image et le poids des draps sur mon corps devenait celui d'un autre corps plaqué sur le mien. Je n'avais pas compris ce que j'essayais de me dire, excepté que ce que je ressentais était physique, comme de la faim ou de la fatigue, et qu'il y avait aussi au-delà une sorte de solitude farouche et la sensation profonde et effrayante que j'étais différent.

Au cours des années, j'avais appris que seuls quelques-uns d'entre nous acceptent cette différence. La plupart luttent contre leur homosexualité et n'apprennent jamais à faire confiance à leur nature. Et si un John McKay entre dans notre existence, au moment précis où nous commençons à nous éveiller à ce que nous sommes, quelle chance nous reste-t-il ? J'entendais encore Ben me dire : « Il a fait de moi un pédé. » L'innocence sexuelle d'un enfant n'est pas morale, elle est littérale : il n'a aucune référence. L'adulte l'utilise sexuellement dans une situation où le plaisir alterne avec la brutalité, jusqu'à ce que les deux finissent par se confondre. Qui ne voudrait pas tuer après cette horreur ? Était-ce ce que Ben avait fait ?

Je continuai mon chemin en voyant mon reflet dans le verre sombre du bâtiment que je longeais. Quelqu'un s'approchait. Je sentis avant de voir ce noir voûté avec un bandana sale noué dans ses cheveux hirsutes. Il jeta sur moi un regard injecté de sang et plein d'espoir. C'était le mendiant à qui j'avais donné de l'argent le premier jour. John ? Non, James.

— Une petite pièce, monsieur ? demanda-t-il en me barrant le chemin sans me reconnaître.

— Bonjour, James.

— Je vous connais pas, dit-il, inquiet.

— Mais si. Je m'appelle Henry, comme ton frère qui est à la prison de Folsom.

Lentement, un sourire éclaira son visage en révélant des chicots jaunis.

— Ah oui, c'est vrai. Henry. Vous avez une petite pièce pour moi, Henry ?

Je cherchai mon portefeuille pendant qu'il tendait sa main crasseuse. Brusquement, la vitre explosa derrière nous. Je laissai tomber mon portefeuille en sentant quelque chose de dur me percer l'épaule. Au même instant, avec une rapidité surprenante, James se jeta sur moi et me plaqua au sol, alors que des éclats de verre volaient autour de nous.

— Mon Dieu, mon Dieu, gémit-il.

Puis ce fut le silence. Un silence obscur, total. Mon épaule m'élançait. Je tournai la tête et vis du sang qui imprégnait mon pull. James gisait à côté de moi, le visage à quelques centimètres du mien. Il ne respirait plus.

J'entendis une sirène et je paniquai. Morrow arrivait. Vega... j'étais tombé dans un traquenard. Le cadavre pressé contre moi empestait l'alcool et l'urine, et ses vêtements étaient trempés de sang. Je le repoussai, puis je me figeai. Et s'ils étaient encore là ? La sirène se rapprochait, et j'entendis des pas courir dans ma direction. Le sang continuait de couler de ma blessure. Je reposai la tête sur le trottoir, fermai les yeux et pensai d'abord à Josh, puis à Ben. Ben m'avait tendu un piège. Tout était de ma faute, songeai-je en glissant dans les ténèbres.

25

Je m'étais trompé sur le compte de Ben. Il m'attendait bien au bar dans l'immeuble de la banque. En entendant les sirènes, il était sorti voir ce qui se passait. Il avait vu la scène, compris que c'était Morrow et s'était livré à un collègue policier accouru sur les lieux. Il avait vu juste concernant Morrow.

Morrow fut la seconde personne qui mourut ce soir-là avec James Harrison. Après nous avoir tiré dessus, il avait continué sa route et pris l'autoroute 80 vers Reno. Une voiture de la police de la route l'avait pincé à cent quarante et essayé de l'obliger à s'arrêter. Comme il refusait, la police l'avait pris en chasse. À une trentaine de kilomètres de Los Robles, Morrow avait passé la glissière de séparation, traversé les quatre voies en sens inverse et s'était enfoncé dans une paroi de granit. Mais ce n'était pas ce qui l'avait tué. C'était la balle qu'il avait prise dans le crâne. Qu'il avait tirée lui-même, jura la police.

De tous les personnages de la distribution de l'affaire *État de Californie contre Windsor*, Morrow était celui que je connaissais le moins et qui pourtant ne cessait de me hanter. Je reverrais toujours les deux photos que j'avais vues de lui, l'une dans l'album annuel d'un lycée, en adolescent sportif, puis l'autre, quinze ans plus tard, avec les gosses de la Police Athletic League. C'était un homme qui avait stoïquement endossé la responsabilité de ce qu'on lui avait fait subir, et passé toute sa vie à expier. Si nous avions pu au moins parler, je crois que nous nous serions compris.

Je n'eus jamais l'occasion de bavarder avec Ben Vega. Il était représenté par un avocat commis d'office dans le procès qui lui fut intenté pour le meurtre de McKay. Il rejeta tout sur Morrow et, pour je ne sais quelle raison, peut-être pour s'en débarrasser ou parce qu'il le croyait, le DA le laissa plaider l'homicide volontaire qui lui valut cinq ans à Folsom. Je lui écrivis deux fois, mais mes lettres restèrent sans réponse.

Pendant ce temps, l'homme que tout le monde voulait voir en prison était libre. Les charges qui pesaient contre Paul avaient été, bien entendu, levées. Deux semaines plus tard, il intenta un procès à la ville pour violation de ses droits civiques et toute une bordée d'autres motifs. Bob Clayton le représentait. Après une dernière apparition au procès pour le non-lieu, je ne revis plus jamais Paul. Il semblait nourrir pour moi de la rancune, et je crois qu'il m'en voulait de ne pas avoir tout deviné plus tôt. Je n'en perdis pas le sommeil pour autant. Mais comme je craignais en revanche qu'il recommence à harceler Ruth, avant de quitter Los Robles, je la mis en contact avec un avocat qui obtint du tribunal une ordonnance interdisant à Paul d'approcher à moins de trois cents mètres d'elle ou de Carlos.

Peter parvint à obtenir une copie du rapport du coroner sur la mort de Sara. Je l'examinai soigneusement et ne trouvai aucune raison de remettre en cause sa conclusion : décès accidentel.

C'était donc ainsi que se terminait le procès *État de Californie contre Windsor*, le 3 décembre, deux mois après que j'eus refermé le dossier. Mon bureau était plongé dans le chaos, la moitié étant dans des cartons et le reste attendant d'être emballé. Peter Stein me rejoignant dans mon cabinet, il avait fallu trouver un plus grand espace, et nous déménagions à l'étage du dessus. Cependant, déménagement ou pas, il y avait du travail à faire et j'étais à mon bureau en train d'étudier un rapport de toxicologie. Je griffonnai une note et sentis une petite douleur à l'épaule, souvenir de ma dernière rencontre avec l'inspecteur Morrow.

— Courrier, dit Emma en déposant une pile d'enveloppes sur mon bureau. Si vous pouviez prendre votre journée, Henry, les déménageurs pourraient faire leur travail nettement plus vite.

— Je pars dans quelques minutes, répondis-je sans lever le nez.

J'entendis grincer le fauteuil quand elle s'assit.

— Vraiment ?

— Josh doit être hospitalisé pour un nouveau traitement, dis-je en souriant. Je l'emmène.

Elle sourit poliment, puis, avec un regard inquiet :

— Il va bien ?

— Son taux de T4 a de nouveau chuté. Tous ces traitements sont préventifs. Il était très énervé quand je lui ai parlé. C'est bon signe.

Elle ne sembla guère convaincue.

— Eh bien, dites-lui... Dites-lui que je tiens à lui.

— Il le sait, et moi aussi. Merci.

Quand elle fut partie, je ne pus me remettre au travail. Je contemplai la photo de Josh posée sur mon bureau : qui sait ce que les déménageurs allaient bien pouvoir imaginer. Elle n'était pas très réussie : il était en train de rire, et donc un peu flou. Mais à le voir aussi joyeux, heureux, il était impossible d'imaginer que quoi que ce soit de mal puisse lui arriver.

Je pris le courrier, balançai les publicités, les offres d'ordinateurs, fax, et spacieux bureaux de Century City. Emma avait séparé les factures et les règlements — nous nous en occuperions plus tard. Il me restait donc les habituelles demandes manuscrites de détenus me demandant d'entreprendre quelque appel sans espoir, ou se plaignant, durant des pages et des pages, de la qualité de mes services. Il faudrait lire toutes ces lettres, répondre à certaines. Je trouvai enfin deux grandes enveloppes. Des cartes de Noël, pensai-je en ouvrant la première, qui ne portait pas d'adresse d'expéditeur.

Elle représentait une reproduction d'une peinture médiévale de la Nativité. Une svelte Madone portait dans ses bras un bébé qui la regardait avec des yeux d'adulte remplis de sagesse. J'ouvris la carte. « Bénies soient ces fêtes pour toi », disait-elle, suivie de la signature : « Elena ». Je soupesai la carte. Elle était aussi légère et fragile que le lien qui nous unissait, ma sœur et moi. Mais elle était palpable, réelle. Je la reposai et pris l'autre enveloppe. Celle-ci venait du pénitencier fédéral de Lompoc et portait, conformément au règlement pénitentiaire, le tampon COURRIER OUVERT. L'adresse de l'expéditeur était l'écrou 2136534592-X, c'est-à-dire, selon son nom de baptême, Mark Lewis Windsor.

Mark. Le système judiciaire l'avait moins épargné que Ben Vega. Il avait été inculpé par un jury fédéral de charges provenant du détournement de fonds de Pioneer Savings & Loan. Le mieux était de plaider et d'écoper de huit ans. Il serait libéré dans deux ans et demi si tout se passait bien. L'enveloppe contenait une carte bon marché illustrée d'un Père Noël. Une feuille de papier blanc pliée s'échappa de l'intérieur.

« Cher Hank, commençait-elle de l'écriture oblique que je me rappelais de cette lointaine époque. Justice a été faite, ha ! ha !, mais peut-être es-tu déjà au courant. J'aurais dû accepter ta proposition de me défendre. Cet endroit n'est pas aussi terrible que je le pensais, mais suffisamment désagréable. La routine, c'est lever à 6 heures, petit déjeuner, travail — je suis employé de bureau —, déjeuner, promenade, dîner, extinction des feux à 21 heures. Mon quartier est rempli de ce que l'on appelle des criminels en col blanc et c'est assez calme. Je me suis lié d'amitié avec un ancien député. Tu vois le genre. Je me remets au sport, je fais de la muscu — ils appellent ça « se balader », ici. Bientôt, je serai assez fort pour défoncer un mur. (Note pour la censure : c'est une blague.) »

Je souris et continuai ma lecture.

« J'ai tout de même encore beaucoup trop de temps à moi. Je réfléchis beaucoup. Si j'avais pensé autant au lycée, j'aurais réussi la trigo, mais je n'ai jamais pu suivre, malgré ton aide. Je me dis que c'est un moment de répit, finalement. Avant, tout partait dans tous les sens et maintenant, ça se calme. Je ne sais pas, parfois c'est l'impression que j'ai, d'autres fois, non. Tu as été un bon ami pour moi, Hank. Je voulais simplement te le dire. Prends soin de toi. Mark. »

Sous la signature était griffonné un post-scriptum :

« Lompoc n'est pas loin de L.A. »

Je reposai la lettre. Il n'avait jamais su demander franchement. Eh bien, oui, Lompoc n'était pas loin de L.A., et je notai sur mon agenda qu'il fallait que je me renseigne sur les horaires des visites.

Brusquement impatient, je sortis de mon bureau en trombe et enfilai ma veste. Je partais comme si j'avais vraiment su où j'allais.

— Vous rentrez, Henry ? demanda Emma quand je passai devant son bureau.

— Oui, je ne repasse pas. Vous pouvez partir aussi, si vous voulez.

Un registre ouvert devant elle, entourée de piles de factures et de bordereaux de paiement, elle sourit narquoisement.

— Mais bien sûr.

— Demain, dis-je.

— Tu n'es pas prêt, dis-je en entrant dans la chambre où je trouvai Josh torse nu, un pull dans chaque main.

— Je n'ai jamais su quoi mettre chez le médecin, dit-il. Celui-là, demanda-t-il en tendant un pull rose. Il n'est pas trop gay ? Il me montra l'autre, un col roulé noir. Et celui-ci, pas trop *butch* ? [1]

— Mets ce que tu veux, Josh.

— Tu as sûrement raison, sourit-il. On va me demander de l'enlever, de toute façon, et d'enfiler leur chemise de nuit. — Il mit le pull rose. — Comment ça se fait que ces chemises te laissent toujours le derrière à l'air, Henry ? Il ne savent pas que c'est déjà

1. Lesbienne en argot américain. (NdT)

assez pénible d'y aller sans être obligé de montrer son cul à tout le monde ?

— On va être en retard.

Il s'assit sur le bord du lit et laça ses chaussures.

— Je déteste les hôpitaux.

Je m'assis à côté de lui et passai un bras autour de son épaule.

— Tu es inquiet ?

— Ça ne se voit pas ? demanda-t-il en se redressant. J'arrête pas de dire des conneries.

— Tout se passera bien.

Il me prit la main et nous restâmes silencieux un moment.

— J'ai appelé ta sœur.

— Elena ? Pourquoi ?

— Lui souhaiter un joyeux Noël.

— Qu'est-ce qu'elle a dit ?

— Merci, et elle m'a souhaité la même chose. Je lui ai dit que j'étais Juif et elle a répondu que Jésus aussi. — Il me sourit. — Je l'aime bien, Henry, mais c'est logique. C'est ta sœur. — Il respira un bon coup. — Je suis prêt, à présent.

Il se leva et me tendit la main pour m'aider à me lever à mon tour, comme si j'étais un enfant.

Je remercie Katherine V. Forrest, Jed Mattes, Larry Ashmead et Eamon Dolan de m'avoir aidé à accoucher de ce roman.

Composition réalisée par PCA

IMPRIMÉ EN FRANCE PAR BRODARD ET TAUPIN
La Flèche (Sarthe).
Imp. : 35372 – Edit. : 73234 - 04/2006
ISBN : 2 - 7024 - 3373 - 1
Édition : 01